大河小說 주역 ③

종잡을 수 없는
천지의 운행

김승호 지음

도서출판 선영사

차례 ● ● ●

평허선공의 염라전 장악

'흠, 앞으로 대단한 일이 있을 것 같은 예감이 드는군…….'

염라대왕은 평허선공이 떠나가는 뒷모습을 바라보며 생각에 잠겼다.

'연진인과 난진인 두 어른께서 함께 무슨 일을 꾸미시는구나. 한 분은 일을 만드시고…… 또 한 분은 일을 방해하시면서…… 분명 두 분 모두가 같은 사업을 일으키고 있는 것일 거야. ……도대체 무슨 일을 꾸미고 계시는 것일까? 아마 평허선공도 단단히 한몫을 하는 것 같은데, 평허선공 자신도 모른다 하니…… 그토록 비밀스런 일이 무엇일까? ……아니면 연진인과 난진인께서 특별히 말 못하실 사정이 있는 것일까? 그리고 나까지 이 사건을 알게 된 것을 보니 내게도 혹시 말없는 명령, 역할이 주어진 것이나 아닐까? ……그렇지. 나도 가만있을 게 아니라 뭣 좀 알아봐야겠군…….'

염라대왕은 생각을 멈추고 고개를 천천히 끄덕이고는 이내 어디론가 급히 떠나갔다. 다음날 염라대왕이 몸을 나타낸 곳은 남선부 정문인 평정관(平靜關)이었다. 평정관을 지키고 있던 위선들은 염라대왕을 보자 급히 무릎을 꿇고 예의를 갖추었다.

"평등왕께 인사를 올리옵니다."

"대선관은 어디 있는가?"

"예. 죄송하옵니다만 대선관께서는 지금 유고 중이기 때문에 분일 총관이 뫼시러 나올 것이옵니다. 분일 총관은 현재 남선부 대선관 대행이옵니다."

"음. 그런가?"

염라대왕은 고개를 끄덕였다. 지금 위선이 보고한 것은 염라대왕도 이미 알고 있는 사실이었다. 그러나 겉으로는 아는 기색을 하지 않고 잠시 기다렸다. 그러자 오래지 않아 총관 분일이 나타났다.

"평등왕께 인사 올리옵니다. 미처 마중하지 못한 죄를 용서하옵소서."

"음. 괜찮네. ……모두들 평안한가?"

"예. 저희들은 여전하옵니다. 그런데 어른께서는 어떻게 시중드는 사람도 없이 행차하시었사옵니까?"

분일은 염라대왕이 단신으로 출현한 것이 자못 궁금하기도 하고 신기하기도 해서 은근히 눈치를 살폈다.

"허허. 자넨 여전히 똑똑하구면…… 나는 조용히 처리할 일이 있어서 왔네. 지금 대선관은 어디 있는가?"

"예. 금동에서 근신 중이옵니다."

"안내하게."

"예."

염라대왕은 총관 분일의 안내를 받아 금동 면회실에 들어섰다.

"여기서 기다리소서. 제가 들어가서 어른의 행차를 알리겠사옵니다."

"아닐세. 나 혼자 들어가 보겠네. 자넨 이제 됐으니 물러가있게."

"예? 예. 명을 따르겠사옵니다."

총관 분일이 물러가자 염라대왕은 혼자서 금동 안으로 들어갔다. 금동 안에서는 이미 대선관 소지가 명상에서 깨어나 대기하고 있었다. 대선관 소지는 명상 중에 귀인이 왕림할 것을 알고 일찍부터 마음을 가다듬고 기다리고 있었는데, 나타난 사람은 뜻밖에도 염라대왕이었다. 대선관 소지는 청장을 사이에 두고 정중히 무릎을 꿇고 예를 갖추었다.

"평등왕께 인사 올리옵니다. 이런 모습이어서 대단히 황송하옵니다."

"허허. 괜찮아…… 그런데 자넨 참 태평하구먼."

"예? 무슨 말씀이시온지요?"

"자넨 지금 연진인의 벌을 받고 있는 것이 아닌가?"

"예. 그렇사옵니다만……."

"그렇다면 벌을 받고 있는 사람답게 정숙하게 있어야지 편안히 이 사람 저사람 만난다면 그게 무슨 벌 받는 태도인가? 어른의 벌을 받는 사람이 근신할 생각은 않고 외부 사람을 끌어들이다니, 이는 연진인에 대한 불경인 것이야. 알아듣겠나?"

"예…… 그러하옵지만……."

소지는 변명을 하려다 그만두었다. 생각해보면 옥황부 특사를 만났던 사실은 자신의 잘못이 없는 것은 아니다. 사실 당시에 특사가 심문하겠다고 했을 때 벌 받는 몸이라 일체 세상사에 관여할 수 없다고 했어야 된다. 그런데 지금도 또 평등왕이 불시에 찾아와서 이렇게 만나게 되니 벌 받는 사람의 태도는 아닌 것이다. 그러나 어쩌랴. 자신의 힘으로 어쩔 수 없는 외부의 힘에 의해 억지로 불경죄를 저지르게 되는 것이다. 이것도 운명인가? ……가만히 앉아서 근신하면서 연진인의 벌을 받을 수조차 없단 말인가?

'이래서는 점점 죄가 무거워지겠구나…….'

소지는 암담한 느낌을 가지고 말없이 평등왕의 다음 말을 기다렸다.

"소지, 자네 이제 벌을 그만 받고 나올 생각은 없는가?"

"그럴 수가 있겠사옵니까? 당치 않은 일이옵니다."

"그렇다면 벌답게 받아야겠다는 생각인가?"

"예. 그러고 싶사옵니다……."

"방도를 모른단 말이지?"

"예."

"그럼 내가 좀 도와주지…… 그렇지 않아도 지금 자네 입장은 아주 나쁘게 되어있네."

"예?"

"음…… 이곳에만 있었으니 세상 돌아가는 것을 모르고 있겠군. 자네 평허선공 소식 들었나?"

"못 들었사옵니다."

"그럴 테지…… 평허선공은 남선부의 성유와 저질렀던 죄 때문에 연진인께 체포되었었지."

소지는 고개를 끄덕이며 속으로 생각했다.

'당연한 일이야. 연진인을 피해 도망할 수는 없을 거야. 지금 어디서 벌을 받고 있을까?'

"그런데……."

평등왕의 목소리가 소지의 생각을 막았다.

"지금은 면죄되었네. 난진인께서 사면을 해주신 것이지. 그리고 성유도 평허선공에 의해 면죄 석방되었다네."

"예? 평허선공이 어떻게 성유를 석방시키옵니까?"

"음…… 지금의 평허선공은 예전하곤 달라. 지금 평허선공은 난진인의 영패를 가지고 종횡천하를 하고 있다네."

"그런 일이 있었사옵군요."

"자. 소지, 다시 한 번 묻겠네. 자넨 연진인의 벌을 계속 받을 생각인가? 아니면 그만 풀려나고 싶은가?"

"예. 저는 연진인께서 내려주신 벌, 근신 천 일을 꼭 지키고 싶사옵니다."

"음, 알겠네. 자네의 현재 상황을 일러주지. 조만간 자네는 석방될 것이야. 평허선공이 난진인의 이름으로 자넬 사면시켜준다는 말이지. 그렇게 되면 자네는 본의 아니게 연진인의 벌을 받을 수가 없는 거야. 평허선공이 지금 이리로 오고 있는지도 모르지……."

소지는 자기도 모르게 한숨이 새어나왔다.

"흠…… 그렇다면 어쩔 수 없는 것 아니겠사옵니까?"

"허허. 자넨 참 고지식하군. ……그래서 내가 도와주겠다는 것이 아닌가?"

소지는 무슨 뜻인지 알 수가 없어서 막연히 다음 말을 기다릴 뿐이었다. 평등왕의 말이 부드럽게 이어졌다.

"내가 제안을 하나 하지. 자네가 여기 있는 한은 평허선공의 사면령을 거부할 수가 없지. 그러니 장소를 옮기게. 여기 있으면 또 다른 일로 시끄러워질 수도 있어. 자넨 이곳에서 이미 옥황부 특사도 만났고, 지금은 나도 만나고 있는 것이 아닌가? 이미 벌 받는 장소가 아닐세. 이래서야 어떻게 연진인이 내린 천 일 근신령을 지키겠나?"

"예. 저도 난감하옵니다. 가르침을 주옵소서."

"내가 장소를 제공해주지…… 그런데 그곳은 아주 고통스러운 곳이야…… 자넨 고통이 싫은가?"

"아니옵니다. 평허선공을 피할 수만 있다면야……."

"허허 염려 말게. 제 아무리 평허선공이라 해도 사람을 감추는 데 있어서만은 나를 당할 수는 없어…… 이 세상 누구도 찾을 수 없는 곳으로 자네를 피신시켜 주겠네. 당장 서둘러야 할 게야. 만일 도중에 평허선공에게 들키면 나도 어쩔 수 없어. 자네도 하는 수 없이 난진인의 사면령을 따라야 할 수밖에…… 앞으로는 나도 숨어야 하네. 기껏 자네를 감춰놓아도 평허선공이 난진인의 이름을 앞세우면서 찾아내라고 하면 나도 어쩔 수 없지 않겠나? 나도 이젠 도망자야……."

"예. 잘 알겠사옵니다. 빨리 서두르시옵소서."

"알겠네. 그럼, 신족(神足)을 운행시켜 나를 따라오게. 자네가 나를 얼마나 따라올 수 있을까?"

"예. 최선을 다해 보겠사옵니다."

두 사람은 그 자리에서 홀연히 사라졌다. 이로부터 오래지않아 평허선공이 남선부 정문 평정관에 나타났다. 예의 분일 총관이 마중했다.

"어르신께 인사 올립니다."

분일은 무릎을 꿇고 공손히 자세를 갖추었다. 평허선공의 방문에 대선관이 직접 나오지 않고 총관이 나온 일에 대해서는 평허선공이 그 이유를 누구보다도 잘 알기 때문에 대선관의 안부는 묻지 않았다.

"음…… 자넨가?"

"청실로 모시올까요?"

분일은 정중히 평허선공의 의향을 물었다.

"아닐세. 금동으로 가겠네."

"예. 그런데 저……."

분일은 미처 다 얘기하지 못하고 망설였다.

"무슨 일인가?"

평허선공은 냉엄한 목소리로 물어왔다.

"예. 지금 금동에는 평등왕께서 와 계시옵니다."

"뭐? 평등왕이! ……음, 평등왕이 와 있단 말이지…… 알겠네……
나 혼자 가보겠네……."

평허선공은 속으로는 놀랐지만 겉으로는 감정을 나타내지 않았다.

'웬일일까? ……이곳에 지금 평등왕이 와 있다면 급히 온 것인
데…… 혹시?'

평허선공은 속으로 잠시 생각해보고는 서둘러 금동으로 걸음을 옮
겼다. 평허선공이 금동에 당도하고 보니 예상한 대로 평등왕과 소지
선은 사라지고 없었다.

'음…… 분명 내가 올 것을 미리 알고 갑작스레 피한 것이로군……
왜? ……염라공은 무엇 때문에 이런 일에 개입하는 것일까? 내가 소
지를 사면하려고 하는 것은 염라공과는 상관없는 일일 텐데…… 그
러나…… 여기엔 무슨 깊은 뜻이 있을 거야…… 아무튼 염라공이 나
에게 먼저 도전을 해 온 셈이로군…… 그렇다면…… 나도 일을 좀 벌
여볼까? ……염라공이 먼저 나의 일을 방해하였으니 단단히 맛을 보
여줘야겠어…… 그런데 이런 일들은 과연 소용 있는 짓일까? ……점

점 어려운 일만 많아지고 일은 잘 풀리지 않는구나……'

평허선공은 단호한 결심을 했다.

'어디 나를 피할 수 있나보자…… 아마 멀리는 못 갔을 거야…… 소지를 데리고 다녀야 할 테니 염라공도 자유스럽지는 않겠지…… 우선 유명부부터 단속을 해 놔야겠군……'

평허선공은 즉시 신족을 운행하여 최대 속도로 유명부로 향했다. 유명부에는 반나절도 채 못 돼서 도착했는데, 이는 염라대왕의 신족보다도 빠른 것이었다. 유명부에 도착한 평허선공은 정식 관문을 통과하지 않고 밀행으로 염라전으로 들어와서는 반류선의 집무실에 홀연히 몸을 나타냈다. 반류선은 소리 없이 나타난 평허선공을 보자 내심 당황했지만 재빨리 예의를 갖추었다.

"아니? 어르신께서는 아직 떠나지 않으셨사옵니까?"

"아닐세, 나갔다 다시 오는 길이야. 그런데 평등왕은 어디 계신가?"

"예. 저도 지금 대왕님을 찾고 있는데 벌써 어제부터 행방을 모르고 있사옵니다."

"그럴 테지…… 태평히 이곳에 나타날 리가 없지……."

"예? 무슨 말씀이시온지요?"

"음. 자넨 몰라도 되는 일이네. 그리고 반류."

평허선공은 일부러 말을 중단하여 긴장을 고조시킨 다음 냉엄한 목소리로 다시 이었다.

"지금 당장, 유명부 열여덟 명의 장관을 모두 집합시키게."

"예? ……무슨 일이옵니까?"

"무슨 일? 자네, 지금 나에게 말대꾸를 하는 것인가?"

"죄송하옵니다. 감히 제가 어찌 무례를 범하겠사옵니까? 단지 장관들은 각자 업무 수행 중에 있으므로 모두 소집하려면 시간이 좀 걸리옵니다. ……게다가 그들이 이유를 물어온다면 무어라고 답변을 할 것이 있어야 하지 않겠사옵니까? ……더욱이 대왕께서 안 계신 터라 모두들 불안해할 것이 틀림없사옵니다."

"허어, 자넨 말이 무척 많구먼…… 다시 한 번만 더 말하겠네…… 지금 즉시 모든 장관들은 업무를 중단한 채 이곳으로 모이도록 하게! 알겠나?"

"……예. ……명령대로 거행하겠사옵니다."

반류는 내키지는 않았지만 달리 거역할 방법도 없는지라 천천히 대답하고는 힘없이 집무실을 나섰다. 유명부의 일호 장관 반류선은 자신의 집무실을 나서자 진땀을 흘렸다. 그도 그럴 것이 아무리 용감한 반류선이라 할지라도 냉엄한 평허선공의 입에서 '다시 한 번만 더 말하겠네'라는 말을 듣고는 어쩔 수 없는 것이었다. 지금이라도 염라대왕만 나타나준다면 무슨 대책이 있으련만 자기네들끼리는 어떻게든 평허선공을 감당할 수가 없으니 우선은 명에 따를 수밖에 없었다. 나중이라도 대왕이 나타난다면, 반류선의 곤란했던 입장은 충분히 이해될 수 있을 것이리라.

반류선은 시간을 끌어볼까도 생각해 보았지만 어림없는 일이었다. 상대가 누구인가? 섣불리 평허선공을 기만하려 한다면 그야말로 위험하기 그지없는 것이다. 반류는 오히려 일을 서둘러야 할 판이었다. 반류는 우선 자신의 직속 부관인 상일선에게 근처에 일체 접근하지 말라는 지시를 내려놓고는 어디론가 급히 사라졌다.

평허선공은 반류를 떠나보내고 잠시 안정을 취한 후 현기를 운행하여 천지자연의 원상을 잡아냈다. 나타난 상(傷)은 화뢰서합(火雷

噬嗑:☲☳) 괘였다. 이 괘상은 난관에 봉착한다는 뜻이 있고, 또한 어떤 사실을 발견했다는 뜻도 포함되어 있다.

'화뢰서합이라, 당연히 난관이 있겠지…… 그런데 무엇을 발견하게 될까? ……어디서?'

평허선공은 가만히 괘상을 음미하는 중에 불현듯 마음에 떠오르는 것이 있었다.

'……그렇구나! ……아무래도 태상정에 다시 가봐야겠어. 틀림없이 무엇인가가 있을 거야…… 그리고 염라공이 갑작스런 행동을 한 것도 필경 중요한 뜻이 있겠지! 무얼까? 혹시 염라공은 나보다 먼저 무엇인가를 깨달은 것은 아닐까? 만일 그렇다면 무엇을 깨달은 것일까? 소지를 데리고 간 이유는 과연 무엇일까?'

평허선공은 이어지는 복잡한 생각들을 대충 정리해 놓고는 다시 눈을 감고 깊은 명상의 세계로 가라앉았다. 순간 평허선공의 마음은 우주와 더불어 하나가 되고 무한한 휴식과 함께 시간의 세계를 떠나 있었다. 그러나 평허선공이 좌정하고 있는 염라전 밖의 유명부 천하에서는 열여덟 명의 장관들에게 신속하게 연락이 취해졌고, 급하게 각자의 업무를 떠난 이들은 속속 염라전 안으로 도착하는 중이었다.

이윽고 열여덟 명의 장관이 모두 집합하자 반류선은 평허선공에게 그 사실을 알리기 위해 집무실로 향했다. 그러나 집무실에 미처 도착하기도 전에 평허선공은 집무실에서 나오고 있었다. 반류선은 평허선공을 보자마자 급히 보고를 했다.

"지시하신 대로 열여덟 명의 장관을 모두 집합시켜 놓았사옵니다. 지금 회의실에서 대기 중이옵니다."

"음…… 안내하게."

평허선공이 반류선의 안내로 회의실에 들어가자 열여덟 명의 장관들은 일제히 자리에서 일어나 고개를 숙여 예의를 갖추었다. 회의장의 분위기는 침울했다. 이들 장관들은 이미 반류선에게서 자신들의 총지도자인 염라대왕이 사라진 일과 평허선공의 기분이 몹시 언짢다는 것을 들었기 때문에 조심스런 태도로 평허선공의 기색을 살피면서 긴장하고 있었다.

"그대들……."

냉엄한 평허선공의 목소리가 들리기 시작했다.

"……이것이 무엇인지 아는가?"

평허선공이 품에서 꺼내든 것은 예의 난진인의 영패였다. 열여덟 명의 장관들은 난진인의 영패를 보자 황급히 무릎을 꿇고 명을 기다렸다.

"난진인의 이름으로 명을 내리겠네. 지금 이 시간부터 유명부의 모든 지휘권은 내가 접수한다. 아울러 염라대왕에 대한 체포령을 내린다. 모두들 동요하지 말고 평상적으로 업무에 임하도록 하라!"

"예. 삼가 명을 따르겠사옵니다."

열여덟 명의 장관들은 영문도 모르지만 난진인을 앞세운 평허선공의 절대 명령에 복종하지 않을 수 없었다. 평허선공은 열여덟 명의 장관들이 복명하는 것을 보고 다시 말을 이었다.

"그리고 나는 지금 떠나가겠거니와, 내가 없는 동안 염라대왕이 비밀리 연락을 해 오면 이를 동화선궁에 즉시 보고해야한다. 알겠는가?"

"예……."

열여덟 명의 장관들은 꿈을 꾸는 듯 한 상태에서 정신없이 대답했다. 이 무슨 날벼락이란 말인가? 조금 전까지 옥황 천하 전체의 죄인을 다스리던 염라대왕이 오히려 죄인이 되어 쫓기는 몸이 되다니! ……도대체 무슨 죄가 있어서 이토록 엄청난 일이 벌어지는 것인가? 열여덟 명의 장관들은 수많은 생각들로 머리가 어지러울 뿐 상황을 정확히 판단할 수가 없었다. 이들은 오직 평허선공이 떠나가기를 기다리며 조심에 조심을 하면서 견디고 있었다.

드디어 평허선공은 떠나갔다. 그러자 장관들은 모두 반류선에게로 시선을 돌리며 무언으로 물어왔다. 그러나 일호 장관인 반류선도 별로 아는 것이 없었다.

"흠……"

반류선은 우선 한숨부터 쉬고 나서 천천히 얘기했다.

"괴이한 일이오. 세상이 있은 이래 이런 일은 처음일 것이오. 도무지 영문을 모르겠소이다."

"제일 장관도 아는 것이 전혀 없소이까?"

유명부 제2호 장관인 여병선(呂丙仙)이 낙심한 표정을 지으며 물어왔다.

"글쎄요…… 내가 들은 것은 평허선공께서 혼잣말을 하시는 한 마디 뿐이었소."

"그것이 무엇이오?"

장관들은 기대를 가지고 반류선을 바라봤다.

"……그게 별말이 아니라서 도움이 될지 모르겠소. ……그 말인즉슨…… '그럴 테지……. 태평히 이곳에 나타날 리가 없지……'였소."

"그래요? ……그렇다면 염라대왕께서 무슨 잘못을 저질렀나보오. '그럴 테지……'란 말은 죄가 있다는 뜻이 아니겠소?"

"글쎄요…… 그렇다 하더라도 도대체 하루 사이에 무슨 죄를 지을 수 있단 말이오? 염라대왕께서 당장에 체포돼야 할 만한 큰 죄란 도대체가 있을 수 있는 것입니까? 세상에 아무리 큰 죄라 하더라도 지금 같은 일은 도무지 있을 것 같지 않군요."

"자 자, 우리 여기서 의논만 할 게 아니라 뭣 좀 알아봅시다."

"어디 가서 알아본단 말이오?"

"허 — 참. 제일 장관, 생각해보면 알 수 있는 것이지요. 염라대왕께서 출타하신지 겨우 하루정도 만에 평허선공께서 나타나신 것이오. 그러니 하루 만에 갈 수 있는 거리에 있는 여러 선부에 물어보면 알 수 있겠지요."

여병선이 조리 있게 설명하자 반류선도 고개를 끄덕이며 수긍을 했다.

"그렇군요. 자, 이제 각처에 사람을 보내 염라대왕의 행적을 탐문해 봅시다."

"그럽시다."

열여덟 명의 장관들은 해당 지역으로 신속하게 흩어져 갔다.

평허선공은 지금 동화선부로 향하고 있다. 일단 유명부에 엄명을 내려 염라대왕이 되돌아올 수 없게 만들어 놓았으니 이젠 다시 후속 조치를 취해서 철저히 응징하고자 하는 것이다. 당초 평허선공이 멀고먼 세계에서에서부터 이 세계로 온 것은 단순한 일 때문이었다. 그런데 점점 거대한 흐름 속에 뛰어들게 되어서 이제는 스스로 걷잡을 수 없게 되어가고 있다.

검과 포창의 대결

한편 하계(下界)인 서울에서는 남씨가 출행 닷새째를 맞이했다. 오늘도 남씨는 박씨만을 데리고 집을 나섰다. 안국동 본부에는 정해진 시간인 오전 열 시 정각에 도착했다.

"편히 쉬셨습니까?"

조합장이 유난히 명랑한 표정으로 밝게 인사를 했다.

"예. 잘 지냈습니다. 지금 상황은 어떻습니까?"

남씨는 즉시 업무를 개시했다.

"예. 지시하신 대로 명동과 남대문 근방에 대기 중인데 이상한 일이 있습니다."

"이상하다니요?"

"예. 적은 명동과 남대문 지역에 한 명도 보이지 않고 있습니다. 저들은 동대문 사무소에 집결해 있을 뿐 종로나 다른 지역도 완전히 비어있습니다. 어떻게 된 것일까요?"

남씨는 잠시 생각에 잠겼다.

'음…… 드디어 작전은 막바지에 와 있구나. 그간의 싸움에서 저들은 어지간히 타격을 받았을 거야…… 칠성 다섯 명을 제외한 부하들은 대부분 궤멸되어 수습할 수 없겠지…….'

"조합장님, 모든 것이 잘 돼 나가고 있군요. 그러나 지금부터가 가장 위험합니다. 현재 칠성들은 어디에 있습니까?"

"예. 칠성 두 명이 동대문에 있고 다른 세 명의 칠성들은 보이지 않고 있습니다."

"음……."

남씨는 고개를 끄덕이며 속으로 생각했다.

'역시 ……칠성 세 명이 보이지 않고 있다. 필경 싸움에 가담할 수 없는 입장에 있겠지. 아마 내가 서울에 오기 전에 어디론가 여행이라도 떠나 있는 중일 것이다…….'

"적의 부하들은 얼마나 남아 있습니까?"

"몇 명 안 됩니다. 이십 명 미만인 것 같습니다."

"그렇군요. 조합장님, 이젠 거의 종결점에 와 있습니다. 아마 저들은 전의를 상실하고 수비하는 데만 급급할 것입니다. 그러나 저들은 현재 기다리고 있습니다. 없어진 세 명의 칠성들이 나타날 때를 기다리겠지요. 그들 세 명이 나타나면 그땐 일대 반격이 있을 겁니다. 그렇게 되면 우린 막을 힘이 없어요. 지금까지의 성과도 별 의미가 없어질 것입니다."

"그런가요?"

조합장은 갑자기 목소리가 작아졌다. 박씨도 숨을 죽이고 남씨의 다음 말을 기다렸다.

"그래서……."

남씨의 말이 천천히 이어졌다.

"우리는 그동안 칠성 두 명마저 제거해야 합니다. 별 방법이 없군요…… 우선 두 명을 제거하고 나머지 세 명이 등장할 때는 그때 가서 다시 방책을 연구해 봐야겠지요."

"형님!"

박씨가 도중에 말을 막아서며 끼어들었다.

"응?"

"형님, 제 생각인데요…… 저들은 최대한 시간을 벌려고 할 것 같아요. 그래서 칠성 두 명은 떨어지지 않고 항상 함께 행동할 것 같은데요."

"그래? ……박씨, 대단하군!"

남씨는 미소를 지으면서 박씨를 빤히 바라봤다. 그러고는 다시 근심스러운 표정으로 바뀌면서 말을 이었다.

"그렇다면? 박씨는 어떻게 했으면 좋겠어?"

"예? 뭐 방법이 따로 있겠어요? 당장 부딪쳐봐야지요."

"음……."

남씨는 박씨를 슬쩍 다시 쳐다보고는 고개를 끄덕였다.

"박씨, 내 생각하고 같구먼. 그래, 해낼 수 있겠어?"

"예. 자신 있어요."

"음…… 과연 이길 수 있을까? 칠성 한 사람과 상대하기도 아슬아슬하던데……."

박씨는 멋쩍은 표정을 짓고는 다시 목소리를 조금 높여 말했다.

"형님, 염려마세요. 세 명은 모르지만 두 명까지는 자신 있어요. 그간 몇 차례 싸우면서 싸움의 요령을 어느 정도 터득한 것 같아요. 아직은 확실히 정리는 안 되어 있지만, 실전에 부딪치면 좋은 생각이 떠오를 거예요."

남씨는 말없이 고개를 끄덕이며 다시 생각해 봤다.

'박씨는 아둔한 사람이 아니로구나. 오히려 날카로운 사람이야……'

남씨는 결심을 굳혔다. 이윽고 중요한 일전을 감행하기로 한 것이다.

"조합장님……."

남씨는 우선 부차적인 것부터 지시했다.

"부하 전원을 동대문 근방으로 집결시키세요."

"예. 명령대로 하지요."

조합장의 목소리는 들떠있었다. 다른 몇 명의 부하들은 모두 밝은 표정이 되어있었다. 이들은 위험도 아랑곳하지 않고 이제 박씨가 출동해서 적을 박살내는 줄만 알고 있다. 그래 예전의 좋은 시절로 되돌아갈 수 있다고 생각하는 것이다. 이들은 박씨가 간단히 승리할 것이라 믿고 있었으며, 또 조합장도 그렇게 믿고 있음은 물론이다. 게다가 박씨 자신도 아무런 일로도 생각하지 않고 있었다. 걱정은 오직 남씨 혼자만 하는 것이다. 남씨는 여전히 근심스런 표정을 지으며 박씨에게 얘기했다.

"박씨, 나는 말이야…… 개인 격투는 잘 몰라. 내가 아는 것은 대규모 전투지. 말하자면 전쟁 같은 큰일에서의 작전이야. 그런데 이번에는 특히 조심해줘야 해, 알겠지?"

"허이 ― 참, 형님도…… 왜 그러세요? 글쎄, 자신 있다니까요. 아무 일도 없을 거예요."

"박씨, 마음은 잘 알겠네. 그러나 저들은 결사 항전으로 나올 거야. 만일 칠성 중 한 사람이 목숨을 던져서 나머지 한 사람에게 기회를 주는 작전으로 나오면 어떻게 할 텐가?"

"예? ……아, 예…… 그렇다면……."

박씨는 잠시 생각하는 듯했다.

"형님, 좋은 점을 지적해 주셨습니다. 그 점 각별히 주의할게요. 속지 않도록……."

"좋아. 그리고 한 가지가 더 있어."

"뭔데요?"

"우리 점을 한번 쳐보세!"

"예? 하하. 어떻게요? 형님은 점도 칠 줄 아세요?"

박씨는 남씨가 지나치게 조심하는 것도 우스웠지만 점까지 쳐야 한다니까 실로 웃지 않을 수 없었다.

"아니, 점은 박씨가 치는 거야."

"그것 참…… 난 점칠 줄 몰라요."

"그건 내가 알려줄게."

"조합장님!"

남씨는 말하다 말고 조합장을 불렀다. 조합장은 의아스런 표정으로 남씨를 바라봤다.

"점칠 준비를 좀 해주세요."

"예? 점칠 준비라니요?"

"큰 종이와 돌 다섯 개면 됩니다. 즉시 준비해 주세요."

조합장은 영문은 모르지만 남씨가 지시하는 것이니 즉시 종이와 돌 다섯 개를 준비했다. 남씨는 그 종이에다 커다란 동심원 두 개를 그리고는 안쪽에 있는 원에다가는 승리라고 쓰고 바깥 원에다가는 패배라고 써놓았다.

"자, 밖으로 나가지요."

남씨는 뒤편에 있는 수돗가로 나왔다. 수돗가에는 커다란 나무 한 그루가 있는데, 거기에다 종이를 정성스레 붙였다. 다른 사람들은 남씨가 하는 일을 신기한 듯이 바라볼 뿐이었다.

"자, 박씨, 여기서 돌을 던지게. 저기 승리라고 써놓은 곳에 명중시켜야 하네…… 단, 힘 있게 던져야 하네. 나무가 상하는 한이 있더라도……."

"하하. 형님, 무얼 하시는 거예요?"

"박씨, 웃을 일이 아니야. 시키는 대로만 해."

"예? 알았어요."

남씨의 얼굴이 너무 진지하기 때문에 박씨도 약간 심각해지면서 돌을 하나 집어 들었다.

'휙 ―'

돌멩이는 엄청난 힘으로 바람을 가르며 날았다. 그러나 돌이 날아가는 것을 본 사람은 없었다. 박씨조차도…….

'뻑 ―'

돌은 나무에 붙어있는 종이 표적에 명중했다. 살펴보니 돌은 정중앙의 승리라고 쓰여 있는 곳에 명중했다. 돌은 나무에 박히지는 않았고 나무에 상처만 크게 내놓은 채 바닥에 떨어졌다. 박씨는 또 하나의 돌을 날렸다. 이어서 차례로 나머지 세 개의 돌을 다 던졌다. 박수 소리가 들렸다. 돌은 다섯 개 중 네 개가 중앙에 적중했고 나머지 하나도 약간 정도 비껴났을 뿐이었다.

"음…… 대단한 실력이야. 그래도 완전하진 않군……."

남씨는 결과가 만족한 듯 다소 밝아진 표정으로 얘기했다.

"박씨…… 점은 다 쳤는데…… 우리가 승리할 확률은 8할 정도이구먼…… 그래도 조심해야겠어……."

박씨는 말없이 고개만 끄덕였을 뿐이었다. 이때 안에서 전화벨 소리가 울리자 조합장이 달려 들어갔다.

"여보세요…… 응, 나야. 알았어. 곧 갈 테니 꼼짝 말고 기다려…… 그래."

조합장은 전화를 끊고 뒤따라 들어온 남씨에게 보고했다.

"남선생님, 우리 편은 지금 동대문 일대에 잠복 대기 중에 있습니다. 어떻게 할까요?"

"음…… 갑시다."

남씨와 박씨는 조합장 일행과 즉시 출동했다. 일행이 동대문에 도착하자 조합장 부하들이 나타나서 모든 태세가 갖추어졌다고 보고했다. 이에 남씨는 조합장 부하 전원을 데리고 적의 본부로 쓰고 있는 목재소로 달려 들어갔다. 저쪽 편에서도 미리 대기하고 있었는지 순식간에 건물 밖으로 몰려나와 목재소 마당에 옆으로 줄지어 섰다. 그 가운데는 예의 허름한 한복 차림인 칠성 두 명이 서서 침착하게 이쪽을 주시했다. 양측은 서로 행동은 하지 않고 잠시 대치 상태를 유지했다. 인원은 조합장측이 압도적으로 많아서 목재소는 완전히 포위된 상태인 것이나 마찬가지였다. 서로 대치하고 있는 목재소 마당 안은 살벌한 긴장감이 감돌고 있었다.

"그 쪽 책임자가 누구요?"

남씨가 침묵을 깨고 먼저 말을 걸었다. 그러자 칠성 옆에 서 있던 험상궂게 생긴 한 사람이 한 발 나서며 대답했다.

"나요……."

적은 확실히 긴장하고 있고 겁도 좀 먹고 있었다. 남씨는 조합장에게 적은 목소리로 슬쩍 물어보았다.

"저 자가 두목입니까?"

"아닌데요."

"그래요? ……그럼 두목이 누굽니까?"

"여기에 없는 것 같아요. 안 보이는데요."

"음······."

남씨는 속으로 생각했다.

'역시······ 그렇구나······ 두목은 칠성 세 명과 함께 여행 중일 것이다. ······그 동안은 우리가 운이 좋았다. 언젠가 조합장이 저들의 두목은 아주 총명하다고 하던데······.'

남씨는 속으로 상황을 파악하고 나서 얘기했다.

"내가 제안을 하나 하겠소······."

"해 보시오."

"항복을 하지 않겠소?"

"항복? 웃기지 마시오. 우린 끝까지 싸울 것이오."

"그래요? ······그럼 전체가 한 번에 싸울 것인지, 아니면 누가 대표로 나서서 싸울 겁니까?"

남씨의 이 말에 저쪽 대표는 잘 됐다는 듯이 미소를 지으며 대답했다.

"그렇다면 우린 두 명이 나설 거요."

"음······ 그럼 이쪽은 한 명이오."

"그래요? ······그럼 시작합시다."

"좋소. 나머진 뒤로 물러나고 싸울 사람만 나오시오."

이렇게 되어 시합 비슷한 싸움이 시작되었다. 어차피 싸움은 박씨와 칠성간의 싸움이고 나머지는 형식적이니 차라리 번거롭지 않게 하는 게 상책이었다. 아무래도 혼란한 와중이라면 박씨에게는 혼돈이 올 수 있고, 무술에 능한 칠성은 꾀를 부리기가 쉬울 것이다.

"남선생님······."

조합장은 다른 사람이 듣지 못하게 작은 소리로 말했다.

"뭣 때문에 손해 보는 일을 합니까? 우리가 인원이 많은데, 한 번에 쓸어버리지요."

"아니, 안 됩니다. 우리 편이 더 많이 다쳐요. 더구나 박씨는 누가 우리 편인지 혼돈스러워서 칠성이 공격해 오면 오히려 더 위험합니다."

"예. 그런 것이로군요."

조합장은 그제야 깨달았다는 듯이 고개를 끄덕였다.

"자, 시작하지!"

남씨는 박씨를 돌아보며 지시했다. 박씨는 성큼 나섰으나 어떤 자세를 취할 줄 몰라 엉거주춤한 상태였다. 그러나 칠성은 서서히 좌우로 갈라지면서 자세를 낮추었다. 박씨가 먼저 몸을 날렸다. 키 높이로 날아오르면서 날쌔게 내질렀다. 칠성은 가볍게 피하면서 박씨가 땅에 떨어지기를 기다렸다가 순간적으로 얼굴을 공격해 왔다. 동시에 한 발로 사타구니를 내질렀다. 박씨는 피했으나 뒤이어 발길이 얼굴로 날아들었다. 박씨는 숙여서 피했다. 이때 다른 공격이 박씨의 다리를 낮게 후려쳐 왔다.

'퍽!'

박씨는 넘어질 듯 하면서 자세가 흔들렸다. 또 한 차례의 공격이 날아들었다. 이번에는 눈을 겨냥했다. 그러나 박씨는 재빨리 피했다. 그러고는 비껴가는 한 칠성을 잡으려 했다. 순간 뒤쪽에서 머리 쪽으로 한 칠성의 발길질이 날아들었다. 이것은 박씨가 기다렸던 공격이었다. 박씨는 자세를 낮추는 동시에 획 뒤로 돌아서면서 그쪽으로 주먹을 휘둘렀다. 주먹은 칠성의 옆구리를 약간 스쳤다. 칠성은 뒤로 나가떨어졌다. 그러나 즉시 일어나 잠시 자세를 가다듬었다. 움직이지 않는 것을 보면 속으로 충격을 소화시키고 있는 중일 것이다.

순간 박씨는 땅을 박차고 날아올라 두 발을 동시에 얼굴로 뻗었다. 칠성들은 필사적으로 피하면서 뒤로 몇 걸음 물러섰다. 그러고는 뒤에 있는 부하들에게 신호했다. 그러자 뒤에 있는 부하 두 명이 동시에 걸어 나와 검 두 자루를 칠성들에게 던져주었다. 이것을 재빨리 받아든 칠성들은 어느새 칼을 빼어들고 자세를 취했다. 이들의 전문 무술은 검이었던 모양이다. 칠성 하나가 기합을 지르며 칼을 엇비슷하게 그어왔다.

"이 — 얍!!"

박씨는 피했다. 이번에는 또 하나의 검이 다리를 후려쳐 왔다. 박씨는 깡충 뛰어 피했으나 땅에 떨어지는 순간 정면에서 머리 쪽으로 검이 내리찍듯 들어왔다. 박씨는 이것도 겨우 피하면서 몇 걸음을 물러섰다. 또 한 칠성이 달려오면서 기합을 질렀다. 칼은 내리쳐 올 것인가? 아니면 옆으로 후려쳐 올 것인가?

"여업 —"

내려치는 듯한 칼은 어느새 옆으로 후려쳐 왔다. 속도는 점점 빨라지고 두 칠성들이 호흡을 맞춰 교대로 공격해 왔다. 교대로 라고는 하지만 그 차이는 아주 미세해서 거의 동시에 검자루가 종횡무진으로 날뛰었다.

위험은 점점 가중되고 박씨의 이마에는 어느덧 땀이 맺혔다. 이젠 한 순간이라도 실수하면 치명적인 칼을 맞게 되는 것이다. 전처럼 맞으면서 공격할 수는 없게 되었다. 일단 박씨는 멀리 날아서 피하면서 잠시 생각할 시간을 가졌다. 그러나 칠성들은 칼을 정면으로 내뻗고는 천천히 걸어왔다. 그 걸음은 분명 특별한 보법으로 박씨가 날아드는 것을 경계하는 한편 어떤 형태로든 칼을 움직일 수 있는 자세였다.

찌르든, 내리찍든, 가로 베든…… 박씨는 속으로 수많은 생각을 했다.

조합장의 부하들은 위험을 느끼고 손에 땀을 쥐고 숨을 몰아쉬며 바라보고 있었다. 칠성의 얼굴에는 잔인한 미소가 감돌고 눈에는 예리한 살기가 번뜩였다. 위기는 점점 다가왔다. 박씨는 아직 생각을 결정하지 못했는지 망설이며 조금씩 뒤로 물러서는 듯했다. 이때 누가 박씨의 어깨를 살며시 만졌다. 박씨는 흠칫 했으나 돌아보지 않고도 남씨인 줄 알았다.

"박씨……."

"형님, 물러나세요. 위험해요."

박씨는 옆을 돌아보지 않고 한 손으로 밀어서 남씨를 제지했다. 박씨는 결심이 섰는지 공격에 돌입할 태세를 갖추었다. 그러나 만에 하나라도 실패할 가능성이 있다면 이는 일종의 모험이 되는 것이다.

"잠깐……."

남씨는 다급하게 박씨의 행동을 제지시켜 놓고는 말을 이었다.

"박씨, 이것을 사용하게……."

박씨는 여전히 칠성을 주시하면서 한 손으로 재빨리 남씨가 주는 물건을 받았다. 물건은 조그마한 주머니 속에 들었는데 박씨가 꺼내 보니 쇳조각이었다. 쇳조각은 사각형 모양이었는데, 거칠게 자른 것으로 네 모서리는 날카롭고 크기는 손에 들어서 던지기에 알맞았다. 이를테면 표창인 셈이었다. 주머니 속에는 이것이 여러 개가 들어있었다. 박씨는 순간적으로 하나를 꺼냈다. 한 칠성이 달려오기 시작했다. 박씨는 지체 없이 그 칠성을 향해 표창을 날렸다.

'쌩 —'

날카로운 금속성의 소리가 바람을 갈랐다. 박씨가 남씨로부터 주머니를 받아서 꺼내 던지는 데는 거의 몇 초도 걸리지 않았을 것이다. 이 일련의 동작을 지켜보고 있던 조합장 부하들은 심상치 않은 사태가 진행 중이라는 것을 느끼고 숨을 죽이며 긴장하고 있었다.

"윽 ―"

달려오던 칠성 하나가 가슴을 부여 쥐며 옆으로 고꾸라졌다. 표창은 칠성의 내장 속에 깊숙이 박혔다. 뒤이어 달려오던 칠성 하나가 주춤했다. 박씨는 또 하나의 쇳조각을 날렸다.

'쌩 ―'

"억!"

표창은 여지없이 얼굴에 적중했다. 칠성의 얼굴은 형체를 알아볼 수 없게 짓이겨지고 피가 사방으로 튀었다. 이윽고 두 명의 칠성은 잠잠해졌다. 누구 하나 소리를 내는 사람이 없었다. 공포스런 침묵이 잠시 흘렀다. 조합장이 먼저 평정을 찾고 남씨를 바라봤다. 다음 지시를 기다리는 것이었다.

"음……."

남씨는 신음하듯 숨을 몰아쉬고는 이마의 땀을 씻으며 말했다.

"끝났군요…… 저들을 놓아보내세요."

"예."

조합장은 군말 없이 대답하고는 망연히 서있는 칠성의 부하들을 향해 엄숙하게 말했다.

"너희들은 가도 좋다."

이 말이 나오기가 무섭게 그들은 칠성 두 명을 둘러메고 급히 사라져 갔다. 함성 소리는 나오지 않았다. 그러나 승리감에 모두들 얼굴은 밝아 있었다. 조합장은 다시 남씨의 얼굴을 쳐다보았다.

"박씨, 수고했네……."

남씨는 먼저 박씨에게 치하하고는 조합장을 향해 지시를 내렸다.

"조합장님, 이제 오늘 일은 끝났군요. 그러나 아직 싸움이 다 끝난 것은 아니에요. 내일부터의 일을 지시하지요. 일단 모든 지역을 접수하시고 인원은 두세 명씩 배치합니다. 그리고 각 지역은 수시로 연락해서 만약의 사태에 대비합니다. 적은 이제 궤멸했으나 아직 칠성 세 명이 남아있으니, 곧 반격해 올 수가 있습니다. 이제 저들은 칠성 세 명이 함께 행동하겠지요. 따라서 한 곳밖에는 공격을 못 합니다. 그러니 수시로 연락하고 있다가 그런 상황이 발생하면 나머지 지역은 즉각 피신하면 됩니다. 물론 우리는 그동안 최선을 다해 칠성 세 명과 저들의 두목을 찾아 제거해야 되겠지요. 다행히 우리가 먼저 저들을 발견하면 일이 쉽게 풀릴 수가 있습니다. 그리고 안국동 사무실은 당분간 유지합니다. 내가 나오든 안 나오든 매일 오전 열 시에 연락해 주겠습니다. 특히 조합장님은 안국동에 있어야 하고, 이동을 하게 되면 위치를 알려놓으십시오. 요컨대 내가 어느 때든 지시하는 것을 받을 수 있는 상태여야 합니다. 잘 아시겠지요?"

"예."

조합장은 씩씩하게 대답했다.

"좋습니다. 그럼 나는 이만 들어가렵니다."

"예, 그런데……."

조합장은 망설였다.

"뭐지요?"

"다른 게 아니라…… 오늘 파티를 열어도 좋을는지요……."

"하하. 마음대로 하십시오. 단, 우리는 오늘 파티에 참석 못합니다."

전생(前生)을 더듬다

　이리하여 남씨 등은 서울에서의 닷새째의 일을 마무리 짓고 목재소를 나섰다. 모두들 남씨와 박씨가 나가는 것을 경건한 자세로 바라보고 있었다. 목재소를 나오자 남씨가 말했다.

　"박씨, 우리 어디로 갈까?"

　"예? 우선 좀 걷지요."

　두 사람은 잠시 말없이 종로 5가 쪽으로 걸었다.

　"형님, 어떻게 된 거예요?"

　한참만에야 박씨가 먼저 말을 꺼냈다.

　"응? ……뭐 말인가?"

　남씨는 걸으며 줄곧 무엇인가 골똘히 생각하고 있다가 박씨의 말에 흠칫 놀라 생각에서 깨어났다.

　"아까 싸울 때 준 쇳조각 말이에요……."

　"음, 그거…… 며칠 전부터 준비해 둔거야."

　"예? 아니, 어떻게 그런 일이 있을 줄 알았지요?"

　"뭐 미리 안 것은 아니야. ……단지 그럴 가능성이 있다고 생각은 했지. 처음 칠성하고 싸울 때 보니까 칠성은 박씨보다 동작이 빠르고 유연한데, 힘이 좀 약하더군…… 그들도 차차 그것을 알 것이라 생각했지…… 박씨는 칠성의 공격을 몸으로 받으면서 그 틈에 공격을 해서 이길 수 있었지만 만일 칼 같은 무기를 사용한다면 어떻게 될까? ……나는 그 점을 생각해 봤어. 그래서 인규에게 그걸 부탁해서 가지고 다녀본 거지."

"허 — 참, 형님은 대단하시군요."

박씨는 이렇게 말하면서 몇 시간 전에 점을 친다고 나무에 돌을 던지게 한 일을 생각해냈다. 이것은 두말할 필요도 없이 앞으로 일어날 일을 예상하고 미리 던지는 연습까지 겸한 것이었다. 범상한 사람은 결코 생각해 낼 수 없는 아주 치밀한 계획인 것이다. 박씨는 남씨가 몹시도 존경스러운지 어처구니없다는 표정으로 물끄러미 쳐다보았다. 남씨는 약간 웃는듯했지만 별로 말도 없이 다시 자기 생각에 빠져드는 듯했다. 남씨는 오늘의 싸움에 대해서는 벌써 잊은 듯 다른 문제와 씨름하고 있는 것 같았다. 박씨는 남씨의 생각을 방해하고 싶지는 않았으나 단지 자기 혼자 따로 걷고 있다는 기분을 느끼는 것이 싫어서 억지로 말을 건넸다.

"형님은 싸움을 지휘하는 데 신통한 재주가 있는가 봐요!"

"신통한 재주?"

"아니 뭐 재주라기보다는…… 그 뭐라 하지요?"

박씨는 존경스런 형님을 높게 표현하는데 재주라는 말이 좀 어색한지 머뭇거리면서 급히 말투를 바꾸었다.

"아무튼 형님은 지휘하는데 천재인가 봐요……."

"천재라고? 거 — 참……."

남씨는 기분이 좋은 건지 아니면 자신을 비웃는 건지 약간 웃는 듯 보였다.

"천재라? ……글쎄 그렇다면 좋겠지. ……싸움이든 무엇이든 그렇게 생각해 본 적은 없어. 천재는커녕 멍청한 바보라고 생각한 적이 더 많았지……."

"허 — 참, 형님도. 그럴 리가 있겠어요? 형님은 어디 싸움을 지휘하는 것뿐이겠어요? 글씨도 천하제일이라고 하잖아요."

"뭐? 글씨? ……천하제일? 하하…… 사람들은 참 우스워, 걸핏하면 천재니 천하제일이니 하고들 떠들지…… 그러나 세상은 그게 아니야. 세상은 넓고도 넓어. 훌륭한 사람은 헤아릴 수 없이 많아. 만일 말일세, 내가 제법 쓸 만한 사람이었다면 촌장님께서는 내게도 가르침을 주셨을 거야…… 안 그래?"

"예……?"

촌장이란 말이 나오자 박씨의 얼굴에는 웃음기가 싹 가시고 마음속에는 여러 가지 생각이 어지럽게 일어났다. 생각해보니 정마을에서 유일하게 가르침을 받은 사람은 박씨였다. 남씨 같은 사람이야말로 자기보다 훨씬 더 훌륭한 사람이 아닌가? 박씨는 갑자기 촌장의 얼굴이 떠올랐다.

'촌장님은…… 지금 어디 계실까? ……나는 촌장님으로부터 많은 가르침을 받았지! ……왜 나에게만 그 가르침을 베풀었을까? 내가 제법 쓸 만해서? 아니면 단순히 내가 운이 좋아서인가?'

박씨의 마음속에는 지난 십여 년의 세월이 한 순간 꿈처럼 떠올랐다. 생각해보면 자신의 인생 전부라고도 할 수 있는 지난 십여 년이 몹시도 다행스러웠다. 이유야 어떻든 간에 자신은 촌장으로부터 각별한 가르침을 받지 않았는가!

'특별한 이유가 있는 것일까? 그렇다면 그것은 무엇인가? 나의 운명? 아니, 아니. 그럴 리가 없지. ……아마 내가 운이 좋아서 일거야. ……나는 운이 왜 좋았지? 운이 좋고 나쁜 것도 이유가 있는 것일까?'

박씨는 새로운 문제를 발견했다.

'세상이 운에 따라서 움직인다면 그 운이라는 것은 왜 생기는 것일까? ……이 의문을 무엇이라 표현해야 맞는 것일까?'

박씨는 자기 자신이 중요한 의문을 발견한 것을 직감하고 그 의문을 잊지 않기 위해 표현 방법을 생각해봤다.

'……운은 무엇인가? ……그것은 마치 미래의 계획서 같은 것이겠지! ……그럼 그것은 누가 만드는가? 아니…… 이것을 누가 만든다고 하면 안 되겠지. 누가 만든다고 한다면 이것은 인위적인 것이 되어버린다. 자연스런 이유에 이상한 무엇이 끼어든 것이지. 이래서는 안되겠지! 운이란 아주 중요한 것이니까…… 자연스럽고 합리적이어야 할 거야. 운도 운에 의해 만들어진다면 좀 이상하지…… 아마 저절로 만들어지는 것일 거야…… 저절로? 저절로란 또 무엇일까?'

박씨는 생각이 어지러워질까 봐 깊은 숨을 몰아쉰 다음 생각의 속도를 늦추었다.

'분명…… 운은 누가 만드는 것이 아니고 만들어지는 것이다. 만드는 것은 그 사람, 혹은 어떤 존재에 달린 것이겠지만 만들어지는 것은 반드시 이유가 있을 것이다. ……자, 말을 만들어보자. 운이란 왜 있는 것인가? 그것은 만들어지기 때문이다. 언제 만들어지나? …… 그렇지. 우선 중요한 것은 언제이다. ……그리고 그것은 어떤 이유에

의해 그러한 운이 만들어지는 것이니까 다음으로 중요한 것은 이유이다.'

박씨는 여기까지 생각한 것을 다시 한 번 음미한 후 다음으로 넘어갔다.

'이유란 무엇인가? ……모든 운은 사전에 생겨있는 것이지만 이유가 있어서 저절로 생긴다, 저절로. 저절로? ……이유? 이것이 바로 자연의 법칙인가?'

박씨는 자기 나름대로는 제법 그런대로 결론을 맺어두었다. 그러고는 건영이가 했던 말을 생각해냈다. 건영이는 공부란 의문이 생겨야 잘 되는 것이라 했다. 박씨는 지금 분명한 의문이 생겼고, 그 의문을 잊어버리지 않도록 재차 확인해 보고는 나중에 이 문제를 건영이에게 물어봐야겠다고 스스로에게 다짐했다.

'……주역이란 학문이 이런 문제를 해결해 줄 수 있는 것일까? ……건영이도 이런 문제를 생각해 봤을까? ……그럴 테지, 필경 훌륭한 답을 가지고 있을 거야…….'

"박씨!"

시간이 얼마나 지났는지 모르지만 남씨가 부르는 바람에 생각에서 깨어났다. 박씨도 마침 의문에 대한 마무리를 짓고 남씨에게 말을 건네려던 참이었다. 박씨와 남씨는 서로 쳐다보며 웃었다. 남씨도 무엇인가 깊은 생각에 사로잡혀 있다가 막 깨어난 참이었다.

"우리 저쪽으로 가볼까?"

남씨가 가리킨 곳은 종묘였다.

"저기가 어딜까요?"

"글쎄? 아마, 고궁일거야."

"고궁이요? 왕이 살던데 말이지요? 그런 데를 또 가보실려고요?"

남씨는 대답대신 다시 생각에 잠긴 듯 고개만 끄덕였다. 박씨는 백화점이나 시장 같은 데를 가보고 싶었지만 참고 따라갈 수밖에 없었다. 남씨는 걸음을 빨리하여 벌써 표를 사가지고는 말없이 박씨에게 건네주었다. 두 사람이 종묘 안으로 들어서자 우측에 자그마한 연못이 보였다. 남씨는 즉시 그 쪽으로 향해 가서 잔디에 걸터앉았다.

"박씨, 여기서 좀 쉴까?"

남씨는 혼잣말인지 박씨에게 건네는 말인지 알 수 없게 한마디하고는 망연히 연못을 바라보며 깊은 생각으로 빠져 들어갔다. 박씨는 말을 건넬 방법을 몰라서 잠시 물가 쪽을 살펴봤다. 물은 깊지 않고 맑아서 바닥이 훤히 들여다보였는데, 남씨의 눈은 그 바닥을 뚫고 더 깊은 곳을 보고 있는 것 같았다. 남씨는 생각날 듯 말 듯한 꿈을 회상해 내는 것처럼 먼 과거를 들추어내고 있었다. 이 과거는 물론 지금 현생(現生)의 일은 아니었다.

'거 — 참…… 이상하구나…… 거기가 어딜까? ……왜 자꾸 숙영이 어머니의 얼굴이 떠오르는 것일까? ……글쎄, 나는 누구일까? 지금의 나는 내가 아닌가?'

남씨는 괴로운 듯 잠시 눈을 감았다. 그리고 다시 눈을 가늘게 뜨고는 아지랑이처럼 떠오르는 생각의 단편을 잡아내려고 숨조차도 멈추었다.

'……그렇지! 나는 분명 어디선가 글을 쓰고 있었어…… 그런데 누가 나타났지…… 그 사람은 바로 숙영이 어머니였어. 아마 숙영이 어머니의 어렸을 때의 모습인 것만 같은 느낌이 든단 말이야. ……허참, ……그런데 거기가 어디며 그때가 언제란 말인가? ……꿈일까?

아니면 내가 미친 것인가? ……아니야!'

"휴……."

남씨는 머리가 터질 것 같을 뿐만 아니라 숨이 차서 잠시 생각에서 깨어나 주위를 돌아보았다. 박씨는 어디를 갔는지 보이지 않았다. 아마 옆에 앉아있기 답답하니까 여기저기를 구경하며 돌아다니고 있을 것이리라. 남씨는 또 물가를 바라보는 듯하고는 점점 깊은 생각의 세계로 가라앉았다. 무엇인가 잡힐 듯 하던 것이 점점 더 분명하게 어떤 모양을 이루면서 길게 길게 연결되어 갔다.

'분명 꿈은 아니야…… 그리고 이 세상의 일도 아니야…… 그렇다면? 내가 태어나기 전 세상의 일인가? 그런 일도 있을 수 있는 것일까? 태어나기 전의 세상? 과연 그런 세상이 있단 말인가? 그것 참, 알 길이 없군…….'

남씨는 시간 가는 줄 모르고 한없이 생각을 계속했다. 주변에는 사람은 없고 나무들과 풀들만이 함께 생각에 참여하고 있는 듯했다. 남씨는 현생의 세계에서 완전히 떠나 먼 과거의 어느 시점을 한걸음 한걸음씩 더듬어가고 있었다.

밝혀지는 의문들

이즈음 상계인 옥황천에서는 선인 묵정이 급한 전갈을 받고 자림전 밀원(密園)에 당도했다. 자림전 밀원은 측시선부가 있는 곳으로 경비가 아주 삼엄했다. 선인 측시는 천명관으로 옥황 천계의 안심총(安心叢)을 지휘하는 막중한 임무를 띠고 있는 선인이었다.

안심총은 세속으로 말하자면 국가의 안전을 관리하는 부서와 같은 곳으로, 최고의 기밀을 가장 신속하게 수집·관리·대응하는 특별 기구이다. 밀원 입구에는 묵정선이 온다는 기별이 이미 내려져 있는지 관문을 지키는 위선이 간단히 인사치레를 한 후 즉시 안으로 안내해 들어갔다.

밀원의 내부는 입구에 들어서자마자 깊은 산중처럼 적막하고 장중했다. 내원으로 통하는 길은 비스듬히 우측으로 나있는데, 좌측에는 길과 나란히 연해있는 아주 얕은 실개울이 끝없이 뻗어있다. 실개울은 들어갈수록 점점 깊어지면서 바닥에는 여러 가지 빛깔의 자잘한 보석들이 뒹굴고 물가에는 신령한 풀들이 신비한 모습을 한 꽃들을 받쳐 들고 있었다.

길의 좌측은 경사가 완만한 언덕이 멀리까지 보이고, 안개가 서려 있는 숲 속에는 온갖 신령한 과일들이 낮게 매달려 있었다. 언덕으로 올라가면서 여기저기 보이는 큰 바위들은 기괴하고 묘한 형상을 하고 여러 가지 빛깔들로 채색되어 있었다.

묵정선은 주변 경치를 슬쩍 둘러봤다. 묵정선을 안내하는 위선은 주위 경관에는 아무런 흥미가 없다는 듯이 부지런히 앞만 보며 걸어갈 뿐이다. 묵정선은 갑자기 소환되었기 때문에 무슨 일인가 하고 내심 궁금해 하면서 나름대로 여러 가지 추측을 해보았다.

'안심총에서 부른다면 상당히 긴급한 일이거나 비밀스러운 일일 텐데…… 무슨 일일까? ……혹시 태상노군의 소식은 아닐까?'

묵정선이 속으로 막연한 생각을 하고 있는 동안 길은 갑자기 넓어졌다. 전면에는 드넓은 호수가 시원하게 드러났고, 우측에는 거대한 나무숲들이 끝없이 펼쳐져 있어 절경을 이루고 있었다. 길을 안내하고 있는 위선이 드디어 걷던 걸음을 멈추고 뒤돌아서서 한 방향을 가리켰다.

"저곳이 측시선부이옵니다. 저는 이만 물러가겠사옵니다."

묵정선은 이곳에 처음 와 보는데, 선부의 건물은 그리 크지 않았다. 안내하던 위선이 급히 길을 되돌아가고 묵정선 홀로 남자, 측시선부의 총관이 저쪽에서 걸어 나왔다.

"대선관께서는 어서 오십시오."

측시선부의 총관은 친절한 음성으로 묵정선을 맞이했다. 묵정선도 총관과는 면식이 있기 때문에 미소로 답례했다.

"자, 들어가시지요…… 모두들 와 계십니다."

묵정선이 총관의 뒤를 따라 회의장으로 들어서니 안에는 커다란 원탁이 놓여 있었고, 그 주위에는 몇 명의 선인들이 둘러앉아 있었다. 이들은 벌써 도착하여 이미 한 차례 회의를 하고 잠시 쉬고 있는 중이었다.

"어서 오십시오. 묵정."

묵정선과 익히 알고 있는 광을선이 인사를 건넸다. 묵정선은 가볍게 고개를 숙이고는 자리를 찾아 앉았다. 잠시 후 회의의 주재자인 측시선이 나타나자 회의는 즉시 속개되었다. 측시선은 앉은 채로 묵정선을 바라보며 먼저 서두를 꺼냈다.

"묵정선께서 뒤늦게 참석하셨으므로 저간의 사정을 말씀 드리지요. ……지금 우리는 긴급 상황에 대해 의논하고자 이 자리에 모였습니다. 긴급 사태는 유명부에서 발생하였는바…… 현재 염라대왕께서 자취를 감추시고 평허선공께서 유명부의 지휘 기능을 접수하셨습니다."

뜻밖의 발표에 대해 묵정선은 적이 놀랐으나 겉으로는 평정을 유지하면서 다음 말을 기다렸다. 측시선은 계속했다.

"평허선공께서는 유명부의 지휘권을 장악하신 후 즉시 염라대왕에 대한 수색 체포령을 내리셨습니다. 이것이 현재까지에 알려진 상황입니다."

묵정선은 심히 놀라서 물었다.

"아니, 염라대왕에 대해 체포령이 내려지다니요? 평허선공께서 무슨 권한으로 그런 일을 하실 수 있습니까?"

"예. 그것은 난진인의 명령인 것 같습니다. 아니, 정확히는 난진인의 영패를 휴대한 평허선공의 권한이지요."

묵정선은 속으로 잠시 생각해 봤다.

'……수색 체포란 도주한 경우에만 있을 수 있는 것이다. 도대체 염라대왕께서 무슨 죄를 지으셨기 때문에 도주했단 말인가? ……세상이 있은 이래 상상할 수도 없는 이런 사건이 발생하다니…… 혼돈스럽구나…… 그리고 평허선공께서 난진인의 영패를 휴대하고 계시다면 아주 중대한 일이 진행 중일 텐데 이는 또 무엇을 뜻하는 것일까……?'

"자, 그럼 여기서 여병선(呂丙仙)의 상황 설명을 청취하기로 하지요."

여병선은 염라부의 제2호 장관으로서 생각이 정밀 광대하고 행동이 민첩하기로 정평이 나있는 선인이었다. 지금 현재도 유명부를 임의로 이탈하여 안심총 회의에 참여하고 있는 것이었다.

"제가 알아보고 생각한 바를 말씀 드리겠습니다."

여병선은 주위를 흘끗 돌아보고는 거침없는 음성으로 보고를 시작했다.

"평허선공께서는 며칠 전 어떤 목적을 가지시고 염라부에 출현하셨습니다. 그 목적은 한 사람의 죄수를 방면하시는 것이었는데, 그 죄수가 바로 전에 남선부의 소속 선관이었던 성유입니다. 결국 성유는 평허선공에 의해 강제로 방면되었습니다. 그런데 성유는 처음 유명부에 올 때는 일반 죄수였는데 곧 특별 감옥으로 옮겨졌었습니다."

여병선은 여기까지 얘기하고는 잠시 틈을 두었는데, 이때 측시선이 물어왔다.

"특별 감옥이라니요? 내가 알기로는 성유의 죄는 그리 큰 것이 아니었다고 하는데……."

측시선의 말에 모두들 고개를 끄덕여 동감을 표시했다.

"예. 그것은…… 저도 들은 얘기입니다만…… 후에 연진인께서 명령하셨던 모양입니다."

"예? 연진인께서?"

연진인이란 말이 나오자 모두들 놀라는 한편 더욱 긴장하면서 여병선을 바라보고 있었다. 여병선은 천천히 말을 이었다.

"연진인께서는 유명부에 비밀리 행차하시어 염라대왕을 면접하셨습니다."

"잠깐!"

측시선이 말을 막았다.

"여병선께서 지금 '비밀리'라고 하셨는데, 어떻게 해서 그 사실을 알았습니까?"

여병선은 미소를 지었다. 으레 설명해 나갈 것을 측시선이 먼저 물었던 것이다. 측시선은 성격이 좀 특이하여 무엇이든 미리 묻거나 탐색하는 듯한 행동으로 가끔 말을 막기도 한다는 것을 아는 사람들은 다 알고 있었다. 다른 선인들은 묵묵히 듣고만 있었다.

"그것은 저의 추측입니다만…… 틀림없을 것입니다."

여병선은 무엇을 생각하는 듯 천천히 신중하게 얘기해 나갔다.

"어느 날 염라대왕께서 태도가 여느 때와 유난히 달라서 '무슨 일이 있었을까?'하고 생각해 본 적이 있었는데, 그 날 성유를 특별 감옥으로 옮기라고 하시면서 연진인의 '직접 지시'라고 하셨습니다. 그래서 저는 연진인께서 다녀가신 것으로 알고 있었습니다. 이런 경우 직접 지시하는 것은 곧 다녀가셨다는 뜻으로 해석되는 것이 아닙니까?"

"음……."

좌중은 말없이 고개를 끄덕였다.

"그 시기는 어떻게 되는 것이오?"

측시선이 물었다.

"예. 나중에 제가 알아본 바에 의하면 연진인께서는 남선부에 납시어 장차 평허선공께서 나타나시면 태상정에서 기다리라고 분일선에게 지시하시고는 그 길로 유명부로 향하셨던 것 같습니다. 그 후 특찰 대라명이 내려지고 난진인께서 태상정에 행차하시어 평허선공을 사면하셨습니다. 이때 평허선공께서는 난진인으로부터 영패를 전수받은 뒤 그 길로 남선부 산하 속계로 가서 선인 고휴를 사면하시고 다시 유명부에 나타나셨습니다. 여기까지를 간추려 보면 연진인께서는 평허선공께서 장차 난진인으로부터 사면을 받고 유명부에 나타나실 것을 미리 아시고 염라대왕을 시켜 성유를 단속하라고 지시하신 것입니다."

여기서 측시선은 다시 말을 막았다.

"그런가요? 그렇지만 결국 성유는 석방되었으니 이는 어찌 되는 것이오?"

"예. 저의 추측입니다만…… 성유가 강제로 석방되는 것도 예정에 있었던 일인 것 같습니다."

"예정이라니요?"

"아직 저도 결론을 내리지 못하고 있으나, 그것은 아마 연진인께서 염라대왕에게 비밀로 한 내용의 명령을 전달하시기 위한 방편인 것 같습니다. 연진인께서는 직접 명령을 내리실 입장이 아니라서 염라대왕 스스로 깨닫기를 바라시며 성유 문제를 이용하셨던 것 같습니다."

"무슨 말인지 도무지 모르겠구려……."

측시선이 또 고개를 가로 저으며 물어왔다.

"예. 그것은 이렇습니다. 저는 염라대왕의 행적을 연구해 보았습니다. 대왕께서는 평허선공의 명을 받고 성유를 석방하시면서 어떤 깨달음을 얻으셨던 것 같습니다."

"깨달음이라면……?"

측시선은 여전히 의아스런 표정을 지으면서 여병선을 바라봤다.

"물론……."

여병선은 잠시 망설인 연후에 여전히 당당한 음성으로 설명을 계속했다.

"일방적인 생각입니다만 저는 염라대왕의 생각을 추적해 본 결과 몇 가지 중요한 사실을 유추해 낼 수가 있었습니다. 그것은…… 첫째로……."

여병선은 신중을 기하는 자세로 아주 천천히 말했다. 좌중은 여병선의 설명이 단순한 가정이 아니라 사실 그 자체를 직시하는 것으로 보았기 때문에 진지하게 듣고 있었고 측시선도 이젠 말을 막지 않았다.

"……연진인의 지시에 모순이 있다는 것입니다. 당초 연진인께서는 염라대왕에게 평허선공이 와서 성유의 석방을 요구할 것이라고 알려 주셨습니다. 그러고는 석방에 응하지 말라고 지시하시면서 특별 감옥으로 옮기라 하셨습니다. 이것이 바로 모순인 것입니다. 왜냐하면 연진인께서는 장차 평허선공께서 난진인의 영패를 휴대하고 나타나실 것을 아셨기 때문에 결국 석방될 수밖에 없는 성유를 필요 없이 특별 감옥으로 옮기라고 지시하셨던 것이 됩니다. 당연 염라대왕께서도 평허선공을 만나셨을 때 이 점을 간파하셨을 것입니다. 분명 염라대왕은 속으로 어째서 연진인께서는 어차피 석방될 수밖에 없는 성유를 석방하지 말라고 지시하셨을까? 하고 생각해 보셨을 것입니다. 연진인께서는 당초 평허선공을 남선부 태상정에 기다리게 해 놓으시고 행방을 감추셨습니다. 연진인께서는 이때 이미 장차 난진인께서 나타나 평허선공을 사면하고 영패까지 전수하여 성유까지 사면되는 과정을 예견하시고 염라대왕을 끌어들였던 것입니다. 어쩌면 이 모든 것이 염라대왕을 끌어들이기 위한 계획이신지도 모릅니다."

여기까지 얘기한 여병선은 잠시 좌중을 돌아보며 반응을 살폈다. 아마 남의 속생각을 이렇게 자신 있게 말한다는 것이 약간 민망하게 여겨졌을 것이다.

"그래서 어떻게 된 것이오?"

역시 측시선이 재촉했는데, 이번에는 말을 막은 것이 아니라 도와준 것이었다.

"……예. 염라대왕께서는 연진인의 진정한 뜻이 성유의 석방을 막는데 있는 것이 아니라 무엇인가 다른 특별한 것이 따로 있다고 느끼셨을 것입니다…… 그래서 생각해 보셨습니다…… 아니 생각해 보셨을 것입니다…… 연진인께서는 나에게 무슨 말 못할 지시를 내리시는 것이 아닐까 하고…… 그러나 염라대왕께서 연진인의 진정한 뜻을 깨달으셨는지 아니신 지는 저도 결론을 못 내리고 있습니다. 단지……."

"단지 무엇이오?"

측시선이 재촉했다. 여병선은 슬쩍 측시선을 바라본 뒤 말을 이어나갔다.

"염라대왕께서도 한 가지 일을 하시려고 마음먹었습니다. 이것은 제가 생각한 두 번째 결론입니다만…… 염라대왕께서는 즉시 다음에 일어날 일을 생각해 보시고는 행동을 개시하셨습니다. 그것은 다름이 아니라 평허선공의 일을 방해하는 것이었는데, 염라대왕께서는 이유가 어쨌든 간에 성유를 본의 아니게 빼앗기신 것이었습니다. 그래서 이번에는 반대로 평허선공께서 데려가시려는 소지선을 빼앗으시려고 하신 것입니다. 신선을 무슨 물건처럼 빼앗는다는 식의 표현을 사용하여 죄송합니다만 평허선공의 다음 행동이 빤히 보이는 상황에서 염라대왕께서는 무엇인가 일을 저지르고 싶으셨을 것입니다. 염라대왕께서는 원래 자신의 의도가 아닌 타의에 의해 강제로 사람을 빼앗기는 것을 아주 싫어하시는 분입니다. 그래서 빼앗긴 손해를 만회하시려고 소지선을 탈취한 것입니다. 물론 이렇게 하시는 것이 연진인의 뜻이라고 대왕께서는 생각하셨는지도 모릅니다. 그러나 그럴 수도 있습니다."

여병선은 여기서 일단 말을 중단했다. 그러고는 좌중을 돌아보면서 예의바른 태도로 물었다.

"여러분들께서는 저의 생각에 찬동하시는지요."

"예. 나는 올바른 생각이라고 믿습니다."

이렇게 말한 사람은 바로 묵정선이었다. 신중하고 덕망 있는 묵정선이 찬동을 표시하자 다른 선인들도 고개를 끄덕여 동의했다.

"계속해 보시오……."

측시선도 동의했다.

"그럼 이번에는 평허선공의 행적을 검토해 보겠습니다."

여병선의 음성은 다시 당당해졌다.

"평허선공께서는 일단 특별 감옥으로 가시어 성유를 직접 석방시키신 후, 다음 행동으로 소지선을 석방시키시려 남선부로 향하셨습니다. 그러나 평허선공께서 남선부에 도착하셨을 때는 이미 염라대왕께서 다녀가신 뒤였습니다. 염라대왕께서는 급히 행동하시어 소지선을 탈취, 대동하여 어디론가 사라지셨습니다. 이에 평허선공께서 심기가 몹시 불편하셨을 것입니다. 누구나 아시다시피 평허선공이야말로 남에게 지기를 싫어하시고 성격이 괴팍하시기로 유명합니다. 선공 어른을 이렇게 표현하는 것이 몹시 송구스럽습니다만……."

여병선은 평허선공에 대해 무례한 말을 사용하여 미안하다는 자책의 말을 덧붙이고는 계속 이어나갔다.

"평허선공께서는 그 활동이 자유자재하시어 예측이 불가능하실 뿐만 아니라 투지나 용기면에서는 온 우주에서 견줄 사람이 없을 것입니다. 이런 분을 염라대왕께서 건드리신 것입니다. 당연히 평허선공께서는 크게 발심하시어 활동을 전개하시기 시작하셨습니다. 물론 평허선공께서는 염라대왕께서 가지셨던 마음도 이해하셨을 것이고, 혹여 염라대왕께서 연진인의 큰 뜻을 깨달았을지도 모른다고 생각도 하셨겠지만, 그보다는 평허선공 자신께서 가시는 길을 방해 당했다는 생각이 앞서셨을 것입니다. 그래서 평허선공께서는 일을 크게 벌이시고 본 것입니다. 어떤 경우에든 적극적이고 일을 크게 벌이는 것이 바로 평허선공의 성격이십니다만, 집요하시고 투철한 것 또한 평허선공의 성격이십니다……"

여병선은 잠시 중단하는 듯하다 다시 시작했다.

"지금까지 살펴본 상황을 종합하면 첫째, 염라대왕은 무엇인가 중대한 것을 깨달으신 것 같고, 둘째 도주 중에 계시며, 셋째 평허선공과 숨 가쁜 대결 상태에 계신 것 같습니다."

이윽고 여병선의 긴 설명은 끝났다. 좌중은 잠시 침묵을 지키고 있는데 측시선이 먼저 말을 꺼냈다.

"……현재까지 상황은 이와 같습니다. 우리는 여기서 대처할 일이 무엇인가를 찾아내야 할 것입니다."

"예. 그렇습니다. ……제 의견을 말씀 드리지요."

나선 사람은 광을선(廣乙仙)이었다. 광을선은 천명관으로서 입명총(立命叢) 지휘 책임자였다. 입명총이란 세속으로 말하자면 군부와 같은 것으로 대규모 사태에 대비한 옥황부의 가장 거대한 기구이다. 광을선이 오늘 회의에 참석하게 된 것은 만약에 있을지도 모를 대규모 동원에 신속히 대응하기 위해 측시선이 배려한 것이다. 이외에 회의에 참석한 사람은 옥황상제를 직접 보좌하는 지위에 현수선(玄守仙)과 옥황부 대복관(大卜官) 곡정선(谷靜仙), 안심총 분석관 원회선(源會仙), 그리고 묵정선 등이었다.

광을선은 조용한 목소리로 서두를 꺼냈다.

"……저는 상황이 어떻게 전개돼 가는 것인지 종잡을 수가 없습니다. 단지 저의 직책상 염려되는 것은 유명부에서 대규모 사태가 일어날 수 있느냐 하는 것입니다."

"그 문제라면……."

측시선이 일단 말을 막고 원회선을 바라봤다.

원회선이 말을 받았다.

"예. 제가 생각하기에는 충분히 그런 일이 있을 수 있다고 봅니다. 왜냐하면 염라대왕께서는 단순히 유명부를 대표하는 책임자이실 뿐만 아니라 유명부에서 수시로 일어나는 어려운 상황에 실무자로 일해 오셨기 때문입니다. 만약 유명부 열여덟 명의 장관들의 힘을 넘어서는 일이 발생한다면 염라대왕께서 부재중인 현재 상황에서는 무슨 일이 발생할지도 모릅니다. 요즈음은 뜻밖의 사태가 많이 발생하는 시기이고, 특히 유명부 특별 감옥은 염라대왕 자신께서 수시로 점검해야만 할 위험한 곳입니다. 그곳에는 수억조 년 동안 감금되어 있는 수많은 괴이령(怪異靈)들이 있습니다. 이들이 가끔 부리는 난동은 염라대왕만이 직접 다스리실 수 있는 것입니다. 물론 유명부 시설은 그런 일을 막을 수 있도록 준비되어 있지만 여전히 위험은 있는 것입니다. 평허선공 자신께서 염라대왕이 하시던 일을 직접 대신해 주신다면 더 말할 나위 없겠지만 평허선공께서는 그럴 분이 아니십니다. 더구나 평허선공께서는 염라대왕을 추적하시기 위해 유명부를 지금 떠나 있습니다."

원회선은 쉬지 않고 계속했다. 그러나 측시선은 말을 막지 않았다. 이는 자신의 부하가 다른 부서 사람에게 설명하는 것을 막고 싶지 않았기 때문일 것이다.

"……그래서 우리는 유명부 근처에 대규모 병력을 파견하여 만약의 사태에 대비해야 한다고 생각합니다. 물론 이때에도 우리는 신중을 기해야 할 것입니다. 유명부에 직접 병력을 파견하여 평허선공의 신경을 건드려서는 안 됩니다. 만일 선공께서 병력 파견 자체를 어떤 다른 뜻이 있는 것으로 오해하신다면 분명 철수할 것을 명령하실 것입니다. 이런 말을 사용해 죄송합니다만 평허선공께서는 우리 세계의 사람이 아니십니다. 그래서 이곳에서 일어나는 위험한 사태에 대해서는 그리 관심을 두시지 않을 것입니다. 우리 일은 우리가 알아서 처리해야 할 것입니다. 현재 상황에서는 선공 어른이 여간 장애가 아닙니다. 사실, 일은 평허선공 때문에 일어난 것이라 봐야 합니다."

"예. 그건 그렇지요……."

이번에는 광을선이 말을 막았다.

"그러니 우리는 어찌해야 되는 것이오?"

이 말에는 측시선이 대답했다.

"즉시 병력을 동원하여 유명부 근처로 은밀히 파견해야 할 것입니다."

"좋습니다. 그렇다면 저는 이곳에서 한시라도 지체할 필요 없이 행동을 개시해야 하는 것 아닙니까?"

"허허……."

좌중이 웃으면서 고개를 끄덕였다. 측시선도 미소를 짓다가 정색을 하며 말했다.

"지당하신 말씀입니다. 그럼 광을선께서는 지금 퇴장하셔도 좋습니다. 한시가 급하니까요……."

광을선은 천천히 고개를 끄덕이고는 일어났다.

"그럼, 저는 이만 물러갈까 합니다."

광을선이 이렇게 물러가고 회의는 계속됐다. 측시선이 현수선을 바라보며 말을 꺼냈다.

"이번 사태를 옥황상제께 보고하실 건가요?"

"글쎄요…… 중대 사안이라 보고는 해야 할 텐데…… 옥황상제께서 몹시 근심하실 것 같군요! 측시선의 의견은 어떠하십니까?"

"예. 저도 난감합니다만 역시 보고를 드려야 할 것 같군요."

"음……."

현수선은 잠시 생각에 잠기며 고개를 끄덕였다. 그러고는 이윽고 결심한 듯, 그러나 망설이듯 천천히 얘기했다.

"아무래도 보고를 해야만 될 것 같군요. 그럼 보고를 하겠습니다…… 그런데 이번 일이 옥황부 경호 문제에 어떤 작용을 주는 것은 아닐까요?"

"예? 옥황부 경호 문제라니요?"

측시선이 놀라서 목소리를 높였는데, 다른 선인들도 옥황부 경호 문제라는 현수선의 말에 이미 놀라고 있었다. 옥황부 경호 문제라면 옥황상제 경호까지를 포함한 근접 경호를 말한다. 대개 옥황부 경계 내지 경비라고 말해야 하는데, 경호라는 말을 사용하면 이는 옥황상제 근방을 얘기하는 것이 된다. 당연히 놀랄만한 일인 것이다.

"아니, 별 문제는 아닙니다만……."

현수선은 좌중이 놀란 것에 대해 오히려 놀라서 황급히 변명의 말을 꺼냈다.

"유명부에서 급변사태가 발생한다면 아무래도 옥황부에 조금이나마 영향이 올 게 아닙니까?"

"허허. 현수선께서 지나치게 심려하시는 것 같군요."

측시선은 미소를 지으며 현수선을 달래듯 얘기했다.

"사태가 그렇게까지 급박하고 위험한 것은 아닙니다. 더구나 입명총에서 병력을 파견하기로 된 것 아닙니까?"

측시선은 다시 말을 이으면서 원회선을 바라봤다.

"어떻습니까? 지금의 사태가 그토록 위험한 것은 아니지요?"

측시선은 자신의 부하에게 은근히 동조를 구했다. 그러나 안심총 분석관인 원회선의 말은 뜻밖이었다.

"아닙니다…… 당연히 비상경호태세를 발령해야 될 것입니다."

측시선은 원회선이 자기의 생각에 동의를 표해주지 않아 내심 당황했다.

"아니, 비상경호태세라니요? 지금 사태를 그토록 급박하게 보십니까?"

"뭐, 아주 급박한 것은 아니지만 비상경호태세가 필요할 것입니다. 제 생각으로는 5급 비상경호태세를 발령해야 할 것으로 봅니다……."

"예? 아…… 예."

측시선은 놀랐지만 이는 원회선이 옥황상제 특별 보좌관인 현수선의 체면을 생각해서 한 발언인 것을 눈치 챘다. 원회선이 심각하게 말했지만 측시선은 다시 마음이 편해졌다. 5급 비상경호태세라는 것은 말이 비상경호태세이지 실은 평상시와 같은 것이다. 단지 경호태세라는 이름이 붙을 뿐으로 형식적인 것에 지나지 않는다.

"그렇군요!"

측시선은 고개를 끄덕여 원회선의 의견에 동조한 후 현수선을 돌아보며 자못 심각한 듯 말했다.

"아무래도…… 5급 정도의 비상경호태세를 발령해야 할 것 같군요."

이 말에 현수선은 즉각 반응했다.

"좋습니다. 저는 지금 즉시 떠나 옥황부에 보고하고 옥황상제 경호총에도 5급 비상경호태세 발령을 건의하겠습니다. 자, 그럼…… 저는 이만 물러가지요."

이렇게 해서 또 한 사람의 선인이 떠나갔다. 안심총 회의는 으레 이런 형태였다. 사람이 모여드는 대로 회의를 진행하고 해당 사안별로 끝나는 즉시 떠나가는 것이었다. 묵정선은 이런 회의 진행 방식을 잘 알고 있었다. 그러나 묵정선은 아직 자신이 이곳에 참석한 이유를 잘 모르고 있었다.

측시선은 대선관인 곡정선을 바라봤다. 이번에는 계시를 받을 차례인 것이다. 측시선은 조용하게 물었다.

"곡정선께서는 문복(問卜)을 하셨습니까?"

"예. 저는 이곳에 오기 전에 유명부 사태에 관해 문복하여 한 괘상을 구해가지고 왔습니다."

곡정선은 이곳에 오기 전에 이미 유명부 사태를 보고받고 그 추이에 관해 문복을 한 것이었다.

"괘상은 무엇입니까?"

"천풍구(天風姤:☰☴) 괘였습니다."

"천풍구 괘라면 그 내용이 어떤 것입니까?"

측시선은 당연한 것을 물었다.

"예. 아주 나쁜 내용입니다. 아시다시피 천풍구 괘는 역행을 뜻하고 또한 크게 발산한다는 뜻입니다. 그러므로 장차 유명부에서는 폭발적 사태가 발생한다는 뜻입니다. 이는 대규모 탈옥과 배신 등 커다란 혼란이 일어나는 것을 암시하고 있습니다. 크게 흉합니다."

"그렇군요……!"

측시선은 난감한 표정을 지으며 묵정선을 돌아봤다. 묵정선도 마음이 편치 않았다. 천풍구라는 역상이 뜻하는 바는 곡정선의 설명을 들어볼 필요도 없이 걷잡을 수 없는 사태가 발생하여 수습이 어렵게 된다는 것이다. 묵정선은 근심어린 얼굴로 측시선을 바라보며 물었다.

"현재 상황은 몹시 불길하군요…… 이 상황에서 내가 해야 할 일은 무엇인지요?"

"예. 묵정선께서는 우선 염라대왕과 평허선공의 경쟁에 대해 평가해 주십시오."

측시선은 경쟁이란 단어에 힘을 주며 말했다.

"경쟁이라고요? 글쎄요, 경쟁이라고 볼 수도 있겠군요."

묵정선도 측시선의 견해에 일단 동의하고는 천천히 말을 이었다.

"제 생각에는…… 현재 무슨 일이 일어나고 있는지는 모르겠으나 염라대왕께서 조금 앞서 있다고 봅니다."

"그렇습니까? 저의 생각도 그렇습니다만…… 그렇다면 염라대왕께서 하시고 계시는 일이 우리 옥황천계에 이로운 일이라고 보는지요?"

"……아마 그럴 것이라고 보지만 그런 것보다는 염라대왕께서는 연진인의 깊은 뜻을 실행하고 있는 것이라고 봐야겠지요. 그런데……."

"예. 좋습니다……."

측시선은 일단 말을 마치고는 자신의 설명을 덧붙였다.

"결국 마찬가지일 것입니다. 염라대왕께서는 무언가 모르는 연진인의 뜻을 실행하시면서 옥황천계에 이로운 일을 하시는 것이고, 평허선공께서는 그것을 방해하시려 하고 계십니다. 그래서 말입니다만……."

측시선은 목소리를 조금 높여서 누가 끼어들지 못하게 했다.

묵정선은 속으로 생각하며 조용히 듣기만 할 뿐이었다.

"……우리는 염라대왕을 도와야 할 것입니다. 말하자면 평허선공을 방해해야 한다는 말입니다."

측시선의 말은 이제 결론부에 도달한 것이다.

"묵정선께서는 무슨 방안이 없으십니까?"

묵정선은 이곳 회의에 오게 된 연유를 알게 되었다. 측시선은 말을 마치고 묵정선을 빤히 쳐다보았다. 묵정선은 어려운 임무가 자신에게 떨어졌다는 것을 느꼈다. 현재 상황은 염라대왕이 도주 중에 있으며 평허선공은 추적하고 있는 상황이다. 측시선의 생각은 어떻게 방법을 강구해서 평허선공의 추적을 방해할 수 없느냐 하는 것이었다. 묵정선은 잠시 속으로 생각해 봤으나 당장 좋은 방법이 떠오르지 않았다.

"글쎄요…… 어렵군요…… 하여튼 상황은 알겠습니다. 제가 할 일이란 바로 평허선공을 방해하여 염라대왕의 도주를 도와야 하는 것이로군요……."

"묵정선께서 힘써주셔야겠습니다."

측시선은 부탁인지 명령인지 알 수 없게 한마디 던지고는 회의를 끝마치려 했다.

"그럼, 다른 의견이 없으시다면 이만 끝내려 합니다만……."

측시선은 묵정선을 바라보며 눈치를 살폈다. 묵정선은 말없이 고개를 천천히 끄덕이자 회의는 끝났다. 회의가 끝나자 다른 선인들은 급히 물러갔지만 묵정선은 잠시 더 앉아서 생각해 보았다.

'참으로 어려운 임무가 주어졌구나! ……과연 평허선공을 방해할 수 있을까? ……염라대왕께서는 어디로 도주하신 것일까? 어떻게 평허선공을 막을 수 있을까? ……어떻게? ……염라대왕께서는 승산이 계셔서 시작하신 일인가? 그리고 평허선공의 행동을 충분히 예측하고 계시는 것일까? ……지금 상황은 어떠한가? 내게 주어진 시간은 얼마인가?'

묵정선은 여러 가지 의문을 대충 정리하고는 자리에서 일어났다. 건물 밖으로 나오니 드넓은 호수가 보였다. 묵정선은 잠시 더 걸으며 생각에 잠겼다.

'……일을 어디서부터 시작해야 할지 도무지 모르겠구나!'

묵정선은 수많은 방법을 떠올리며 고개를 저었다. 아무래도 평허선공을 방해할 방법은 없는 것이었다. 생각할수록 점점 더 난감해질 뿐이었다. 이 순간 묵정선의 마음에는 한 사람의 모습이 아지랑이처럼 조용히 떠올랐다. 바로 풍곡선이었다.

'그렇지! 풍곡선에게 물어봐야지! 아무래도 나보다는 좋은 생각이 있을 거야…….'

묵정선은 일단 풍곡선에게로 가서 자문을 구해야겠다고 생각하고는 급히 사라졌다.

평허선공의 염라대왕 체포령

　이로부터 이틀 후 평허선공은 동화선궁에 나타났다. 입구에는 이미 궁주 동화선이 나와서 정중히 맞이했다.

　"문안드리옵니다."

　"음, 무슨 일은 없었는가?"

　평허선공은 어떤 육감을 느낀 듯 예민하게 물어왔다.

　"예. 이곳은 여전하옵니다만…… 그런데 이상한 일이 있었사옵니다."

　"……무언가?"

　"우선 청실로 드시옵소서."

　평허선공은 청실로 안내되어 좌정하자마자 즉시 물었다.

　"그래, 이상한 일은 무엇인가?"

　"예. 대라명 하에 임무를 수행하고 있는 순찰관이 어제 이곳을 다녀갔는데, 이 근방에서 평등왕을 배견했다고 하였사옵니다."

　"그래? 평등왕은 혼자였나?"

　"아니옵니다. 동행이 있었는데 바로 남선부 대선관 소지였다고 하옵니다."

"음…… 틀림없구나."

"예? 무슨 일이 있었사옵니까?"

평허선공은 동화선의 물음에 대답하지 않고 되물었다.

"평등왕에게서 무슨 말이 없었더냐?"

"예. 별 말씀 안 계셨고…… 단지 순찰관이 어디를 행차하시는 중이냐고 물었더니 그냥 동쪽이라고만 했다 하옵니다."

"호오…… 그래?"

평허선공은 속으로 생각했다.

'동쪽이라? ……과연 동쪽으로 갔을까?'

평허선공의 얼굴에는 약간의 미소가 서렸다. 그러나 다시 생각에 잠기는 듯 눈에 예리한 빛이 서리는 듯 하더니 이내 표정이 굳어졌다. 동화선은 숨을 죽이고 가만히 눈치를 살피며 있었다. 평허선공은 속으로 깊은 생각을 진행시켰다.

'필시 평등왕은 일부러 동쪽으로 간다는 말을 흘렸을 것이다. 그것은 내가 나중에 순찰관을 심문할 것을 알기 때문인 것이다. 그러나 그는 내가 일부러 동쪽으로 갔다는 말을 흘렸다고 생각할 것도 알고 있었다고 봐야 한다…… 그렇다면 어떻게 되는 것인가?'

평허선공은 조용히 눈을 감았다. 동화선은 여전히 꼼짝 않고 기다릴 뿐이었다.

'음…… 동쪽으로 간다? 보통의 경우, 즉 내가 속았을 경우 그는 서쪽으로 가는 것이다. 그러나 그는 내가 속지 않을 것을 안다. 그래서 그는 나를 다시 한 번 속이려 할 것이다. 그럴 경우 그는 동쪽으로 간다. 그러나…… 다시 생각해 보자. 그가 만일 무심히 동쪽으로 간다고 했다면 그는 정말로 동쪽으로 간 것이다. 우선 이 문제를 분명히 해야 한다. ……그는 분명 무심히 얘기할 사람이 아니다. 반드시 나를 의식하고 동쪽이라고 말한 것이다. 그래서 처음에 나를 속이기 위해 동쪽이라고 한 것이다. 물론 그가 나를 어리석게 봤다면, 이것으로 속임수는 멈추었을 것이다. 그러나 그는 나를 어리석게 보지 않을 것이다. 즉 내가 속지 않을 것을 그는 안다. 그래서 그는 다시 한 번 속여서 동쪽을 선택한 것이다.'

평허선공은 처음부터 다시 한 번 자신의 추리를 점검해 보았다.

'우선 평등왕이 아무런 뜻이 없이 무심결에 순찰관에게 자신의 행선지를 알렸을 경우도 있다. 이 경우는 평등왕이 말한 그대로 동쪽으로 간 것이다. 그리고 두 번 속였을 때도 동쪽으로 간 경우이다. 그러나 한 번만 속이기로 했다면 그는 서쪽으로 간 것이다. 결국 동쪽으로 갈 경우가 두 번이고 서쪽으로 갈 경우가 한 번이다. 더구나 그는 나를 속이기로 작정한 이상 한 번만 속여서는 안 되는 것이다.'

평허선공은 여기까지 생각을 하고는 결론을 내렸다.

"동화, 그대에게 명을 내리겠네."

"예? 무슨 분부이시온지요……?"

동화선은 갑작스러운 평허선공의 음성을 듣고 흠칫 놀라서 대답했다.

"음, 그대 휘하에 있는 모든 선부에 알려 평등왕의 행방을 수색하게! 특히 동쪽 세계에 주력해야 할 것이야. 물론 나머지 지역도 수색해야 되지만, 그리고……."

평허선공은 동화선이 대답을 하기 전에 일단 말에 간격을 두었다가 다시 이었다.

"아울러 평등왕이 부정한 일을 저질러서 체포령이 내려졌다는 소문을 퍼뜨리게. 또한 모든 선부는 평등왕을 발견하는 즉시 이곳으로 보고해야 됨은 물론이고 가능하다면 체포할 것도 지시해 두게……."

동화선은 마음속으로 크게 놀라고 말았다. 평등왕을 수색하라고 한 것도 엄청난 일인데, 거기다가 체포령이라니? 그러나 동화선은 놀란 표정은 짓지 않고 매우 침착하게 대답했다.

"예. 삼가 명을 받들겠사옵니다."

평허선공은 고개를 끄덕이며 속으로 생각해 봤다.

'평등왕을 선부에서 체포한다는 것은 어차피 불가능할 것이야. 결국 내가 직접 나다녀야 될 테지…….'

평허선공이 좀 더 생각하려는데 동화선이 그것을 막았다.

"그런데, 저…… 제가 내용을 알아도 되겠사옵니까?"

"음? ……그댄 참 끈질기군. 좋아, 나중에 얘기해 주겠네. 지금은 좀 쉬고 싶군……."

"예. 죄송하옵니다. 그럼 저는 물러가 있겠사옵니다."

동화선은 청실을 나와 집무실로 향하면서 생각해 봤다.

'일이 있어도 단단히 있구나…… 이번에 평등왕까지 연계되다니…… 일단은 평허선공의 명대로 대대적인 수색을 해야겠지. 그러나 대왕의 체포는 어림없는 일이야. 평등왕이 누구신데…… 하지만 평등왕께서 도피하고 계시는 것으로 봐서 체포될 만한 일을 저질렀을 거야. ……그런 명령이 정당한 것이라면 명분이 있어야만 할 텐데, 분명 평허선공 이상의 권한이 있어야만 한다. 그렇다면 당금 그런 권위와 명분을 낼 수 있는 사람이라면 누구일까? 옥황상제? 아니면 혹시 연진인이나 난진인 같으신 분들이 아닐까? 혹시 잠적 중인

그 두 어른들과 연락이 닿는 것은 아닐는지…….'

동화선은 몹시 흥분을 느끼면서 여러모로 가늠 해 보았지만 정확한 결론은 나지 않았다.

'물론 나중에 생각한 난진인과의 연관성을 본다면 현재 상황과 부합될 수도 있다. 어쩌면 난진인으로부터 과거에 무언(無言)의 지시를 받으셔서 그 일을 지금에야 실행하시는 것인지도 모른다. ……음, 어떻게 할까? 우선 옥황부에 문의를 해보고 각 선부에 명령을 내려야 할까? 아니지, 평허선공의 명을 먼저 따라야 할 것 같구나……'

여기까지 생각한 동화선은 행동방침을 굳히고 위선을 불러 총관 이하 지휘부의 선인 모두를 집합시키라고 명령했다. 동화선부는 옥황부 외곽에 있는 4대 선부인 동서남북 각 선부 중에서 서열이 제일 높은 기관으로서, 옥황부를 일단 떠나면 모든 선부가 동화선부의 지휘를 받아야 한다. 여기에는 크고 작은 수많은 선부가 있어 유명부를 제외한 모든 선부가 포함된다.

동화선은 처음부터 평허선공을 흠모하고 추종했지만 드디어 엄청난 사건이 발생하여 자신도 연계되어 행동하는 것이 너무도 즐거웠다. 사실 동화선은 지난 긴긴 세월동안 특별한 계기가 없어 발전도 퇴보도 아닌 길을 걸어왔는데, 이젠 무엇인가 변화의 조짐이 보이는 것이다. 인생이든 우주이든 변화가 있어야 발전하는 것이다. 물론 변화에는 해로운 변화도 있으나 아무런 변화가 없는 것은 생명의 본질에 어긋나는 것이다. 동화선은 부지런한 사람이다. 마음속으로는 언제나 변화를 추구한다. 그래서 평허선공 같은 사람을 존경하는 것이다. 이 세상에서 평허선공처럼 느닷없고 변화가 심한 사람은 드물 것이다. 평허선공은 도무지 가만히 있는 사람이 아니다. 어떠한 변화라도 끝까지 추구하여 그 바닥을 드러내고야 마는 것이다.

동화선은 이러한 평허선공과 모종의 변화에 말려든다는 것이 큰 행운의 시기가 온 것이라고 판단했다. 동화선은 자신이 어떤 위험에 처하더라도 감수하기를 작정하고 크게 결심을 굳혔다. 요는 변화가 중요한 것이다.

동화선은 들뜬 마음을 안정시키기 위해 깊은 명상에 들었다. 얼마간 시간이 지나자 총관이 나타났다. 동화선은 명상 상태를 풀고 조용히 눈을 떴다.

"모두 집합해 있습니다."

총관은 동화선의 지시대로 지휘부 선인들이 집합해 있다는 것을 알렸다. 동화선은 급히 자리에서 일어나 앞장서서 집무실을 나섰다. 동화선이 회의실에 들어서자 선인들은 일제히 일어나 예의를 차렸다. 동화선은 미소를 보이며 답례하고 천천히 자리에 앉았다.

"여러분……."

동화선은 자리에 앉자마자 즉시 서두를 꺼냈다.

"급박한 상황이 발생하여 모이게 했습니다. 지금 우리 선부에는 평허선공께서 와 계십니다."

동화선은 이렇게 얘기하고는 잠시 간격을 두어 긴장을 고조시켰다. 평허선공이 이곳에 와 있다는 말에 모든 선인들은 속으로 놀라는 한편 흥미를 나타냈다.

"급박한 상황이란 현재 염라대왕께서 죄를 짓고 도주 중에 계시다는 것입니다. 또한 염라대왕에 대한 체포령이 내려졌는데 우리 선부가 이 임무를 관장하게 되었습니다."

좌중은 염라대왕에 대한 체포령이 내려졌다는 말에 크게 경악하고 잠시 술렁거렸다.

"도대체 평등왕께서 무슨 죄를 지었습니까?"

한 선인이 물었다. 모두들 동화선을 바라보며 숨을 죽이고 있었다.

"그건…… 아직 나도 잘 모르고 있습니다. ……그러나 상황은 분명합니다."

"아니, 상황이 분명하다니요? 염라대왕의 죄도 모르는데 무엇이 분명합니까?"

"음……."

동화선은 약간 당황한 기색을 보이더니 이윽고 결심이 섰는지 큰소리로 말했다.

"아무튼…… 평허선공께서 나에게 체포를 명한 것이고 나는 그걸 따르기로 결정했습니다. 여러분들도 나의 결정에 따라야 할 것입니다……."

동화선은 슬쩍 대중의 눈치를 살폈다. 누구 하나 나서는 사람은 없었다. 당연히 선부를 장악하고 있는 동화선의 결정에 따라야 하는 것이니 누가 반론을 제기할 수는 없는 것이다. 단지 모든 선인들은 속으로만 여러 가지 상념을 일으켰다. 동화선이 다시 말했다.

"조만간 내용을 알려줄 수 있을 것이오. 평허선공께서 나중에 알려주신다고 했습니다. 그러나 우린 우리대로 알아봅시다. 각 선부에 연락하여 상황 발생 이전의 염라대왕 행적을 탐문 해 봅시다."

여러 선인들이 고개를 끄덕여 찬동을 표시했다.

"우선 수색대를 급히 동쪽 방향으로 보내야겠소. 그리고 각 선부에도 연락해서 동화선부의 지휘에 따르도록 해 주시오."

"예. 잘 알겠습니다. 신속히 조치하겠습니다."

총관이 명쾌한 목소리로 복명하자 동화선은 좌중을 한 번 죽 둘러 보고는 자리에서 일어나 회의장 밖으로 나갔다. 나머지 선인들은 남아서 잠시 더 회의를 진행하고는 각지로 떠나갔다. 이로부터 얼마 후 평허선공도 동화선부를 나서 염라대왕의 추적을 개시했다.

헐어낸 망각의 벽

한편 남선부 산하의 속계(俗界)인 서울에서는 남씨가 출행 여드레째를 맞이했다. 오늘은 인규까지 대동하여 안국동 본부에 도착했다. 지난 이틀간은 아무런 상황 변화가 없이 평온했다. 조합장이 입구에서 미소로 맞이했다.

"상황은 어떻습니까?"

남씨는 조합장을 만나자마자 즉시 지금까지의 변화한 상황이 있는가를 물었다.

"여전합니다."

조합장이 밝게 대답했다.

"음…… 그렇군요. 아무튼 경계를 한시라도 늦추어서는 안 됩니다. 자, 그럼 이쪽으로 와 앉으세요."

남씨는 업무를 시작했다. 지난 이틀간은 아무 일도 없어서 남씨와 박씨는 각자 서울 구경으로 시간을 보냈었다. 박씨는 인규의 안내로 백화점이나 시장 그리고 공장 등을 구경했고, 남씨는 혼자 하루 종일 경복궁에만 가 있었다.

남씨가 작전 지시를 내리기 시작했다. 조합장은 이제 남씨의 실력을 익히 아는지라 속으로 존경심을 가지고 경건한 자세로 듣고 있었다.

"오늘부터는 소탕전입니다. ……그러나 아직 적의 두목과 칠성 세 명이 남아있으므로 위험하기는 마찬가지입니다. 만일 적이 전열을 수습하여 이제라도 반격해 온다면 오히려 우리 쪽이 약하다고 봐야 합니다."

남씨가 이렇게 말하고 있을 때 박씨는 속으로 달리 생각하고 있었다.

'칠성이 세 사람 남아있다 하더라도 내가 처치할 수 있을 거야…… 그리고 적의 두목이 아무리 머리가 비상하다고 하더라도 아무렴 남씨 형님만 할까……?'

남씨는 여전히 걱정스런 표정으로 설명을 해나갔다.

"물론 적은 쉽사리 공격해 오지 않고 더욱 신중한 계획을 세우겠지요. 저쪽 두목은 현재 지금의 상황을 전혀 모르는 데다 서울을 떠나 있는 것 같습니다. 생각건대 칠성 세 명을 대동하고 어디론가 여행 중인 것 같은데, 머지않아 나타날 것이 틀림없습니다. 그간 우리는 나머지 부하들을 끝까지 추적하여 뿌리를 뽑는 한편, 칠성 세 명과 두목이 서울에 나타나자마자 우리가 먼저 선공(先攻)할 수 있어야 합니다. 저들이 미처 상황을 다 파악하기도 전에 들이닥치는 것이지요."

남씨의 설명은 거침이 없었다. 세세한 상황을 남김없이 지적하고, 앞으로 일어날 사태에 대한 사전에 대비하는 작전은 듣는 사람에게 감명을 주기에 충분했다. 조합장은 일체의 잡음을 넣지 않고 여전히 경건한 자세를 지키고 있었다.

"그럼, 이제부터 할 일을 지시하겠습니다."

남씨의 차분한 음성 속에는 신비한 힘이 깃들여 있는 것 같았다.

"그간 여러분들이 유능하게 일을 잘해주어서 한 점의 착오도 없었습니다……."

남씨의 이 말에 조합장은 속으로 생각했다.

'우리가 한 일이 뭐가 있나? 계획은 남선생이 세우고 행동은 박씨가 했을 뿐인데…… 한 점의 착오도 없는 것은 남선생의 작전이었어, 나야말로 아무런 할 일 없었지…….'

남씨의 차분한 목소리가 조합장의 생각을 막았다.

"그러나 이제부터의 일을 더욱 신중하게 해야 합니다. 한 번의 실수로 전체의 계획을 망가뜨릴 수가 있습니다. 이번 일도 그동안과 마찬가지로 적의 동태 탐지입니다. 단지 이번에는 앉아서 기다리는 것이 아니라 미행입니다. 미행은 아무래도 최선을 다해야겠지요."

조합장은 또 속으로 생각했다.

'미행이라? 이것은 우리가 잘해낼 수 있는 일인데…… 누구를 미행하는 것일까?'

"그럼…… 그동안 알아 본 바를 얘기하지요."

남씨의 말이 계속 들려오는 동안 조합장도 속으로 생각을 진행했다.

"이것은 인규가 미리 알아둔 것인데 병원 두 곳과 주택가의 어느 한 집입니다. 인규는 그동안 우리 주변에 잠복해 있다가 적이 패해서 도망갈 때 추적해서 알아둔 장소입니다."

여기서 남씨는 인규를 돌아보며 말했다.

"인규는 아저씨들에게 알아둔 장소를 안내해라."

인규는 미소를 지으며 고개를 끄덕였다.

"그리고 조합장님……."

"예……."

조합장은 크지는 않지만 분명한 목소리로 대답했다.

"인규가 안내하는 병원과 주택에는 하루 종일 감시해야 합니다. 특히 주택에는 두목이 나타날 것으로 예상되므로 주의해서 살펴봐야 합니다."

조합장은 남씨의 용의주도함에 또 한 번 감명을 받았다. 남씨는 몇 차례 신중한 작전을 전개하는 와중에도 더 멀리 일어날 일을 대비하여 은밀히 인규를 시켜 적의 도주처를 탐색해 왔던 것이다.

'우리 같은 사람은 당장 눈앞에 일어날 일도 처리 방법을 모르는데…….'

조합장이 이런 생각을 하고 있는데 남씨의 말이 이어졌다.

"그리고 우리의 각 지역 사무소에 두목 쪽으로부터 연락이 올 경우 그 지역은 즉시 피신하여야 합니다. 물론 피신은 하되 근처에서 잠복하여 칠성들이나 두목이 나타나는지를 탐지하여 즉시 보고하여야 할 것입니다…… 오늘 일은 이것이 전부입니다. 조합장님은 인규가 안내하는 곳에 사람을 배치하십시오."

"예. 지시하신 대로 해 놓겠습니다."

조합장은 믿음직한 목소리로 복명했다.

"그런데 저…… 남선생님, 질문이 있는데요……."

"질문이요? 뭡니까?"

"예. 만일 저들의 부하들이 항복을 해서 우리 쪽으로 들어오겠다면 어떻게 해야 합니까?"

"글쎄요. 그건 조합장님이 알아서 하세요. 단지 저들의 두목이 출현한 이후에는 아무도 믿어서는 안 됩니다. 지금은 그들을 받아들여도 되겠지요."

"……잘 알겠습니다."

조합장은 신중한 표정을 지으면서 고개를 천천히 끄덕였다.

"자, 우리는 일어나지."

남씨는 박씨를 돌아보며 말했다.

"그리고 인규, 나 좀 볼까?"

남씨는 박씨와 나오면서 인규를 밖으로 불러냈다.

"인규야……."

남씨는 인규가 밖으로 나오자마자 심각한 표정을 지으면서 말했다.

"너는 저 아저씨들에게 병원 두 곳과 주택만 안내하면 일이 끝나는 것이니 이젠 이곳에 나올 필요가 없어. 그보다는 정마을에 한 번 다녀와야겠어. ……이곳 일이 아무래도 시일이 좀 걸릴 것 같구나."

"예? 정마을에요? 정마을엔 일이 다 끝나면 함께 가면 되잖겠어요?"

"아니야. 일에 시간이 예상보다 오래 걸리니까 불안하구나. 그동안 여기서 일어났던 일도 알려줄 겸 정마을에 한 번 다녀오너라."

"그래. 정마을에 다녀오는 것이 좋겠다."

박씨도 남씨의 말에 찬동을 했다.

"그러지요, 아저씨들이 다녀오라면 다녀오겠습니다. 그런데 정마을에 가서 건영이에게 그동안의 결과를 어떻게 설명하지요?"

인규는 박씨를 쳐다보며 물었다. 이에 박씨도 남씨 쪽을 쳐다보니 남씨가 말했다.

"그냥 일이 잘 되어간다고만 해라. 그리고 숙영이와…… 숙영이 어머니도 잘 있는가 보고…….”

남씨는 숙영이와 숙영이 어머니를 간격을 두어 따로 얘기했다. 지금 남씨는 필경 숙영이 어머니를 생각하고 있는 것이리라.

“예. 알겠습니다. 오늘 일이 끝나는 대로 바로 떠나지요.”

인규는 남씨의 이런 마음은 알 턱이 없었으므로 그냥 시원하게 대답했다.

“그런데 이곳 일은 언제 끝날까요?”

“글쎄 잘 모르겠지만 시간이 좀 걸리겠지…… 물론 너무 길어지면 대책을 달리 세워야겠지만…….”

“예. 알겠어요. 빨리 다녀오지요.”

남씨와 박씨는 인규만 남겨놓고 안국동 사무실을 떠나 시내 쪽으로 향했다.

“박씨, 어디로 갈까?”

남씨는 근래에 보기 드문 밝은 표정을 지으며 물었다. 남씨의 얼굴이 환하게 펴지자 박씨도 따라서 마음이 상쾌해지는 것 같았다.

“글쎄요. 아무데나 갑시다. 고궁엘 갈까요?”

박씨가 고궁 얘기를 꺼내는 것은 남씨가 으레 고궁을 택할 줄 알고 앞서 얘기해 본 것이었다.

“아니, 백화점이나 가볼까?”

남씨는 박씨가 백화점 구경을 좋아하니까 한번 얘기해 봤다. 둘이는 서로 쳐다보고 웃으며 박씨가 말했다.

“백화점은 다 구경했어요. ……고궁이 좋아요.”

박씨가 이렇게 말하자 남씨는 속으로 생각했다.

‘나도 고궁 구경은 다한 셈이지…… 나야 뭐 고궁 구경을 좋아하는

것은 아니지…….'

남씨에게 고궁, 특히 경복궁은 특별한 곳이었다. 이곳에 있는 경회루는 바로 남씨의 전생의 환경과 너무나 많이 닮아있었던 것이었다. 남씨가 처음 경복궁에 들어와서 경회루를 보았을 때의 충격은 참으로 큰 것이었다.

남씨는 전생과 현생 사이에 놓여있는 엄청난 망각의 장벽을 경회루를 보면서 헐어낼 수 있었다. 남씨는 몇 차례 경회루를 드나들면서 그 망각의 벽을 뚫고 마침내 태어나기도 전의 세계를 회상해 내었던 것이다.

그로 인해 남씨의 삶은 이제 그 의미가 달라진 것이었다. 나이도 사십대가 아닌 것이다. 남씨에게는 이제 나이란 큰 의미를 갖지 않는다. 이름도 남국현이 아니었다. 남씨의 참된 이름은 연행(然行)이었고, 이 이름만이 영원한 삼생(三生)의 이름인 것이다. 남씨는 지금 자신이 서선(書仙) 연행인 것을 분명히 깨닫고 있으며, 이번 생에 태어난 것은 하나의 슬픈 사건임을 어렴풋이 알게 되었다.

그러나 지금 남씨의 마음은 슬프다거나 불행하다거나 하는 것은 아니었다. 남씨는 이제 우주의 무한한 흐름을 깊게 통찰하고 자신의 운명을 개척해 나가고 있는 것이다. 남씨는 잠시 생각하고는 이내 현실로 돌아와 밝게 미소 지으며 말했다.

"그럼, 어딜 갈까? ……그래! 창경원으로 가보자!"

"예? 창경원이요? 거긴 또 어떤 곳인데요?"

"응…… 거긴 고궁이긴 한데 좀 다른 곳이야. 각종 짐승들이 있는 곳이지."

남씨에게 창경원 얘기를 들려준 것은 인규였다.

"그래요. 그거 좋겠는데요."

박씨는 아이들처럼 좋아하며 큰소리로 말했다. 박씨는 새로운 것은 무조건 좋아한다. 백화점이나 시장 같은 곳은 정마을에서는 상상할 수도 없는 것이지만 창경원의 동물들도 마찬가지였다.

박씨는 정마을을 떠나 서울에 온지 불과 며칠 안 되어서 수많은 경험들을 했다. 모든 것이 충격적이었지만 박씨는 그저 어린아이처럼 좋아했다. 오늘도 동물원을 구경하게 된다니 들뜬 마음으로 앞장을 섰다.

두 사람은 전차를 탔다. 박씨는 전차라면 또 무조건 좋아했다. 남씨는 단정히 앉아서 눈을 감고 있는데, 박씨는 창밖을 정신없이 내다보며 몇 번이나 자세를 바꾸었다.

이로부터 몇 시간 후 인규는 전차를 타고 청량리역에 도착했고, 곧바로 춘천행 열차에 올랐다. 열차가 서서히 역 구내를 빠져나갈 때 인규는 잠깐 잠이 들었다. 그러나 오래 잠들지는 못하고 곧 깨어나서는 창밖을 바라보고 있었다. 기차 안에는 승객이 적어 빈 좌석이 많이 남아있었고, 차창 밖은 화창한 날씨에 전망이 시원하게 트여 멀리까지 보였다.

'참으로 한가하구나…….'

세상을 뒤바꾸어 사는 사람들

　인규는 차창 밖으로 펼쳐진 풍경 중에서도 유유히 흘러가는 강물을 바라보며 기이하고 묘한 생각에 잠겼다.

　'나는 지금 어디로 가고 있는가? ……분명 정마을로 가고 있는 것이지! 그런데……?'

　인규는 이번 정마을행이 도무지 야릇하기만 했다. 무엇인가 뒤바뀐 느낌이 드는 것이다. 당연히 정마을에 있어야 할 박씨와 남씨가 서울에 있으면서 도리어 정마을의 안부를 묻고 있지 않은가! 게다가 건영이는 어느새 정마을의 주인격이 되어 그 곳을 지키고 있었고, 가장 오래 전부터 정마을에 있어온 촌장은 지금 종적을 감추었다.

　인규의 마음속에는 지나간 나날들이 차례로 떠올랐다. 이년 전, 인규가 정마을에 나타난 이래 지금까지의 사건들은 지난 이십 년간 정마을에서 일어난 모든 사건들보다 엄청나게 많은 것이었다.

　물론 인규는 지난 이십 년간 정마을에서 일어났던 일들을 다 알지 못한다. 그러나 지난 이 년간이 정마을에 있어서의 그 전 이십 년 전보다 사건이 많았던 것에 대해서는 정마을 사람들에게 익히 들어왔던 터였다.

특히 인규가 자신의 친구인 건영이를 정마을에 끌어들이자마자 극적인 사건들이 연이어 발생했고 마침내는 정마을을 한 번도 떠나볼 수 없을 것 같았던 박씨와 남씨가 서울까지 가게 된 사실은 생각하면 생각할수록 기이한 일이었다.

인규의 생각은 계속 꼬리를 물고 일어나 길게 길게 이어졌다. 기차는 한강의 상류 쪽을 향해 계속 달리고 있었다.

강폭이 몇 번인가 넓어지고 좁아지다가 마침내 보이지 않게 되었고, 대신 가까이에 높지 않은 산들이 그 자리를 차지했다. 계절은 늦은 봄이라 이미 온갖 봄꽃들은 지고 산천은 짙푸른 기색이 역력했다.

인규는 이때 갑자기 이상한 생각이 떠오르기 시작했다. 그것은 좁은 서울이란 세계에서 드넓은 정마을로 간다는 느낌이었다. 어떻게 생각하면 인규에게 있어서는 정마을이 서울보다 더 넓은 세계인지도 몰랐다.

인규가 아직 정마을에 첫발을 들여놓기 전, 서울에 있었을 때의 인생은 어떠한 것이었는가? 그것은 단순하고 평범하여 특별히 '이것이다' 하고 말할 것이 전혀 없는 것이었다. 물론 대학에서 독서 서클 사건으로 곤욕을 치르면서 이곳 정마을까지 흘러오게 된 것은 결코 평범하다고는 볼 수 없다. 하지만 일생을 두고 볼 때는 그 사건도 그리 대수로울 것은 없다. 인규가 겪고 있는 인생은 그 나이의 서울 청년이 생각하고 행동하는 그저 그런 것이다.

그러나 인규가 일단 정마을에 들어가자 인규의 인생은 한없이 넓어진 것이다. 인규는 지금 이 점을 자각하고 있었다. 그뿐만 아니라 지금도 다시 그 정마을로 향해가고 있는 것이다. 문득 인규의 마음속에는 정마을이 갑자기 생소하게 느껴졌다. 정마을은 저 멀리 있는 것 같고 신비하게 생각됐다. 묘한 설렘도 일어났다. 정마을에 있는 건영이도 자신의 친구라기보다는 어떤 신비한 낯선 인물인 것처럼 느껴졌다. 지난 이태 동안의 정마을의 역사도 현실세계에서의 일로 여겨지지 않았다. 물론 인규의 기억 속에 정마을에 있었던 자신의 생활이 사라진 것은 아니었다. 단지 그 나날들이 멀고 먼 옛날의 일들로 생각되는 것뿐이다. 이는 마치 고향을 떠나있던 사람이 기나긴 세월이 지난 후에 어렴풋한 기억을 더듬으며 다시 고향을 찾는 느낌 같은 것이었다.

기차는 종점인 춘천역에 들어서자 조용히 섰다. 인규는 잠시 동안 기차가 선 것을 몰랐다. 그러나 다른 사람들이 모두 내리자 이내 깨닫고 급히 기차를 빠져나왔다.

인규가 역전 광장에 나서자 마침 버스가 기다리고 있었다. 이 버스는 소양강행인데, 지금 정마을로 향하기는 늦은 시간이었다. 시간은 다섯 시가 좀 지나있었다. 인규는 잠시 머무적거리다가 결심을 굳히고 버스에 올랐다.

아직은 해가 지지 않았으나 소양강 하류에 도착하여 정마을로 가는 숲에 들어서면 어두워질 것이다. 그러나 인규는 개의치 않았다. 손에는 전등도 있고 해서 산 속의 길이 위험할 것 같지는 않았다. 인규는 정마을로 들어가는 길은 특별한 요령으로 외워두어서 길을 잘못 들어갈 염려는 없었다.

버스는 출발했다. 인규는 차창 밖을 내다보며 또다시 생각에 빠져들었다. 버스가 달리는 양 옆은 논과 밭이 넓게 펼쳐져 있었고, 멀리에는 겹겹이 산들이 둘러져 있었다. 인규는 자신도 모르게 자기의 운명에 대한 생각으로 빠져들고 있었다.

'내가 정마을에 처음 찾아오게 된 사실은 미리 예정된 것이었던가? ……어떻게 해서? 이는 우연인가? 운명인가? ……아니, 우연이 곧 운명이란 것이겠지! ……혹은 예정된 우연? 글쎄, 예정이 되어있다면 이미 우연은 아니야…… 마땅히 필연이라고 해야 될 거야. 그리고 필연은 즉 운명이고…… 그렇다면 세상은 모든 것이 운명일까? ……바람에 낙엽이 휘날리고, 개구리가 우는 것까지도? ……그럴까? 우연은 전혀 없는 것인가? ……그럴 수는 없을 거야. ……세상엔 우연도 있고 필연도 있을 거야. ……사람의 경우는 모든 것이 운명일까?'

인규는 자신이 감당할 수 없는 어려운 문제를 생각하고 있다는 것을 깨닫고는 한숨을 지었다. 순간 건영이의 모습이 떠올랐다. 버스는 포장이 안 된 도로를 달리면서 심하게 덜컹거렸다. 인규의 몸도 이리저리 움직였지만 생각만은 한 곳에 집중되어 있었다.

'건영이는 과연 이런 문제들을 잘 알고 있을까? ……그렇다면 건영이는 어떻게 해서 이런 문제들을 해결할 수 있는 것일까? 주역이란 학문을 공부해서인가? 아무리 그렇다 하더라도 어떻게 짧은 기간 동안 그런 정도의 경지에 오를 수 있다는 말인가? 도대체 건영이는 어떤 사람이고 어느 정도의 사람인가? ……신선처럼 높고 높은 사람인가?'

인규는 눈을 가늘게 뜨고 고개를 갸우뚱했다. 인규가 원래부터 알고 있는 건영이가 지금은 너무나 훌륭해 보인다. 이것은 공연한 착각인가? 그럴 리는 없을 것이다. 촌장 같은 분이 특별히 중히 여기시는 것을 보면 분명히 뭐가 있긴 있는 것이다.

인규는 건영이에 대해서는 아무리 생각해도 모를 것 같았다. 인규는 건영이란 존재가 새삼스럽게 느껴질 뿐만 아니라 아주 낯선 사람으로까지 생각되었다. 지난날 건영이와 지냈던 모든 추억들은 한낱 꿈으로 밖에는 생각되지 않았다. 인규는 한 가지 결심을 하고 굳게 입술을 다물었다.

'이번에 건영이를 보게 되면 그가 어떤 사람인지 깊게 관찰해 봐야겠어.'

버스는 실개울과 나란히 달리고 있었고, 인규는 또 생각에 파묻혔다.

'그런데 나는 어떤 사람일까? 나의 운명은 무엇일까? 일 년 후, 혹은 십 년 후 나는 어디서 어떻게 지내고 있을까? 이런 것을 알 수 있을까? 건영이가 이런 것을 안단 말인가? ……글쎄 ……과연 그럴까?'

인규는 자기 자신과 건영이에 대해 번갈아 생각하면서 무엇인가를 열심히 찾아 헤매었다. 그러나 알 수 있는 것은 아무것도 없었다. 이젠 생각하기도 지쳐 망연히 창밖을 내다보고 있었다. 멀리 저쪽에 몇 채인가 초가가 보이고 버스는 멈추었다. 종점에 다 온 것이다. 날은 이미 저녁때가 되었지만 아직 주변은 어두워지지 않았다.

인규는 몇 사람과 함께 버스에서 내려서는 즉시 소양강 쪽으로 향했다. 다른 사람들은 어디론가 가버리고 인규만 숲 입구에 도착했다. 지금이라도 되돌아가려면 버스를 탈 수는 있었다. 그러나 인규는 밤길을 가기로 이미 작정을 한 터라 서슴없이 숲 속의 길로 들어섰다. 만약 비라도 온다면 큰일이지만 오늘은 마침 날씨가 아주 청명하여 그럴 염려는 없었다. 숲 속의 길은 일체 인적이 없었다.

인규는 아직 밝은 동안에 길을 많이 가두려고 발걸음을 빨리했다. 그러나 숲 속은 원래 어두운데다 해는 저녁이 되자, 순식간에 어두워졌다. 그래도 인규는 손전등을 켜지 않고 한동안 걸었다. 결국 한 치 앞도 내다볼 수 없을 때가 되어서야 손전등을 켜고는 걸음의 속도를 늦추었다. 시간은 아홉 시가 넘어있었다. 정마을까지는 아직도 네 시간 정도는 족히 걸어야했다. 주변은 적막했고 가끔 멀리서 산짐승 소리도 들려왔다. 인규는 자신의 몸 주위에 온 신경을 집중하면서 걷고 있었기 때문에 마음속으로 무엇인가를 생각할 여유는 없었다. 단지 온통 깜깜한 숲 속에 묻혀서 움직이고 있으니 마치 세상에 아직 태어나지 않은 느낌이 들 뿐이었다.

그러나 인규의 마음은 지금 여느 때보다 대단히 희망적이고 기운에 차있었다. 몇 번이나 드나들었던 정마을이지만 이번에 다시 찾아가는 정마을은 마치 인규 자신을 위한 신세계인 것만 같았다. 주변은 여전히 적막하고 겨우 발 앞만 보였지만 힘들거나 무섭다거나 하지는 않았다. 인규는 시계를 일부러 보지 않았다. 하지만 감각적으로 현재의 시간은 대충 알고 있었다. 이제 길은 어느 정도 걸어왔다. 멀지 않아 정마을에 당도할 것이다. 숲 속의 길은 두 개로 갈라졌다. 한 곳은 몹시 좁아서 곧 막힐 것 같았지만 이 길이 정마을 나루터로 향하는 길인 것이다. 인규는 정확히 길을 찾아들었다.

시원한 바람이 한 번 불어왔다. 갑자기 시야가 탁 터지면서 강가가 나타났다. 길은 아래로 경사지고 모래와 자갈이 밟혔다. 시간은 한 시가 막 넘어있었다.

강 건너편에 불빛이 보였다. 틀림없이 건영이일 것이다. 늦은 시간이었지만 건영이는 기다리고 있었던 것이다. 누가 인규가 오는 것을 알려준 사람은 있을 턱이 없었다.

그러나 건영이는 정확히 인규가 올 것을 미리 알고 강가에서 시간을 보내고 있었다. 인규는 건영이가 기다린 것에 대해 자신이 놀라지 않고 있다는 점에 잠시 놀랐다.

배는 이쪽을 향해 오고 있었다. 인규는 숲 속을 거쳐 오면서 초조해하거나 불안했던 적은 없었으나 배가 점점 가까워오자 안도감과 함께 피로가 엄습해 왔다. 이것은 아마 인규 자신도 모르는 정마을에 대한 마음속의 새로운 기대, 그리고 그로 인한 긴장 때문일 것이리라. 배는 소리 없이 이쪽에 도착했다. 드디어 그토록 위대해 보이는 친구인 건영이가 내렸다. 어두워서 그 표정을 알 수 없었으나 밝은 모습인 것 같았다.

"왜 이리 늦은 시간에 왔니……?"

건영이의 음성은 다정스럽고 싱싱하게 느껴졌다.

"응. 그렇게 됐어……."

인규도 밝게 대답하고는 배에 올랐다. 배는 다시 정마을 쪽으로 되돌아 건너기 시작했다. 건영이는 말없이 노만 저을 뿐이었다. 이때 인규는 문득 이러한 생각이 떠올랐다.

'나는 건영이가 있는 세계로 들어가는구나…….'

인규는 확실히 색다른 생각을 하고 있었다. 밤길을 쉬지 않고 달려온 인규는 막상 정마을이 가까워오자 점점 마음이 움츠러들음을 느꼈다. 그러나 인규는 속으로 다짐했다. 내일은 건영이와 많은 대화를 나누고 기필코 무엇인가를 찾아 얻어야겠다고……. 오늘은 피곤하기도 한데다 밤이 늦어 깊은 대화를 나눌 수는 없는 것이었다. 인규의 원래 성격은 순진하고, 외로움을 잘 견디는 편이다. 어떻게 보면 좀 둔감하다고도 할 수 있는데, 늦은 밤길을 서슴없이 나서는 것을 보면 용기도 대단하다고 할 수 있다.

배는 천천히 움직이고 가끔 물소리가 약하게 들렸다. 건영이는 일체 말이 없었다. 인규는 몇 차례 말을 건네려고 했지만 왠지 할 말이 잘 생각나지 않았다. 서울 일을 전하려고도 해 보았지만 이미 자신의 생각이 전해진 느낌이 들었다.

인규는 지금 자기가 좀 이상해진 것이 아닐까 하고 생각이 들었지만 오늘은 일단 휴식을 위하여 마음을 차분히 해두고 싶었다. 그런데 건영이는 인규의 이런 기분을 알고 있기라도 한 것일까? 건영이는 마치 혼자 있는 듯한 자세로 무심히 노만을 저어나갔다. 인규는 건영을 흘끗 바라봤다. 여전히 변화가 없었다. 건영이의 이러한 자세로 인하여 한없는 고요가 강 전체에 서려 있는 것만 같았다.

배는 정마을 쪽 나루터에 닿았다. 인규가 먼저 내리자 건영이는 아주 익숙한 솜씨로 배를 고정시켰다. 인규의 눈에는 건영이가 배를 젓고 세우고 하는 일이 마치 어떤 신비한 도술처럼 느껴졌다.

"피곤하지?"

건영이가 침묵을 깨고 말을 건네 왔다. 인규는 약간 놀라면서 대답을 늦게 했다.

"응? ……약간!"

건영이는 다정히 웃는 표정을 지으면서 고개를 끄덕인 것 같았는데 이는 인규의 느낌이었을 뿐 확실한 것은 알 수 없었다. 정마을로 올라가는 길에는 건영이가 앞장을 섰다. 인규는 건영이가 비추고 있는 손전등 빛을 따라 천천히 걸었다. 마음은 한가하고 편안했다. 정마을까지는 평소보다 좀 길게 느껴졌다. 한참 만에 길은 언덕 쪽으로 올라가면서 별이 가득 찬 하늘이 잠시 보이더니 마침내 정마을에 도착했다. 사람들은 모두 잠이 들어 불빛 하나 보이지 않았다. 두 사람은 잠시 머뭇거리다 숙소를 찾아들어 즉시 잠에 떨어졌다.

아침은 금방 찾아왔다. 인규는 어렴풋이 잠에서 깨어나 옆을 살펴보았다. 건영이의 모습은 보이지 않았다. 건영이는 평소대로 산 위쪽 어딘가에 가서 무엇인가 공부를 하고 있으리라. 그러나 인규는 이런 생각을 할 겨를도 없이 또다시 잠이 들었다. 인규는 원래 잠을 오래 자는 편이었는데, 오늘은 더 늦게까지 푹 자다가 해가 중천에 떴을 때 겨우 일어났다.

인규는 대충 세수를 하고 문밖을 나섰다. 밖에 나오자 가까이 아래쪽에는 초가집이 몇 채 보이고 왼쪽 위로는 숲이 산까지 연해 있었다. 인규는 언덕 아래쪽으로 천천히 내려오면서 주변 경관을 둘러봤다. 전면에는 빽빽이 숲이 차 있고 나무 그늘 앞쪽으로는 맑은 실개울이 흐르고 있었다. 숲에서는 새소리도 자주 들려왔다. 이런 정경들은 인규에게는 아주 친숙한 것인데도 오늘만은 새로운 느낌을 주고 있었다.

'참으로 아름답구나…….'

인규는 속으로 감탄을 하면서 어디로 갈까를 잠깐 생각해 보았다. 그러나 깊게 생각할 것도 없이 실개울을 건너자마자 인규의 발걸음은 저절로 좌측 언덕으로 향했다. 언덕으로 향하는 길은 숲과 개울이 나란히 연해 있는데, 조금 올라가자 개울은 급경사를 이루면서 좌측으로 떨어져 나갔다.

인규는 숲을 뒤로 하고 실개울을 따라 올라갔다. 이 길은 임씨의 집으로 향하는 곳인데, 가까이 위쪽에 벌써 임씨 집이 보였다. 인규는 잠시 발길을 멈추고 오던 길을 되돌아서 내려다보았다. 숲은 완만한 경사를 이루며 가까이 있는 산까지 연결되어 있고, 그 아래쪽에는 정마을의 정경이 선명하게 드러났다. 인규는 이러한 정마을의 모습은 익히 보아왔던 것이지만 지금 이 순간에는 완전히 다른 세계로 비쳐졌다. 자그마한 초가들이 간간히 보이고 숲들과 밭, 그리고 아주 작은 논들이 그 집들을 감싸고 있는 것이 어떤 묘한 의미를 띠고 있는 것 같았다.

마을 사람들은 한 사람도 보이지 않았다. 인규는 잠시 이곳은 사람이 없는 세계가 아닌가 하고 생각도 해보았지만 이는 얼토당토않은 생각이었다. 인규는 혼자 웃으며 행복을 느꼈다. 고요하고 한가롭게 빛나는 이 정마을은 바로 인규의 마음의 고향인 것이다.

인규가 어느 날 깨어나 보니 자신은 정마을 사람이 되어있는데, 이 마을은 실은 인간의 세계가 아니었다. 물론 신들의 세계는 더더구나 아니었지만, 정마을은 이 세상 어느 곳에도 있을 것 같지 않았다. 그러나 인규는 또한 이곳에 사는 사람의 마음, 즉 내면의 세계는 천차만별이라는 것도 깨달았다. 그렇다면 눈에 보이는 이 자연의 세계는 진정한 의미에서는 허상인 것이다. 인간은 몸이 어디 있든 자신은 자신의 정신세계에 있는 것이고, 이 세계란 서로 다른 세계 속에 사는 정신이 단순히 공통적으로 바라보고 있을 뿐인 껍질에 지나지 않는 것이다. 그렇다면 인간은 어디에 있던 그 장소가 중요한 의미가 있는 것이 아니다. 비록 어떤 사람과 함께 있다 해도 만일 그 내면의 세계가 서로 교감하지 않는다면 그들은 서로 다른 세계에 있는 것이다.

'인간은 참으로 고독한 것이로구나…….'

인규는 남이 자기를 알 수 없고 자기가 남을 알 수 없으니 이 얼마나 적막한 세계인가 하고 생각해 보았다. 그리고 이 순간 건영이의 모습이 떠오르며 그 사람의 내면의 세계가 한없이 궁금했다. 인규는 꿈길을 걷듯 몽롱한 상태에서 점점 더 위쪽으로 올라갔다. 임씨의 집이 바로 눈앞에 나타났다. 인규는 정신을 수습하고 싸리문 안으로 들어가려는데 뒤에서 부르는 소리가 들렸다.

"인규……!"

인규가 급히 뒤돌아보니 임씨의 웃는 얼굴이 보였다. 언제나 봐도 평화롭고 정다운 임씨 아저씨이다.

"안녕하세요?"

인규도 환한 모습을 하며 인사를 건넸다. 임씨는 집 바로 앞에 있는 밭에서 일을 하고 있는 중이었다.

"안으로 들어갈까?"

임씨는 흙 묻은 손을 털면서 싸리문 안으로 먼저 들어섰다. 마침 임씨 부인도 방문을 열고 마루로 나오면서 인규를 발견했다.

"어서 와요! 인규 학생……."

"안녕하세요?"

인규도 인사를 하고서 마루에 걸터앉았다. 그러자 임씨 부인은 인규를 앉혀놓고 부엌으로 들어갔다가 순식간에 밥상을 들고 나왔다.

"아직 아침 식사를 못했지요? 건영이 학생이 알려줘서 미리 차려놨어요!"

"예? 건영이가 다녀갔나요?"

"그래요. 건영이 학생은 아침 일찍 다녀갔어요. 인규 학생이 이리로 올 것이라고 하던데요……."

"예? 거 참…… 내가 이리로 올 것을 건영이가 어떻게 알았을까?"

인규는 놀란 표정으로 임씨와 부인을 번갈아 쳐다보았다.

"자, 자. 식사부터 하지, 그건 나중에 생각하고……."

임씨는 인규의 말을 막으며 밥상을 끌어당겼다.

"나는 이게 점심이야. 인규는 한참 굶었지?"

인규는 놀란 가슴이었지만 배가 몹시 고픈 터라 우선 밥부터 먹기 시작했다. 임씨 부인은 물을 떠다놓고는 밖으로 나갔다. 열어 논 싸리문 밖으로 보이는 널찍한 밭에는 생기가 가득 넘쳐흘렀다. 해는 집의 뒤쪽에 떠 있어서 마루는 그늘져 있었고, 가슴 시원한 바람도 찾아왔다. 두 사람은 식사를 마치자 잠시 하늘을 바라보며 한숨을 돌렸다.

"아저씨……."

인규가 먼저 말을 걸었다.

"이곳은 별일 없지요?"

"그럼. 모두 잘 있어. ……인규는 이번에 혼자 왔다며?"

"예. 저 혼자 왔어요."

"그래. 서울 일은 어떻게 돼 가나? 박씨가 싸움하러 갔다던데……."

"잘 되는가 봐요. 아직 다 안 끝났지만……."

"아무튼 서울 간 사람은 좋겠다. 구경 실컷 하고, ……그런데 인규는 왜 먼저 왔나?"

"그냥 다니러 왔어요. 저는 다시 가봐야 돼요. 이곳 안부가 궁금하다고 남씨 아저씨가 보냈어요."

"그래? ……뭐 그렇게까지 할 필요가 있나? ……조용한 이곳에 무슨 일이 있다고?"

"글쎄요. 호랑이라도 또 나타날지 누가 알아요!"

인규는 이렇게 말하면서 웃었는데, 임씨는 깜짝 놀라 목소리를 높였다.

"뭐?"

"하하, 아니에요…… 그런데 숙영이 어머님도 잘 계시겠지요?"

"응. 잘 계시네. ……아니 숙영이 어머니는 갑자기 왜 묻는 거지?"

"예. 실은 남씨 아저씨께서 숙영이 어머님이 잘 계시는가 알아보고 오랬어요."

"어허…… 그런 일 때문에 일부러 오다니……."

임씨는 잠깐 생각하더니 무엇인가를 알겠다는 듯이 고개를 끄덕였다. 그러고는 미소를 지으며 분명하게 말했다.

"숙영이 어머니는 잘 계시네. 가서 아무 걱정 마시라고 해라. …… 그건 그렇고 서울 일이나 좀 얘기해 봐라."

"별로 할 얘깃거리가 없어요. 나중에 아저씨께서 돌아오시면 들으세요. ……그런데 건영이는 어디 갔지요?"

"건영이? ……촌장 집에 있겠다고 하더라. 거길 가볼래?"

"예."

"그래. 그럼 나중에 또 오너라. 서울엔 오늘 가는 거 아니지?"

"예. 내일 아침에 가려고 해요."

인규는 자리에서 일어났다. 임씨는 싸리문 밖까지 배웅하고는 다시 들어와 곧 낮잠을 자기 시작했다.

인규는 좀 전에 왔던 언덕길을 다시 되돌아 우물가까지 내려왔다. 이 유명한 정마을 우물도 그 모습이 여전했다. 그러나 인규에게는 우물은 단순히 우물이 아니라 마치 어떤 신성한 고적처럼 느껴졌다. 인규는 잠시 우물가에 서서 주변을 둘러보고 우물 속도 들여다봤다. 그러고는 두레박을 무심결에 우물 속에 집어넣고 물을 퍼 올렸다. 그런데 왠지 물이 좀 혼탁해 보였다.

"어! 이게 웬일이지?"

인규는 혼잣말을 하면서 다시 물을 퍼 올려봤다. 확실히 물은 혼탁하였는데, 자세히 들여다보니 검은 흙부스러기도 섞여있었다. 인규는 다시 한 번 물을 퍼 올려봤으나 역시 마찬가지였다.

'……이거 큰일인데!'

인규는 속으로 생각하면서 주위를 살펴봤다. 근처에 마을 사람들은 보이지 않았다.

'어떻게 하나? 마을 사람들에게 알려야겠는데…….'

그러나 우물이 그렇다 치더라도 마을 사람들이 대책을 세울 수 있는 것은 아니었다.

인규도 잠시 생각해보고는 별수 없다고 느꼈는지 일단 잊어버리고 촌장 집으로 향해 올라갔다. 촌장 집은 숲의 우측으로 완만한 경사를 이루고 조금 올라가서 있었다.

인규가 그 쪽을 바라보니 마루에 사람이 나와 앉아 있었는데 틀림없는 건영이었다. 건영이는 마루에 앉아 무슨 책을 읽고 있다가 인규를 맞이했다.

"늦잠을 잤구나…… 식사는 했니?"

건영이가 먼저 마을 건네자 인규가 받았다.

"응. 임씨 집엘 다녀오는 길이야."

두 사람은 서로 미소를 보내고 마루에 나란히 걸터앉았다. 가까이 뜰 앞에는 이름 모를 잡초들이 여기저기 싱싱하게 돋아나 있었고 하늘은 멀리까지 보였다. 절반 정도 둘러친 싸릿대 담장 위쪽으로는 높은 산이 하늘 한 쪽을 완전히 막고 있었다.

건영이는 한참만에야 말을 건네 왔다. 인규는 그동안 여러 가지로 떠오르는 이상한 생각을 억누르고 평소에 가졌던 마음을 찾으려고 애쓰고 있었다.

"서울엔 별일 없었니?"

건영이가 이렇게 묻자 인규는 마음속에서 일고 있던 여러 가지 잡념의 파장이 무너지면서 현실로 돌아왔다.

"응. 서울 일은 잘 되고 있는가 봐. ……단지 시일이 너무 길어지니까 이곳 안부가 궁금해서 남씨 아저씨께서 나를 보내셨어. ……모두들 잘 계시지?"

"그래. 이곳은 아주 잘 지내고 있어…… 서울 일이나 자세히 얘기해 줄래?"

인규는 임씨로부터 정마을 안부는 이미 들었고, 가장 중요하다고 여겨지는 건영이도 지금 눈앞에 아무 탈 없이 앉아있으니 이곳에 온 목적은 이미 무사하게 달성된 셈이었다. 그러니 이제는 서울 일을 보고할 차례인 것이다. 인규는 서울에서의 일을 얘기하기 시작했다.

건영이는 인규가 말하는 도중 가끔 되묻기도 했지만 대체로 짐작이라도 했었던 것처럼 편안히 듣고 있었다. 인규는 서울 출행 첫날부터 자신이 정마을로 향하기 직전까지의 일을 아주 소상히 설명해 주었다. 한참만에야 이야기를 끝내자 건영이는 고개를 끄덕이며 한 마디를 덧붙였다.

"아직까지는 별탈이 없구나!"

"응? 그럼, 무슨 일이 있게 돼 있는 거야?"

"아니, 뭐 꼭 그렇다는 것은 아니지만…… 글쎄, 육감이 나빠. 게다가 점괘도 불길하고……."

이렇게 말하면서 건영이의 얼굴은 약간 어두워졌다.

"점이라니? 언제 점을 쳐 보았니?"

인규는 건영이의 말 중에서 특히 점괘라는 말에 대해 유의했다.

"응. 박씨 아저씨가 서울 가시던 날 점을 쳐 봤어."

"그래? 점이 어떻게 나왔는데?"

"글쎄…… 운명대로 되겠지…… 너에겐 얘기해도 잘 모를 거야. 그 보다도 인규야, 우리 다른 얘기나 하지……."

건영이는 인규가 묻는 점에 대해 아무런 대답도 없이 화제를 바꾸 자고 했다. 인규는 하는 수 없이 건영이의 말에 따를 수밖에 없었다. 그러나 인규에게는 서울 일이 궁금한 것은 아니었다. 인규가 생각하 기에는 서울엔 괴력을 가진 박씨가 있고, 또 신통한 힘을 가진 남씨 까지 있으니 걱정할 일이 조금도 없었다. 그보다도 이 기회에 자신에 관한 문제나 알아보는 게 나을 것 같았다. 인규는 잠시 태평한 체 시 간을 보내고는 마음속에서 신중히 할 말을 골랐다. 건영이는 인규가 속으로 여러 가지로 생각하는 중에도 별 눈치는 못 느끼고 무심히 뜰 가의 잡초만 바라보고 있었다. 태양은 구름 속으로 숨어있어서 주 변은 더욱 고요한 느낌을 주었다.

"건영아……."

드디어 인규는 할 말을 정하고 심각하게 서두를 꺼냈다.

"……너는 내 운명을 알 수 있니?"

"응? 뭐? 운명…… 너 오늘 왜 이렇게 심각하냐?"

"심각하긴 뭐가 심각해, 묻는 말에나 대답해 봐……."

"글쎄, 운명이라…… 내가 그런 걸 어떻게 아니…… 잘 모르겠는 데……."

건영이는 말을 더듬거리며 뭔가를 생각하는 듯 하면서 부정적으로 대답했다. 인규는 잠시 실망했지만 말하는 방법을 바꾸어 다시 한 번 물어봤다.

"아니, 그렇게 주역 공부를 많이 하고도 한 사람의 운명조차 알 수가 없다고?"

"하하. 내가 주역 공부를 많이 했다고? ……허 참, 나는 이제 시작일 뿐인데…… 그건 그렇고, 인규 네가 알고 싶은 게 도대체 뭐니?"

건영이는 일단 모른다고 해놓고도 알고 싶은 것이 무엇인지를 물었다. 그런데 그 표정은 여유가 있었고 자신에 차 있는 모습이었다.

"바로 내 운명 말이야. ……건영이 너는 알 수 있는 줄 알았는데……."

"네 운명이라? 글쎄…… 한 번도 생각해 보지 않았어……. 그런 것은 한참 연구해야 알 수 있는 것인데. ……그게 그렇게 알고 싶니?"

건영이의 목소리는 아주 다정스러웠다. 인규는 다시 한 번 재촉했다.

"그래. 나는 나의 운명이 알고 싶어. 주역이란 걸 가지고 푸는 방법이 있을 것 아니냐?"

"알았어. 하지만 그게 쉬운 일이 아니야. 운명이란 여러 가지를 분석해서 연구를 해봐야 알 수 있는 것이지…… 마음이나 신체의 모양, 목소리, 태어난 시간, 이름 등 여러 가지를 종합해 봐야 알 수 있는 것이지…… 나는 한 가지도 연구해 본 것이 없어…… 게다가 더 중요한 것은 그 사람의 영혼 구조도 알아봐야만 하는 것이야. 그런데 나는 그걸 아직 모르겠단 말이야."

인규는 속으로 약간 짜증이 났다. 건영이의 말은 일리가 있는 것도 있지만 자신이 원래부터 상식적으로 알고 있는 것과는 많이 차이가 나는 것 같았다. 인규는 속으로 복잡한 생각이 일어나는 것을 참으며 약간 언성을 높였다.

"건영아. 너는 사주팔자라는 말도 못 들어봤니? 누가 그러는데 사람은 태어난 해와 달 그리고 날짜와 태어난 시간만 알면 운명의 모든 것을 알 수 있다고 하던데……."

"그래? 누가 그렇게 말했는데?"

건영이는 의아스런 표정을 지으며 인규를 빤히 쳐다봤다. 인규는 드디어 화가 나서 목소리가 커졌다.

"너 참, 답답하구나. 누가 그런 말을 했냐고? 그건 누구나 아는 상식이야, 상식!"

"상식이라? 알았어. 내가 달리 생각해보지…… 아무튼 내가 아는 대로 얘기해 줄게. 진정을 하고 들어봐…… 인규 네 마음을 모르는 것은 아닌데…… 나도 사정이 좀 있어. 그렇지만…… 대충 말해보지. 인규, 네 운명이라……?"

건영이는 인규가 또다시 화를 낼까봐 말을 빨리 하면서 인규를 달래듯 부드러운 표정을 지었다.

"자, 그럼 우선…… 네 생년월일시를 대봐……."

인규는 속으로 웃음이 났다. 이제야 겨우 말이 통하기 시작했다. 아무튼 흥미 있는 일이었다.

"……나는 금년 만 이십삼 세, 그러니까 호랑이띠이고, 오월 이십일 일생이야. 태어난 시간은 아마도 저녁 여섯 시쯤 일거야……."

"뭐, 아마도 저녁 여섯 시쯤?"

"아냐. 정확히 저녁 여섯 시야…… 분명히!"

인규는 건영이가 쓸데없는 것을 가지고 또 지나치게 신중하게 나올까봐 분명하게 단언을 내려주었다. 건영이는 잠깐 생각하는 듯 하더니 명쾌하게 말하기 시작했다.

"호랑이띠면 괘로 간(艮:☶)이고, 5월은 이(離:☲)고, 21일은 곤(坤:☷), 시는 유(酉)이니까 태(兌:☱)······ 그러니까 화산여(火山旅:☲☶)와 택지췌(澤地萃:☱☷)이군····· 그래 다 나왔다. 인규야, 너가 태어난 시간으로 따져보면 여지췌(旅之萃)가 나오는데!"

건영이는 이렇게 말하면서 인규를 빤히 쳐다보고는 다음 말을 잇지 않았다. ······마치 할 일을 다했다는 표정이었다. 인규가 다시 재촉했다.

"여지췌라고? 그래 그게 도대체 뭐니? ······세상에 흔한 말로 좀 설명해 봐라."

건영이는 웃었다.

"좋아, 대충 설명해보지. ······음, ······인규 너는 말이야, 운명이 좋지 않구나. 방랑을 많이 하고····· 외롭고, 고향을 떠나고, 이는 여괘 때문인데, 구체적으로 설명하자면 산이 아래 있고 불이 위에 있는 것으로 산에 붙어 있어야 할 불이나 흙덩이 등이 떨어져 나간다는 뜻이야····· 흔히 세상 말로 하자면 아무래도 결혼은 일찍 했다가 이혼하겠구나. 그리고 형무소에도 가겠는걸! 왜냐하면 산에서 떨어져 나간 불덩이가 하늘에 오르지 못하고 땅 속에 들어가 있기 때문이야. 이는 명이(明夷:☷☲)라는 것인데 아주 나쁜 것이야. 원래 인규 사주인 여지췌를 넓게 풀어보면 다시 여(旅:☲☶), 명이(明夷:☷☲), 췌(萃:☱☷), 손(損:☶☱) 네 가지로 분해되는 것이지. 그리고 외국 여행을 가서 자식도 잃겠고, 이건 땅 위의 연못, 즉 얕은 연못이기 때문에 울타리가 낮아서 가족과 함께 있지를 못 하는 것이지····· 부모·형제·처자와 모두 헤어지고, 그런데 여자는 많겠는데. 이는 땅 아래 불이기 때문이야. 땅이란 우리 몸에서 배이고 불은 남자의 고환이지. 이것이 크게 활용되는 것이니 자연 여자가 많을 수밖에. 그리고 남의 신세도 많이 지고, 남의 돈도 많이 손해를 끼치겠군. 왜냐고? 그건 손괘가 있어서 그래. 이 괘는 연못을 파서 산에 얹는 것인데, 세상일에서 보면 이것은 아랫사람·여자 등에게 많은 도움을 받는다는 뜻이 있으니, 즉 남에게 손해를 많이 끼치는 것이고, 연못은 또한 여자이며 특히 산 아래 있는 연못은 나이 든 여자이니 연상의 여자와도 연애를 하겠고, 유부녀하고도 불륜의 관계를 갖겠군, 이유는 일일이 이유를 설명하자면 길어져. 차라리 인규 너도 주역 공부를 해라. 흔한 말로 조금 더 설명할까? 도박도 좀 해서 패가망신도 하겠고, 학교 공부는 도중에 그만둘 것이고, 악처도 만나겠고, 건강? 그런 대로 괜찮은데 변비증·만성 대장염 등이 있고, 몸에 작은 사마귀나 티눈 같은 것도 좀 있겠고, 배에 큰 점이 있겠군. 이것은 명이(明夷) 괘의 특징들이지만 이것으로 인해 명예도 있는 것이니 생각보다는 좋은 편이고, 재물은 낭비가 심해서 크게 모으지 못하겠는데, 이건 산아래 연못이 있기 때문에 모든 것을 연못에 빼앗기는 형상이야, 또한 산은 높고 연못은 낮은 것이니 속이 허탈하여 욕심이 많겠고, 배신을 많이 당하고, 원수가 있겠다. 시기적으로는 이십팔 세 근방에 결혼하여 이십구 세쯤에 별거, 삼십일 세 전후에 형무소를 가고, 삼십오 세 전후에 이혼하고, 사십오 세쯤 지나서 제법 편안해지나 건강이 나빠지고, 고혈압·비만·불안신경증이 있겠고, 항상 후회가 끊이지 않겠고, 성격은 날이 갈수록 원만해지나 남이 그걸 인정하지 않겠고, 특히 여자는 오해를 하고 떠나겠고, 인간에 대한 판단력은 항상 한 발 늦어서 좋은 사람을 놓치겠고, 사업은 수없이 실패하겠고, 용기와 배짱은 아주 많고 잔인하기도 하겠지만 인정은 있겠고, 총명하기는 하나 넓지 못하겠고, 실수와 착각이 아주 많겠고, 술도 많이 마시며, 큰일을 해도 남이 알아주지 않으며, 평생 가슴 아픈 일이 많으며, 그리고 항상 사람이 따르겠고, 기억력이 좋겠고, 인내심이 있겠고, 잔병이 많겠으며, 근심이 많겠고, 갑자기 얻은 행운을 잘 놓치겠고, 관운이 없겠고, 취직운도 없겠어. 또 장사운도 없겠지만 불로소득이 많겠고, 헛일을 많이 하겠고, 이사를 자주 다니겠고, 거처가 좁겠고, 꽃이나 보석 등 장식품을 좋아하겠고, 저축이 없거나 적겠고, 밤을 좋아하겠고, 잠을 많이 자겠고, 음식은 조금 먹겠고, 남을 의심 잘 하겠고, 용서도 잘 하겠고, 아랫사람과 사이가 좋겠고, 모험·탐험심이 있겠으며, 책을 많이 읽겠고, 경솔하겠고, 웃음이 많겠고, 아주 어린 여자도 만나겠고, 통솔력이 있겠으며, 시력이 나쁘겠고, 심폐가 나쁘겠고, 혼자 있기를 좋아하겠고, 참견을 싫어하겠고, 남을 잘 도와주겠고, 귀한 사람을 많이 만나겠고, 높은 친지가 많겠고, 객사하겠으며, 그리고 또 어떤 것이 있을까? ……내가 무슨 얘기들을 했지? 아무래도 적으면서 해야 될 텐데…… 더 얘기해 줄까?”

건영이는 한참동안이나 두서없이 얘기하다가 잠시 쉬면서 인규를 쳐다봤다. 인규는 건영이가 얘기를 빨리 하는 바람에 자세히 음미할 시간이 없었으나 하나라도 빠뜨리지 않으려고 온 정신을 집중했다. 그러나 양이 너무 많아서 어떤 것은 그럴 듯했으나 어떤 것은 엉뚱하게 들리기도 했다.

건영이가 말을 중단하고 물어왔기 때문에 인규는 잠시 숨을 돌리고는 속으로 생각할 수가 있었다.

‘참으로 여러 가지가 있구나…… 이런 것들이 생년월일시를 유추해서 얻을 수 있는 내용들이란 말인가? 이런 것들은 정확한 것인가?

……과연 이런 것들은 정확한 것인가?'

그러나 인규는 어떤 결론을 얻기는커녕 오히려 자신의 운명을 종잡을 수가 없었다. 단지 건영이가 말한바 대로가 바로 자신의 운명이라면 과히 좋다고 말할 수 없었다. 아니, 아주 나쁜 운명이 틀림없었다. 인규는 약간 허탈한 느낌을 받았다. 그러나 낙심하지는 않고 되물었다.

"더 얘기해 줄 것이 있니?"

"그럼, 아주 많아! ……너에게 필요하다면 얼마든지 더 얘기해 줄게……."

"……아니, 다음에 차차 듣도록 하지. 그런데 그 모두가 진실이니?"

인규는 내용이 너무 많으니 오히려 요점을 잊을까봐 오늘은 이정도로 만족하기로 했다.

"글쎄, 나는 그렇게 생각하는데…… 잘 모르겠어."

건영이는 이렇게 말하면서 아주 천진한 미소를 지었어.

"……그런데 그렇게 자세하게 확신을 가지고 얘기할 수가 있는 거니?"

"자세하긴 뭐가 자세해? ……나는 오히려 아무것도 말한 것이 없는 것 같애."

"그게 무슨 소리야? 그렇게 많이 얘기하고서!"

"응, 그거…… 글쎄 예를 들면 인규가 내년 일월 삼일에 무슨 옷을 입고 있을까? ……사십 세가 되는 날 점심에 무슨 반찬을 먹을까? 내일 아침 기차를 탔을 때 몇 째 칸에 타게 될까? 일생에 몇 번 넘어질까? 금년엔 밥을 몇 그릇 먹을까? 결혼할 여자의 이름은 무엇일까? ……등등, 무엇 하나 자세한 것이 없잖아?"

"허 참…… 그런 걸 어떻게 알아?"

"그럴까? ……그렇지만 알려면 그 정도는 알아야 하는 것 아니야?"

"하하. 건영아, 너 진담하는 거니?"

"그럼…… 하하하."

마침내 건영이도 웃어버렸기 때문에 진담인지 농담인지 알 수 없게 되어버렸다.

"건영아, 그런데 말이야, ……생년월일시만 가지고 정말 그런 것을 알 수 있는 것이야? 예를 들면 삼 년 삼 개월 후 저녁 여덟 시에 내가 전차를 타고 있느냐 아니냐? 타고 있다면 그 안의 사람은 몇 명이냐?"

"그거? ……너 진심으로 묻는 거냐?"

"그럼! 무슨 소리야, ……진심으로 묻다니?"

"하하하, ……하하……."

건영이는 계속 한참 웃었다. 인규는 그 뜻을 몰라 잠시 어리둥절했다.

"인규야……."

건영이가 한참 만에 웃음을 멈추고 심각하게 불렀다.

"너도 이제 대충 내용을 알겠지?"

"응? 뭘 말이야? 모르겠는데……."

"아니야, 넌 이미 잘 알고 있어. 네 질문 속에 답이 이미 들어있어! 하하……."

인규는 정말 알 수가 없었다.

"건영아, 그러지 말고 자세히 좀 얘기해 봐. 그건 또 무슨 얘기인지."

"그렇다면 할 수 없지. 네가 이미 알고 있다는 얘기를 해줄 수밖에…… 인규야, 나는 아직 너의 운명을 자세히 연구 안 해 봤다고 했지? ……바로 그거야. 사주만을 가지고는 사람의 운명을 아는데 한계가 있어. 어느 정도까지는 알 수가 있지만 완전히 기계 설계도처럼 정밀 부분까지는 알 수가 없는 거야. 운명을 더욱 세밀한 부분까지 파고들려면 또 다른 요소, 예를 들면 얼굴·몸·음성·이름·마음·영혼·부모 형제 등 많은 주변 요소를 가지고 깊게 연구해 봐야 하는 거야. 물론 이 모든 것이 주역의 이치와 연관이 되어 있지만, 아무리 그렇다 하더라도 한계는 있어. 예를 들면 칠 년 후 어느 일요일 날 먹는 쌀이 몇 알이냐? 내년 생일날 아침에 깨어나서 처음 숨 쉴 때 먼지가 얼마만큼 코로 들어가느냐? 등 모를 것은 한없이 많아…… 그러니까 운명을 알고자 하면 커다란 형태를 봐야지. 이를테면 숲의 모양을 보는 것과 같아. 어떤 나무냐? 어떤 풀이냐? 하는 것은 특별한 의미를 가질 때가 아니면 유의할 필요가 없는 거야…… 게다가 인간에게는 의지의 자유가 있기 때문에 어느 정도는 비운명적이야…… 주역이란 세세한 부분보다는 큰 모양에 역점을 두고 있어. ……아무튼, 내가 인규의 운명상 중대한 점에 대해서는 더욱 연구해 그 결과를 자세히 알려줄게…… 나는 영혼의 모습·음성·마음 등 좀 더 내적인 조건을 연구하는 중이야. 그런데 인규야. 너는 무엇 때문에 운명을 알려고 하니? 기차가 가듯이 정해져 있는 정차역들과 같은 일들을 낱낱이 알고 싶으니? 왜? 인생을 미리 알려고? 그게 좋으니?"

"응? 글쎄……."

인규는 건영이가 설명하는 것을 열심히 듣다가 느닷없이 질문을 받으니 적절한 대답이 떠오르지 않았다. 아니 그보다는 자신이 운명을 그토록 자세히 알고 싶은지조차 분명치 않았다. 단지 인규는 건영이의 설명 중에서 '인간은 의지의 자유가 있기 때문에 어느 정도까지는 비운명적이다'라는 말이 뇌리에 남아있었다. ……비운명적? 이 말은 상당히 깊은 뜻을 담고 있었다.

'아마…… 도가 높은 사람일수록 비운명적인 요소가 많을 거야. ……그럴까?'

인규는 자신이 평소에 생각지도 못했던, 깊이를 가진 듯한 결론을 끌어내는 것을 느끼고 흠칫 놀랐다. 그러나 인규는 어려운 주역 이론의 세계에 대해서는 잠시 덮어두고 자신의 현실적인 운명에 대해 더 물어보기로 생각을 굳혔다.

"건영아…… 어려운 얘기는 나중에 다시 해줘. 그런데 내 운명은 몹시 나쁘구나! 그렇지?"

"뭐가? 내가 보긴 그렇지 않은데!"

건영이는 뜻밖에도 태평했다.

"그렇지 않다고? 형무소, 이혼, 부모 형제, 처자 등과 이별, 사업 실패, 병, 낭비, 객사…… 이런 게 안 나쁘다고?"

"글쎄? 더 나쁜 운명을 가진 사람들도 많을 텐데 뭐……."

"더 나쁜 운명을 가진 사람들이 많다고? 그야 물론 그런 운명의 사람들도 많겠지. 하지만 내 운명은……."

인규는 잠시 말문이 막혔다.

"내가 분명 그렇게 되긴 되니? ……그렇게 나쁘지 않다고?"

"물론 나쁜 것도 있지…… 하지만 더 넓게 생각해 봐. 내가 말해 준 것은 산에 있어서 봉우리와 같은 것이라고 말이야. 그러니까 말하자면 그 사이의 더 넓은 공간은 다 자유인 것이지…… 나쁜 봉우리가 있으면 피해 가고, 좋은 봉우리가 있으면 올라가면서 살면 되잖아?"

"뭐? ……그런 걸 내가 어떻게 알아서 하니?"

"그러길래 공부하라고 하는 것 아니냐?"

"공부? 공부하면 이런 운이 바뀌는 것이니?"

"물론, 운명을 미리 알아서 대처하면 되잖아!"

"허 참, ……그래 좋다. 그럼 건영이 네가 보기에 내가 공부를 하면 크게 될 소질은 있니?"

"아니, 없어. ……어렵지!"

"뭐라고? ……내가 아주 희망이 없다고?"

"난 그런 소릴 안 했어, 단지 희망이 적다고…… 그러니까 더욱 노력하면 되잖아. 안 그래?"

"허허, 날 놀리는 건지 모르겠군! ……아무래도 난 잘 안 될 것 같다 이 말이지?"

"그렇다니까! 그렇지만 마음먹기에 따라 고칠 수도 있는 것이야. 오히려 더 잘 될 수도 있고……."

"운명을 말이야?"

"그래, 운명이든 무엇이든 고칠 수 있어……."

"어떻게?"

"인규, 너 참 답답하구나…… 내가 그토록 운명을 자세히 얘기해줬는데! 이제부터 네 자신의 노력 여하에 달린 것이야. 예를 들어 말이야, 여자와 헤어지기 싫으면 안 만나면 되고, 만나서도 이혼하기 싫으면 결혼을 안 하면 되고, 외국 가기 싫으면 안 가면 되고, 형무소 안 가려면 죄짓지 않으면 되고, 사업도 안 하면 실패가 없지! 안 그러냐?"

"뭐? 그럼 운명이라고 좀 전에 얘기한 건 뭐야?"

"자, 자, 다시 얘기해주지. 인규 네가 어떤 여자가 싫어서 버린다. 그런데 싫어도 안 버리면 되는 거 아니냐 말이야? 운명 속에는 싫음을 못 견뎌서 여자를 버리는 것으로 되어 있는데, 만약 인규 네가 운명을 고치기 위해서이든, 여자가 불쌍해서이든, 싫음을 참기만 하면 안 버려도 되는 거야. 사업도 그래. 꼭 누가 하라고 떠맡기는 것은 아니야. 인규 네가 돈을 더 벌려고 하다가 가진 돈까지 잃는 거지…… 아무튼 말하자면 한이 없어. 내가 말한 것은 하나의 성향이고 흐름이야. 그것은 물론 아주 강한거지. 태어날 때 별자리의 영향을 받아 그렇게 된 것이지만…… 그러나 그것은 무의식중에 조금씩 인간에게 영향을 미쳐 그런 결과를 맺는 것뿐이야. 한 순간에 커다란 힘을 갑자기 인간에게 행사하는 것은 아니야…… 말하자면 인간을 움직이기 위해 긴 세월 동안 조금씩 성향을 만들어 두는 것이지…… 인규 네가 말이야, 오늘 이 시간부터 도박을 안 하기로 하고 그것을 지킬 수만 있다면 좀 전에 내가 말한 운명 중에서 그 부분은 없어지는 것이지…… 내가 보기엔 그렇게 할 능력이 인규에게는 없지만 그래도 안 하려는 도박을 귀신이 손을 끌어당기지는 않아. 단지 인규에게는 운명적인 성향이 있어. 지금 현재도! 나중에 그것이 어떤 기회를 만나 가볍게 오락 정도로써 도박을 배우고, 나중에 더 큰 기회를 만나면 평소 배워둔 도박이 더 큰 진짜 도박으로 발전 하는 것이지……."

인규는 건영이의 설명을 좀 늦추기 위해 일부러 말을 막았다.

"도박이 나쁜 거니?"

"아니, 도박이 나쁘다고는 얘기 안 했어. 그건 알아서 각자가 판단하는 거야…… 도박에도 좋은 면은 있어. 단지 나쁜 면이 더 많을 뿐이지……."

"좋아. 대충 알겠어. 그럼 자식하고 헤어진다는 것은 또 뭐야?"

"응. 그거…… 그것도 인규가 자식을 버리는 거지. 자식이 인규를 버린다는 뜻은 아니었어."

"내가 꼭 버린다는 거야?"

"그게 아니야. 자식을 버릴 성향이 아주 많다는 거야. 자식에 대한 애정보다 더 큰 다른 어떤 이유 때문에 그렇게 되게 생겼다는 것이지, 바로 인규가…… 그러나 안 버리려면 안 버려도 돼……."

"허 참, 건영이 넌 참 말도 잘하는구나. 그래, 한 가지 더 물어보자. 유부녀하고 불륜의 관계는 또 뭐니?"

"그거? 뭐, 같은 이치이지 뭘 그래? 유부녀를 만나서 매력을 느낀다, 참지 못한다, 마침 그 여자 쪽에서 허락한다, 그래서 불륜이 이루어지는 거야."

"알겠다…… 대충은. 그렇다면 운명은 운명이 아니로구나. 그렇지?"

"그래. 네 말이 맞다. 넌 오늘 유난히 생각이 깊어졌구나. 그렇지만 운명 아닌 그것이 바로 운명이야."

"뭐?"

인규의 목소리는 자기도 모르게 커졌다. 건영이의 설명은 겨우 알 만한 순간에 또다시 모르는 소리가 나온 것이다.

"무슨 소리야? 운명 아닌 게 바로 운명이라니?"

"……응, 그거? ……이젠 그만하자꾸나. 그 얘긴 너무 어려운 거야."

"어려워도 좋아. 간단히 얘기 해봐."

인규는 급히 매달렸다. 그러나 건영이는 고개를 저었다.

"다음에 또 얘기하자고…… 정 알고 싶으면 한 마디만 더 하지…… 작은 그릇을 벗어나면 더 큰 그릇이 있어, 알겠니?"

"응? 큰 그릇……?"

인규는 뭔가 알 듯 하지만 분명치 않아서 일단 지나치기로 했다. 운명에 관한 얘기는 오늘 이것으로 충분했다. 이젠 지루하기도 하니 화제를 바꿀 때도 된 것이다.

"건영아, 오늘 고맙다. 우리 다른 얘기로 바꿀까?"

인규는 평소와 다르게 고맙다는 인사말까지 깍듯이 했지만 그렇게 쑥스럽지는 않았다. 건영이도 자연스럽게 고개를 끄덕이고는 갑자기 밝은 표정을 지으며 말했다.

"인규야, 우리 강가로 갈까? 나루터에 갈 시간인데……."

"그럴까? 누가 올 것 같으니?"

"하하. 아니야. 내가 뭐 귀신이라도 되니? ……그냥 평소대로 가는 것뿐이야."

"그럼, 내가 밤중에 오는 것은 어떻게 알았니?"

"그거? 글쎄…… 그건 강가에 가서 얘기하자, 괜찮겠지?"

이렇게 말하면서 건영이는 인규를 어린아이 쳐다보는 듯한 표정을 지었다. 인규도 마음이 편안해져서 미소를 머금은 채 자리에서 일어났다. 내려오는 길에는 건영이가 앞장섰다. 인규는 건영이를 뒤따라가면서 오늘 일에 대충 가늠해 보았다.

'확실히 건영이는 범상한 사람이 아니로구나…… 도대체 하는 얘기가 어디까지 생각하는지 알 수가 없으니…… 내 친구인 건영이는 원래부터 이런 사람이었나? ……아니야, 갑작스럽게 변한 것이야. 바로

이 정마을에 들어와서부터이지. 주역 때문에? 아니지, 아니야. 책 한 권 읽었다고 그렇게까지 사람이 변할 수는 없는 거야. ……그럼 촌장 때문에? ……글쎄? ……촌장이 무슨 신통한 방법을 써서? 그렇지 않을 거야…… 아마 원래부터 범상치 않았던 건영이가 조금 전 내게 했던 말처럼 어떤 기회를 만난 것이겠지…….'

이렇게 생각하고 보니 자신의 판단이 제법 예리한 것 같았다.

'나도 아주 우둔한 사람은 아니구나…… 참, 건영이는 나보고 총명하긴 하나 넓지 못하다고 했지! ……넓지 못하다는 말은 무엇일까? ……아니, 그보다 내가 총명하긴 한가? 역시 아무래도 건영이처럼 공부를 해야겠어. 그리고 이왕이면 그 주역인가 뭔가는 해봐야 겠다…….'

인규가 속으로 이런저런 생각을 하는 동안 말없이 앞장섰던 건영이는 우측으로 돌아 우물가로 돌아섰다. 그러자 인규는 조금 아까 우물물이 혼탁했던 일이 퍼뜩 뇌리에 떠올랐다.

"건영아, ……잠깐!"

"응?"

건영이는 우물을 지나쳐 가다가 뒤돌아보았다.

"이상한 일이 있어…… 우물물이 흐려졌어!"

"뭐, 우물물이…… 그럴 리가?"

"직접 한번 볼래?"

인규는 급히 두레박을 우물 속으로 던져 넣었다. 건영이는 막연히 인규가 하는 일을 보고 있었다. 퍼 올려진 물은 과연 인규 말대로 흐려져 있었는데, 아까보다 더 심한 것이었다.

"이런! ……이럴 수가 ……어허, 왜 그러지? ……다시 한 번 퍼 올려보자.”

건영이는 크게 놀라면서 우물 속을 계속 들여다봤다. 인규는 몇 차례나 물을 퍼 올려보았으나, 여전히 흐려진 물이 올라왔다. 그리고 이번에는 물속에는 검은 흙부스러기가 상당히 섞여 있었는데, 우물 아래쪽 벽이 붕괴되어 흙이 계속 흘러들고 있는 것 같았다.

건영이는 입을 꾹 다물고 무엇인가 깊은 생각에 몰두하고 있었다. 아마도 어떤 징조를 해석하고 있는지도 몰랐다. 인규는 건영이의 생각을 방해하지 않으려고 소리를 죽이고 가만히 지켜보고 있었다. 한참만에야 생각에서 깨어난 건영이는 우물에 기대어서 망연히 하늘을 바라보며 알아듣지 못할 말로 중얼거렸다.

‘과연 그럴 수가 있을까? ……무슨 다른 특별한 이유가 있는 건가? ……글쎄, 모르겠는데. ……무얼까?’

건영이는 길게 한숨을 쉬고는 평상시로 돌아왔다. 인규는 건영이의 얼굴을 빤히 바라보며 무슨 말이 나오나 기다려봤지만 건영이는 너그러운 미소만 지을 뿐 별로 말이 없었다.

“자, 그만…… 나루터에나 가자…….”

“응? 그래…… 그런데 이것도 무슨 징조이니?”

“징조? 아니, 그런 것은 아닌 것 같아. 단지…….”

건영이는 또다시 생각하는 듯 잠시 망설였다. 인규는 조바심이 나서 재촉했다.

“단지, 뭐야?”

“아냐…… 아무것도 아니야. 잘 모르겠어…… 자자, 가자, 잊어버려. 마을엔 물 걱정은 안 해도 되잖아. 저기 저렇게 물이 맑게 흐르는데.”

인규도 별일이 아니로구나 하고 우물에 대한 생각은 일단 지워버렸다. 두 사람은 우물가를 뒤로 하고 한참 내려가 우측으로 돌았다. 실개울도 우측으로 나란히 이어져가고 있었는데, 우측 언덕 쪽으로는 밭이 보였다. 마을 사람들은 눈에 띄지 않았다. 저쪽에는 높은 산이 하늘 모두를 전면 막아서고 있었는데, 다른 세계와는 더욱더 단절시키고 있는 듯했다. 조용히 흐르는 실개울 소리는 마음을 부드럽게 가라앉히고 가벼운 바람은 몸에 생기를 공급하고 있었다. 두 사람은 자연의 소리를 들으며 한동안 말없이 걸었다.

길은 이제 좌측으로 꺾어졌고 실개울은 길을 가로질러 비스듬히 숲 속으로 파고들어 갔다. 두 사람이 실개울을 건너자, 길 좌우편에 깊은 숲이 덮여 있고, 길은 정면 아래로 길게 뻗어 있었다. 이 길로 곧장 나가면 바로 나루터에 연결되는 것이다. 건영이는 여전히 앞장서서 말이 없는데, 인규가 갑자기 말을 건넸다. 두 사람은 같은 길을 걸어오면서 각자의 생각 속으로 빠져들어 서로 다른 세계에 있었는데, 지금 이 순간 서로의 세계가 마주보는 것이다.

"건영아, 물어볼 것이 있는데……."

인규가 이렇게 말하자 건영이는 걷는 속도를 늦추고 인규와 나란히 했다. 인규는 좌측으로 흘끗 돌아보며 물었다.

"오늘 말이야…… 내가 임씨 집에 올 줄 어떻게 알았니? 점을 친 거니?"

"그거? 그냥 알았어…… 그걸 가지고 뭘 점까지 치니!"

"응? 그냥 알았다니? 무슨 말이야?"

"하하, 인규야, 너 참 재밌어! ……그런 걸 다 묻다니. 그건 그냥 생각해보면 되는 거야……."

건영이는 대수롭지 않다는 듯이 웃었으나 인규에게는 웃어넘길 문제는 아니었다. 인규는 심각하게 목소리를 낮추었다.

"그러지 말고 자세히 얘길 해봐……."

"그래, 얘기해주지…… 별 내용도 없는걸……."

건영이는 자세를 가다듬고 설명을 시작했다.

"……인규, 너는 평소 늦잠을 자는 체질인 데다 어제는 특히 피곤했을 테니 일어날 시간이 더욱 늦어지겠지! 한낮에 일어나보니 나는 없다, 그래서 당연히 문밖을 나서겠지. 어디로 갈까? 이렇게 생각했겠지! 강노인 집에? ……거긴 너무 멀고 특별히 찾아갈 내용도 없지. 이번엔 임시로 온 것이니, 노인네에게 번거롭게 그간의 과정을 설명할 필요는 더욱 없었을 거야. 그럼, 숙영이네 집은 어떨까? 거긴 가깝기는 하지만 여자들만 있어. 거길 가게 되면 오래 앉아있게 되지 않을 거야, 그래서 가나마나지. 게다가 배가 고플 텐데 숙영이네는 좀 쑥스럽지. 아무래도 밥을 먹으려면 임씨네 집이 너에겐 편하겠지. 게다가 거긴 내가 공부하러 가는 길목이니 나를 도중에 만날 수도 있고 해서 거기로 갈 가능성이 제일 많아…… 나도 거기서 아침을 먹었어…… 그리고 말이야, 현재 이 마을에서 보호자가 누구겠어? 남씨·박씨가 서울에 가있는 마당에 서울 일을 누구에겐가 얘기하고자 한다면 임씨밖에 없을 거야. 그래서 결국 임씨 집으로 올 것이라 생각해 봤어. 뭐 생각이랄 것도 없지. 굳이 생각했다 하더라도 시간이 걸린 것은 아니야. 나는 새벽에 깨서 문을 나서자마자 단번에 이렇게 알고 식사를 부탁해 두었던 거야. 그래서 공부를 마치자 나도 임씨네 집을 거쳐 촌장님 집에 가 있었던 거야……."

건영이는 얘기를 다 마치자 잠깐 걸음을 멈추고 인규를 빤히 바라봤다. 인규는 맥이 탁 풀렸다. 건영이의 얘기를 듣고 나니 별 내용이 없었고, 자신이 생각해봐도 쉽게 알 수 있는 일이었다. 그러나 어떻게 생각하면 건영이처럼 단번에 임씨 집으로 온다고 생각할 수 없을지도 모른다. 인규는 잠시 입장을 바꾸어 생각해 봤다. 그러나 역시 인규는 건영이와 같은 생각에 도달할 수 있다고 장담할 수는 없었다. 인규는 이토록 간단한 것조차 확실한 판단을 하지 못하는 자신이 몹시 한심스러웠다. 그런데 바로 이때 건영이는 마치 인규의 마음을 꿰뚫어 본 것처럼 정곡을 찔러왔다.

"인규야, 평소에 생각하는 습관을 들여야 하는 것이야. 특히 다른 사람 마음속에 무슨 일이 일어나고 있는가? 하고 항상 관심을 가지고 살아야해. 사람은 그 겉모습만 보고 있다고 해서 그 사람을 만나고 있는 게 아니야. 중요한 것은 마음이야. 그리고 마음이란 것도 오직 사람의 마음에 국한되는 것은 아니지. 자연의 마음이란 것도 있어……."

인규는 놀라서 반문했다.

"뭐, 자연의 마음? 그건 또 어떤 것이니?"

"글쎄…… 자연의 마음이라고 표현해서 좀 이해가 안 될지는 모르겠지만, 자연도 사람처럼 행동이 있고, 그 이전에 마음이라고 할 수 있는 것이 있어. 이건 아주 중요한 것이야…… 나는 바로 이 점을 연구하는 것을 내 공부의 첫째 목표로 삼고 있어……."

"그래? 그럼 주역은?"

"하하하…… 주역이 바로 그런 공부야. 자연의 뜻, 이것은 자연을 인간에 비유하자면 자연의 뜻이란 바로 마음이라고 해도 되는 것이지. 인간의 뜻이란 곧 마음이 아니겠니? ……아무튼 마음이란 것을 연구한다는 것은 아주 중요한 거야. 천지자연이든, 인간이든, 짐승이든 간에 말이야. 심리(心理)라는 것은 곧 천리(天理)인 것이지……."

건영이는 친절하게도 묻지 않은 것까지도 자세히 설명하고 있었는데, 인규는 겨우 알 듯 말 듯할 뿐 확연히 깨달을 수는 없었다.

건영이는 인규의 마음은 개의치 않고 설명을 계속했다.

"그런데 인규야…… 항상 생각하는 데도 방법이 있어. 그건 바로 관찰인 거야. 살펴본다는 것이지. 그 다음엔 이유를 생각하고, 뜻을 생각하고, 미래를 생각하는 것이지…… 사람은 관찰 안 한만큼 생각도 안 하는 거야."

건영이는 또 다시 인규를 쳐다봤다. 인규는 급히 말을 꺼냈다. 아무 말도 안하고 있으면 자신이 너무 멍청해 보이기도 하겠지만 모처럼 자세한 얘기를 해주는 건영이에게 미안하기 때문이기도 했다.

"관찰이라…… 그리고 생각하라고? ……그래, 물론 그래야겠지. 항상 살피고 생각하라 이 말이지, 특히 마음을…… 자연의 마음은 더욱 중요하고!"

인규는 생각나는 대로 말했는데, 그런대로 중요한 점에 유의한 것 같았다. 건영이는 이 순간에도 인규의 마음을 알고 있는 것일까?

길은 우측으로 크게 열리면서 강가에 도착했다. 건영이는 걸음을 약간 빨리해서 먼저 나루터 쪽으로 가서는 건너편 쪽을 잠시 살펴보았다. 사람은 보이지 않았다. 이런 일들은 박씨가 긴긴 세월동안 해온 일인데, 박씨가 없는 지금 상황에서는 건영이가 임시로 인계받아 계속 하고 있는 중인 것이다.

두 사람은 강 언덕에 있는 소나무 숲을 찾아 앉았다. 이곳은 강의 돌출부로 상하류가 멀리까지 보이고 강 건너편은 물론 주변의 높은 산들이 아주 잘 보이는 곳이었다. 인규는 강가까지 나오는 동안 숲속도 지나왔고, 속으로 여러 가지 생각을 하느라 답답했는데, 넓은 곳에 나오니 마음이 한결 편안해졌다. 마침 시원한 바람도 불어와서 가슴이 더욱 후련해지는 것을 느낄 수 있었다. 건영이는 흐르는 강물만 조용히 바라보고 있을 뿐인데, 강물에서 무엇인가를 찾는 듯한 눈초리였다. 인규는 건영이의 그러한 모습이 신기하게 느껴졌다.

'꽤나 열심히도 들여다보는구나…… 저기에서도 무엇인가를 찾을 수 있단 말인가?'

강은 인규에게는 언제나 똑같은 것이어서 어떤 의미를 전혀 느낄 수 없었다. 강물은 그저 흘러갈 뿐인 것이다. 인규는 건영이의 사색을 방해하기가 싫어 그 역시 한참동안이나 강물 쪽을 바라보고 앉아 있었다. 그러나 몹시 무료했다.

'……이쯤에서 말을 건네도 될까?'

인규는 강의 상류 쪽을 보는 척하면서 얼핏 건영이의 눈치를 살폈는데, 순간 건영이는 미소를 지었다. 그러더니 인규의 마음을 알기라도 하듯이 먼저 말을 건네 왔다.

"인규야, 심심하지?"

"응. 뭐, 조금……."

"내가 얘기해 줄까?"

"그래. 좋아."

인규로서는 마다할 일이 아닌 것이다. 건영이가 자청해서 얘기를 해주겠다는데 이 얼마나 좋은 기회인가? 물론 건영이의 얘기는 상당히 어려운 것들이지만 들어두면 크게 공부가 되는 것이다. 이해가 잘 안 되는 부분은 차후에 생각해봐도 되고, 즉시 질문을 해도 된다. 인

규는 자신이 마음속으로 건영이를 무척 어려워하고 존경하고 있다
는 것을 느꼈다.

'도대체 건영이의 이러한 힘은 어디서 나오는 것일까? 주역을 공부
한 까닭인가? 아니면 태어날 때 이미 비범한 사람으로 될 것이 정해
져 있던 것일까? ……아무래도 나도 건영이에게 매달려 공부를 해
야겠어…… 자자, 생각은 그만하고 건영이 얘기를 들어야겠다.'

"그래, 건영이 너는 내가 이 마을로 오는 것을 이미 알고 있었는데,
그건 어떻게 된 거니? 전에도 그런 일이 종종 있었지만……."

인규가 이렇게 말하자 건영이는 일순 눈빛이 예리하게 변하더니 고
개를 천천히 끄덕였다.

"음…… 이 문제는 아주 어려운거야. 그래, 좋아, 설명해보지. 어떻
게 생각하면 쉬운 문제일 수도 있어……."

이윽고 건영이의 심오한 이론이 전개되기 시작했다. 인규는 마음
을 차분하게 갖고 온 정신을 집중했다.

"자, 우선 말이야. 이 우주 자연의 구조를 먼저 얘기하지. 우리가
포함되어 있는 이 우주에는 삼라만상이 다 담겨있지? 그런데 이곳에
담아 놓을 수 없는 것이 있어…… 그것이 무엇인지 알겠니?"

"뭐? 그런걸 내가 어떻게 알아?"

인규는 깜짝 놀라 큰 목소리로 대답했으나 건영이는 대수롭게 여
기지 않고 설명을 계속했다.

"그건 말이야, 바로 마음인 것이야. 물론 우주 그 자체의 마음인 것
인데 우리들의 마음도 이와 함께 있는 것이지…… 우리의 관심 내지
감각은 모두 이 우주 안으로 향해있어서 원래부터의 자리에 있는 마
음이란 것을 직접 느끼지 못해. 우리의 우주는 한없이 넓게 생각될

지 모르겠으나, 실은 하나의 작은 섬과도 같아. 섬이란 비유가 잘 이해가 안 되면 그냥 풍선이라고 해도 되겠는데, 단지 그 풍선 속에 공간 아닌 공간 같은 것이 있다고 생각해 봐…… 섬의 비유에 있어서는 우리의 마음이란 바다 같은 것이고 우주 자연은 섬이지. 그런데 섬에 있어서는 물과 땅이 완전히 분리되어 있지만, 우리의 우주에서는 땅 속 곳곳에 물이 있는 것이지…… 즉 우리의 마음이란 무대 위에 있는 것이 우주라는 얘기야…… 우주는 시간과 공간을 말함인데 시간과 공간도 아닌 것 즉 마음이라 이해하면 돼. 공간은 공기와 같은 미세하고 부드러운 것조차 담고 있지만, 마음은 더욱 미세하고 부드러워서 공간이 담고 있지를 못하지. 오히려 마음속에 공간이 담겨 있는 것이야. 시간은 아무리 적은 변화도 수용하지만 마음은 시간보다도 빠른 것이지. 이 마음이란 세계 속에는 멀고 가까움도 없고, 또한 미래나 과거도 없어. 마치 모든 것이 하나의 점에 포함된 것처럼 절대 지금, 절대 이곳이라는 것에 모든 섭리가 조화를 이루는 것이지. 우리는 이곳을 등지고 우주만을 향하고 있기 때문에 고통·망상·착각·허무·생사 등이 있고 꿈같은 인생을 사는 것이지. 도를 닦고 인격을 높인다는 것은 바로 이 본원의 세계로 주의력을 돌리는 것이야. 그래서 벽을 바라보고 마음을 고요하게 하는 공부를 하는 것이지. 점차적으로 세계 이전의 섭리와 통하게 되면 천지와 더불어 하나가 될 뿐 아니라 절대 경지에 우뚝 설 수 있는 거야. 얘기가 어려운 쪽으로 깊게 들어가니 이 정도로 하고 현실 문제로 돌아와 보자. 우리가 어떤 사람의 마음의 형태를 논할 때 주역의 육십사괘로 분류하지만, 그 유형의 파장이 운행되는 곳은 바로 앞에 말한 절대점, 혹은 심정 공간이라고 부를 수 있는 우주 이전의 바로 그곳이야. 나는 이것을 이렇게 표현하고 있어, 즉 마음을 듣는다라고. 이는 마치 물속에 귀를 파묻고 그 속의 현상을 듣는 것만큼이나 어려운 것이지만 나의 마음이 극한적으로 고요함을 유지하면서 미세한 유형을 분리, 포착할 수 있으면 보통 공기 중에서 말소리를 듣듯이 들을 수 있는 것이야. 이것은 마치 메아리 같지만 형태보다는 느낌 같은 것이지. 즉 기분 같은 것이야. 보통 인간은 감정이란 희로애락 등 몇 가지 기분만을 얘기하고 있지만 인간의 기분은 그보다는 훨씬 많아. 굳이 이 유형을 나누자면 육십네 가지나 되지만 더 세분하여 늘이거나 큰 모양으로도 줄일 수도 있어. 우리가 어떤 사람의 마음의 파장을 포착할 때는 마치 그림자가 덮치듯 어떤 기분의 그늘 속에 갑자기 들어서는 것이야. 물론 이는 자기 스스로가 여간 고요하지 않고서는 불가능하지만 수련 여하에 따라서는 쉽게 도달할 수 있어. 아무튼 인규는 지수사(地水師:☷☵)라는 염파를 가지고 있는데, 나는 이 파장을 감지하여 네가 오는 것을 아는 거야…… 이해가 되니?"

인규는 어리벙벙했다. 세상에 보지도 듣지도 못한 놀라운 애기로 가득 찬 건영이의 설명은 여느 일상사를 얘기하는 것 같아서 도무지 실감이 나지 않을 정도였다. 그러나 듣고 보면 그럴 듯한 것도 있어서 어느 정도 마음의 문이 열리는 것 같았다. 인규는 상기된 얼굴로 고개를 끄덕였다. 정신은 어느 때보다도 맑고 예민한 느낌이 들었다. 인규는 마음을 다시 한 번 가다듬고 침착하게 질문했다.

"그런데 말이야. 내가 지수사라는 파장을 가지고 있다고 하는데, 그건 또 어떤 거니?"

인규는 물어볼 것이 많았지만 우선 자기 자신의 마음 유형을 알고 싶었다.

"음…… 그건 말이야. 인규 네가 주역을 공부하면 더욱 자세히 알게 되겠지만 대충 얘기하자면 이런 것이야…… 이를테면 일종의 적막한 느낌 같은 것이야. 그런데 그 적막함 속에 소용돌이가 있는 느낌이지. 이것이 바로 인규의 영혼의 맛인데, 나는 이것을 쉽게 감지할 수가 있어. 그건 네가 나의 친구이니까 그렇기는 하지만 그 유형 자체가 감지되기 쉬운 것이기도 해……."

인규로서는 건영이의 말을 무조건 수긍할 수밖에 없었다. 후에 자신도 그러한 공부를 한다면 좀 더 자세히 알 수 있으리라. 인규는 공부하는 방법 등 주역에 관해서도 몇 가지 더 물어보려다 그만두었다. 아무래도 듣는 것조차 역부족이니 어느 정도 공부를 해놓고 나서 건영이의 설명을 들어야 할 것이다.

강의 흐름은 여전히 변화가 없었다. 건영이는 다시 강물을 바라보며 자기의 세계를 거닐고 있었다. 인규도 한가한 마음이 되어 무심히 강 쪽을 바라보며 쉬고 있었다.

서선 연행(書仙然行)을 찾는 사람들

그런데 갑자기 강 건너편에 사람의 모습이 나타났다. 건영이는 가까이 흐르는 강물을 바라보고 있었으므로 아직 눈치를 못 챈 것 같았다.

"건영아, 저기 좀 봐. 사람이 나타났어."

"응? ……누굴까?"

건영이는 순간적으로 일어나 빠른 걸음으로 배가 묶여져 있는 나루터로 내려갔다. 건너편 사람은 이쪽에서 내려오는 것을 보고 손을 흔들고 있었다. 배는 즉시 출발했다. 인규도 뒤따라와서 배를 타려고 했는데 건영이는 벌써 배를 출발시켰다. 노를 저어 지나가는 소리는 거의 들리지 않았다.

인규는 배가 물살을 헤치며 가는 방향을 무심히 바라보는데, 상류 쪽 비스듬히 비치는 햇빛은 강물 위에 부딪혀 눈을 부시게 만들었다. 건영이의 모습은 일시적으로 햇빛에 쌓여 신비하게 번쩍거렸다. 누가 찾아온 것일까? 인규도 어느새 정마을 사람이 되어서인지 사람이 찾아온다는 것에 묘한 흥분과 막연한 기대를 느끼게 되었다. 인규는 마음속으로 건너편 사람에 대해 일부러 과장하여 느끼려고 애썼다.

'이제 마을에 무슨 새로운 일이 발생하려나? 현재 나의 육감은 무엇인가?'

인규가 이렇게 상상을 하는 동안 배는 어느덧 그쪽 편에 도착했다. 건영이가 배를 고정시켰다. 그들은 낯선 사람이었다. 사십대 중반 정도로 얼굴빛이 깨끗한 것을 보니 도시 사람인 것 같았다. 그리고 편안한 표정에 교양이 배어있었다. 거기다 고요한 눈과 겸손한 자세는 사람들로 하여금 안도감을 주었다. 건영이는 한눈에 이 사람의 품성을 간파했다.

"어떻게 오셨는지요?"

건영이는 친절한 음성으로 예의 바르게 물었다.

"예. 저쪽 편으로 건너려고 하는데요……."

"정마을에 가시려고요?"

"아, 예. 정마을. 그렇군요……."

이 사람은 그제야 정마을이란 이름이 생각나는 듯했다.

"그럼, 정마을에 누구 아시는 분이 계신가요?"

건영이는 배를 띄우면서 물었다.

"예. 남선생님을 찾아왔습니다만……."

"그러세요? 그런데 남선생님은 지금 정마을엔 안 계십니다. 서울에 가셨어요."

"예? 서울엘 가셨다고요? 이런…… 나는 서울에서 온 사람입니다. 실례지만 서울 어디에 가셨습니까?"

이 사람은 몹시 당황해하는 음성으로 물었다.

"글쎄요…… 무슨 일로 오셨는지요?"

건영이는 노를 저으면서 여전히 밝은 표정으로 물었다.

"아, 예. 내 소개를 안 했군요…… 나는 이일재라는 사람입니다. 서예를 공부하는 사람이지요. 그런 일 때문에 남선생님을 찾아뵈려고 하는데 서울엘 가셨다니……."

"그렇군요…… 걱정 마십시오. 마침 내일 서울로 그분을 만나러 가는 사람이 있으니 함께 가시면 되겠군요."

"예? 그렇게 해도 되겠습니까?"

이일재라는 사람은 그 말이 몹시 반가운지 얼굴에 화색을 띠며 큰소리로 물었다. 건영이도 미소로써 대답하고는 배를 계속 저어갔다. 옆에 앉아있는 사람은 이제 기다리기만 하면 되었다. 이일재라는 사람은 실로 아주 다급한 일로 정마을을 찾은 것이었다. 전에도 한 번 이곳에 와서 남씨를 서울로 초빙하려다 거절당한바 있으나, 이번만은 꼭 데려가야 할 형편에 놓여있었다. 이 사람의 스승은 병환이 아주 위독한데다 죽기 전에 남씨를 꼭 한 번 만나보고 싶어 하기 때문이었다. 그런데 마침 서울에 가있다니 얼마나 다행인가? 서울에서 만나면 초빙을 거절하지는 않을 것이다.

배는 다시 정마을 쪽 나루터에 닿았다. 건영이는 쉽게 배를 고정시키고는 인규에게 이일재 씨를 소개했다.

"이분은 서울에서 오신 분이야……."

"먼데서 오셨군요. 안녕하세요?"

인규도 친절히 맞이했다.

"자, 그럼 올라가실까요?"

건영이는 이일재 씨에게 말하고는 다시 인규를 쳐다보며 말을 이었다.

"인규야, 이분은 남씨 아저씨를 만나 뵈러 오셨어. 아주 다급한 일로 오신 모양이야…… 네가 내일 함께 모시고 가주지 않겠니……?"

"응? ……그래, 그러지."

이일재 씨가 옆에서 듣자니 일이 확실히 풀려나가는 듯해서 적이 마음이 놓였다. 그런데 젊은 사공인 건영이의 말은 희한했다. 인규에게 하는 말을 들어보면 마치 이일재 자신의 입장을 직접 들어서 아는 것처럼 얘기하고 있다. 건영이는 인규에게 이렇게 말한 셈이다.

'아주 다급한 일이다…… 네가 내일 함께 모시고 가면 되겠다…….'

이일재 씨는 속으로 생각했다.

'거 참, 이 젊은 사람은 이상하군…… 나의 마음을 아는 것인가? 하긴, 내가 침착하지 못하고 너무 성급한 태도를 보였으니 누가 봐도 다급한 일이라 생각하겠지! …… 그런데 '아주' 다급한 일이야라고 말했지? ……아주? 글쎄…….'

이일재 씨는 자신이 경솔했다고 생각하고 좀 더 행동을 침착하게 해야겠다고 속으로 다짐했다. 사람은 누구나 자기의 마음이 남에게 훤하게 들여다 내보이는 것이 좋을 리는 없는 것이다. 세 사람은 말없이 정마을로 향하는 숲길로 들어섰다. 이일재 씨는 전에 한 번 지나쳤던 길이라서 어느 정도 친숙한 느낌이 들었다.

'이 숲길로 한참 가다가 우측으로 갔었지…… 아마?'

이일재 씨가 속으로 이렇게 생각하는데 건영이가 말을 건네 왔다.

"선생님은 전에 이곳을 한 번 다녀가셨지요?"

"예? ……그렇습니다만."

이번만은 우연히 물어본 것뿐일 텐데도 이일재 씨는 흠칫 놀라고 말았다. 생각해보면 아무것도 아닌 것이다. 남씨를 안다고 했으니 이곳을 다녀갔다는 것은 당연한 것이다. 그런데 이일재 씨는 이 정마을에 있는 남씨를 존경한 나머지 너무 긴장을 한 것이다.

"마을분 누구를 또 알고 계시나요?"

건영이가 또 물었다.

"예…… 배를 태워줬던 박선생, 그리고 나를 이 마을까지 안내한 임선생을 만나 뵈었지요."

이일재 씨는 조심스럽게 그리고 공손하게 대답했다.

"예. 그러시군요…… 그럼, 먼저 임씨 아저씨부터 만나보시지요. 어차피 오늘은 나갈 수가 없을 테니까요."

이일재 씨로서는 이 마을 사람들 누구든 그리 관심이 있는 것은 아니었다. 그러나 강을 건너고 숲길을 걸어오는 동안 갑자기 이 마을 자체와 마을 사람들에 대해 깊은 흥미가 생긴 것이다. 그것은 건영이 때문이었는데 무엇인가 신비하고 범상치 않은 느낌을 받았던 것이었다. 그러나 젊은 사공인 건영이에게 쉽게 사람의 마음을 간파당한 것 때문만은 아니었다. 그보다는 뭐라고 말할 수 없는 자연스럽고 친절한 태도, 천진하고 다정스러운 모습, 근심이라곤 전혀 없는 듯한 맑은 음성 등, 이 모든 것이 참으로 사람의 마음을 편하게 하는 것이다.

일행은 어느덧 정마을에 도착했다. 마을 입구에서 세 사람은 잠깐 멈추었다. 이일재 씨는 어떡하나 하고 망설이고 있는데, 건영이가 인규에게 말했다.

"인규, 네가 모시고 가지. 난 해야 할 일이 좀 있어서……."

"예. 이거 너무 수고를 끼치는군요."

이일재 씨는 아주 깍듯한 예절을 취했다.

"아닙니다. 수고라니요…… 이곳에 오시느라고 고생을 하셨을 텐데요."

인규는 앞장을 서서 임씨의 집 쪽으로 향했다. 이일재 씨는 인규를 따라가기에 앞서 건영이를 다시 한 번 슬쩍 바라봤는데, 그 모습에는 한없는 고요와 맑음이 서려 있는 듯했다. 건영이는 미소를 머금은 채 가볍게 인사를 하고는 저쪽으로 사라져갔다.

날은 아직 저물지 않아서 주변 경관은 환히 드러나 있었다. 이일재 씨는 임씨의 집으로 올라가는 도중 가끔 뒤돌아서서 저 아래로 넓게 펼쳐져 있는 경치를 내려다봤다. 올라가는 좌우에는 실개울과 숲들이 가까이 보이는 산과 연결되어 마을 전체에 기운을 공급하고 있었다. 이일재 씨는 전에 왔을 때는 마을의 경치에는 유의하지 못했었다. 그 당시는 날도 어두운데다 오직 남씨만을 염두에 두고 있었기 때문에 경황이 없었다. 이일재 씨는 속으로 크게 감동했다.

'대단하구나! 이토록 한적하고 아름다울 수 있다니…… 선계란 바로 이런 곳을 말하는 것이 아닐까?'

이번 방문에서 이일재 씨는 정마을의 경치와 함께 그 속에 사는 남씨 외의 모든 사람들까지 범상치 않다는 점을 느끼게 되었다.

'이 마을에는 필시 알지 못할 그 무엇인가가 있다. 그것은 보통 세상에서 바라볼 수 없는 그 어떤 것일 것이다…… 그것은 무엇일까?'

이일재 씨는 속으로 수많은 생각을 일으켰다. 그러나 이 모든 것이 공연한 상상인지도 모른다. 사람은 누구나 다급하고 약해지면 때때로 가끔 엉뚱한 생각을 한다. 스스로 신비를 만들고 그 꿈에 빠져들기도 한다. 그렇지만 이일재 씨가 우연히 생각하게 된 이 마을의 정황은 사실 그 이상이었다. 그러나 이일재 씨는 자신의 상상이 너무 현실성이 없다고 느끼고는 혼자 미소를 지었다. 순간 바로 앞쪽에 임씨 집이 나타났고 그 앞에 임씨의 모습도 보였다. 임씨는 싸리문 밖에 서서 저 아래 강 쪽을 바라보며 바람을 쏘이고 있다가 이쪽에서 올라가는 두 사람을 보았다.

"어, 누구야? 아니, 서울 양반 아니십니까?"

임씨는 몇 걸음 내려와서 악수를 청했다.

"안녕하십니까?"

이일재 씨도 임씨를 보자 몹시 반가운지 큰 목소리로 인사를 했다. 임씨는 구면인데다 왠지 친근감이 드는 사람이었다.

"어서 오십시오. 저를 만나러 온 것은 아닐 테고…… 남선생님을 만나러 오셨군요? 하하……."

"아, 예. 뭐 그저……."

이일재 씨는 송구스러운지 말끝을 흐렸다.

"자, 이리 들어오세요."

임씨는 먼저 싸리문 안으로 들어섰다. 인규는 문 안으로 들어서자 곧바로 다시 나왔다.

"아저씨, 저는 내일 아침에 보지요…… 선생님, 내일 아침에 뵙겠습니다."

"아, 예. 그러지요. 고맙습니다."

인규가 나가자 두 사람은 마루에 걸터앉았는데, 임씨가 싱글벙글하면서 말을 건넸다.

"선생님, 먼 길을 오셨는데…… 어쩌지요? 서선(書仙)께서는 지금 이곳에 안 계세요. 지금 서울에 가있지요."

임씨는 남씨를 서선이라고 무심히 호칭했지만 그것이 사실인 줄 알았다면 그야말로 기절초풍이라도 했을 것이다.

"예? 서선이요? 아, 남선생님 말씀이시군요? 서울에 계시다는 얘기를 오면서 들었습니다."

"그러시군요! 내일 인규와 함께 가게 되어 잘됐군요!"

임씨는 밝은 표정을 짓고 있었다.

"그런데…… 저……."

이번에는 이일재 씨가 말을 꺼냈다.

"이곳은 참 좋은 곳이로군요!"

"하하, 그럼요."

"그런데 말이에요…… 이 마을 사람들은 어떻게 지내지요?"

"예? 무슨 말씀이신지……."

"그냥, 저, 아니…… 마을엔 어떤 분들이 사시는지요?"

이일재 씨는 자신이 말한 요지가 분명치 않아서 말을 더듬거렸다.

"이 마을에 어떤 분들이 사시느냐고요? 아! 무슨 뜻인지 알겠습니다. 하하…… 이 마을에 누가 사느냐? ……이곳엔 말이에요, 선생님! ……아주 대단히 높은 사람들이 살고 있지요. 하하하……."

임씨는 정마을 자랑을 하게 되니 기분이 몹시 좋았다. 이일재 씨가 영문을 몰라 하니 더욱이나 재미가 있는 것이었다.

"대단히 높은 사람들이라면 어떤 분들이신지요?"

"……하하하. 대단히 높은 사람들이란 바로 신선들을 말함이지요!"

"예? 신선들이요?"

이일재 씨는 크게 놀라서 임씨의 얼굴을 빤히 쳐다봤다. 이번에는 임씨도 웃지 않고 진지하게 말했다.

"예. 이 마을 사람들은 모두 대단한 분들이지요. ……우선 서선인 남씨가 있고…… 특히…… 또 촌장님이 계시지요. 이분께서는 진짜 신선이시고!"

임씨는 이 마을에 아직 촌장이 있는 것처럼 말했다. 사실 임씨의 마음속에는 이 마을 어딘가에 항상 촌장이 있다고 생각하고 있는 것이다.

"그리고 건영이가 있지요. ……정말 그 사람도 대단한 사람이지요. 인규나 할머니, 숙영이…… 그리고 나도 보통사람은 아니고…… 박씨는 더욱 훌륭하고……."

임씨는 자기 자신을 얘기할 때조차 웃지 않았다. 이일재 씨는 갑자기 묘한 신비적인 기분에 휩싸이면서 꿈속에 있는 느낌이었다. 사람은 누구나 신비를 동경하지만 그것이 곧 현실일 때는 오히려 믿지 않고 자신을 꿈이라는 방어막 속에 가두려 한다. 이는 물론 충격을 면하려고 하는 것이지만, 이일재 씨는 이미 가슴이 몹시 두근거려 현실 감각을 잃어버렸다. 임씨는 마을의 모든 사람들을 얘기하려고 했으나, 이일재 씨가 깊은 상념 속에 파묻혀 있는 것을 알고는 일단 얘기를 중단했다. 그러자 이일재 씨가 물었다.

"이 마을이 그런 곳이라고요? 허어…… 대단하군요. 그럼 오늘 저를 건네준 젊은 사공은 누구인가요?"

"사공? ……아, 건영이를 말하는군요. 그 사람이야말로 바로 신선이지요. 정말 대단해요……."

임씨는 이렇게 말하면서 속으로 건영이가 과연 그런 사람일까 생각해보았다. 확실히 건영이가 그런 사람이라는 것은 임씨로서는 알 길이 없었으나 촌장이 그토록 소중히 대하는 것을 보면 신선이든 아니든 대단한 사람임에 틀림없다. 박씨만 해도 건영이라면 하늘처럼 알고 있다. 이는 분명 충분한 이유가 있을 것이다. 그러므로 서울 양반에게 건영이를 무조건 추켜세워도 크게 빗나가는 것은 없으리라.

이일재 씨는 망연히 고개를 끄덕일 뿐 무어라 할 말이 없었다. 임씨도 더 얘기할 필요가 없다고 생각했다.

"자, 그건 그렇고…… 선생님은 아직 식사를 못 하셨을 텐데…… 우선 술이라도 한잔 할까요?"

"그러지요. 이거 너무 폐가 많습니다."

"하하. ……그런 말씀은 하지마세요. 사람은 서로 친해야 합니다."

임씨는 원래의 모습으로 돌아갔다.

"술상은 제가 차려야겠군요. 그런데 우리 마누라님은 어딜 가셨나……?"

임씨가 부엌으로 들어가자 이일재 씨는 한가히 먼 하늘을 보면서 생각에 잠겼다.

'정녕 이 마을이 대단한 곳이기는 하구나…… 그러나 저 사람 좋은 임씨가 하는 말은 과장된 것이겠지. 그런데 스승님께서는 왜 그토록 남선생님을 찾으실까? 과연 남선생님의 글씨는 스승님보다도 뛰어난 것일까? ……그렇다면 도대체 얼마나 뛰어나단 말인가? 내가 봐서는 스승님보다 잘 쓴 줄 모르겠던데…… 그건 그렇고, 이 마을 촌장은 진짜 신선이라는데…… 누굴까? 그리고 건영이? 사공…… 대단? ……이런 말을 하는 이유는 어디 있을까?'

이일재 씨는 결론을 맺지 못하고 잠시 싸리문 안의 마당을 둘러봤다. 참으로 평화롭고 자연스러웠다.

'이런 곳에서 살면 마음이 저절로 맑아지겠구나…… 글씨도 이곳에서는 더욱 발전할거야…… 그렇다면…….'

"선생님!"

임씨가 술상을 마루에 내려놓으면서 불렀다.

"자, 한잔하시지요."

임씨는 탁주를 큰 사발에 따라주었다. 이일재 씨는 생각에서 깨어나 현실로 돌아왔다. 날은 약간 어두워졌으나 청량한 기운은 여전히 느낄 수 있었다. 술이 몇 순배 돌아가자 임씨가 물었다.

"선생님…… 이번에 왜 또 왔습니까? 남씨 형님이 이곳에 계셨더라면 결코 서울엔 안 가실 텐데……."

"예. ……그렇겠군요. 그런 줄은 알지만 워낙 급한 일이 있어서……."

"급한 일이라니요? 하하하…… 글씨 쓰는 일이 뭐 그리 급한 일입니까? 그리고 글씨가 뭐 하루아침에 되는 건가요? 하하하……."

임씨는 으레 글씨 때문에 이일재 씨가 찾아온 것으로 알고 대수롭지 않게 얘기한 것이다. 그런데 이일재 씨의 표정은 약간 어두워졌다.

"저…… 그게 아니고, 실은 저의 스승님께서 급히 모셔오라고 해서……."

"그 말씀은 전에도 그랬었지 않았습니까?"

"예. 그런데 이번에는 저의 스승님께서 아무래도 임종하실 것 같습니다. 그래서 돌아가시기 전에 꼭 한 번 뵙고 싶다고 하시길래……."

임씨도 미소를 지우고 심각한 표정을 지었다. 그러고는 속으로 잠깐 생각해봤다.

'오호, 참으로 글씨에 대한 정성이 대단하구나! 글씨가 도대체 뭐길래 죽기 전에 한 번 뵙겠다고? ……그럼 뭐가 달라지나? ……하긴 아주 존경하는 사람을 죽기 전에 한 번 만나본다는 것은 뜻이 있겠지…… 그런데 왜 죽을 것이라고 말하는 것이지……?'

임씨 자신으로서는 확실히 감이 잡히는 것은 아니었지만 대충 이해할 수는 있을 것 같았다. 임씨는 조심스런 음성으로 물었다.

"선생님, 서울에 계시다는 스승님은 지금 병이 나셨는지요?"

"예. 그렇습니다. 바로 이 순간도 어쩜 위태로우신지 모르겠습니다."

이일재 씨는 아주 낙심하는 표정이었다. 임씨가 그 얼굴을 보니 측은한 생각이 들었다. 그래서 임씨는 별 뜻 없이 위로의 말을 건넸다.

"선생님, 너무 걱정하지 마십시오. 인명(人命)은 재천(在天)이라 하지 않았습니까? 혹시 누가 압니까? 지금이라도 완쾌되어 계실지……?"

"글쎄요……."

이일재 씨는 약간 얼굴빛을 펴면서도 고개를 가로저었다. 이 순간 임씨는 퍼뜩 한 가지 생각이 떠올랐다.

"그렇지! 저, 선생님, 그 스승님에 대해 건영이에게 한번 물어봅시다."

"예? 무슨 말씀이신지요?"

이일재 씨는 영문을 몰라 임씨의 얼굴을 빤히 쳐다봤다.

"조금 전 선생님을 건네주었던 건영이 말이에요. 그 사공, 아니 그 사람은 사람의 운명을 기가 막히게 잘 압니다. 주역을 공부했거든요!"

임씨는 자기가 확실히 아는 것은 아니지만 기대·느낌, 혹은 소문 등을 종합하여 막연히 얘기한 것이다. 이일재 씨도 임씨가 큰소리로 자신 있게 말하는 바람에 쉽게 동화됐다.

"그래요? 주역을 공부했다고요?"

이일재 씨도 주역이란 책은 익히 알고 있었을 뿐만 아니라, 자기 자신도 언젠가 얼마동안 공부도 해 본 것이었다. 그러나 건영이란 말이 나오자 왠지 커다란 호기심과 신비감이 마음속에서 솟구쳤다. 이일재 씨의 얼굴은 약간 홍조를 띠었다.

"자자, 서울 선생, ……그 스승님의 사주를 알고 계십니까?"

임씨는 큰소리로 재촉했다.

"어서 사주를 대봐요. ……잠깐만, 적어야겠군요."

임씨는 급히 방으로 들어가 종이와 연필을 가지고 나왔다. 임씨가 서두르자 이일재 씨는 얼떨결에 자기 스승의 사주를 불러주었는데, 그때 자기도 모르게 한 가닥 희망 같은 것이 느껴졌다.

"자! 제가 내려갔다 올 테니 잠깐 기다리고 계십시오."

임씨는 싸리문 쪽에서 슬쩍 뒤돌아보고 미소를 짓고는 급한 걸음으로 언덕을 내려갔다. 그러나 잠시 후 이일재 씨는 다시 어두운 마음이 되어 한숨을 지었다.

'다 부질없는 짓이야. 공연히 기대를 갖는 것이지. 그토록 오랫동안 중환을 앓아오셨는데…… 언제쯤 임종하실까가 문제일 뿐이야. 스승님께서도 며칠 못 살 것이라 하셨는데…….'

이일재 씨가 속으로 이런 생각을 할 즈음 임씨는 벌써 건영이 집 앞에 당도했다. 임씨는 일단 숨을 고르게 하고 건영이를 부르려는데 안에서 먼저 소리가 났다.

"들어오세요."

"응? ……안에 있었나?"

약간 놀라면서 문을 열어보니 건영이가 문 쪽을 향해 미소를 지어 보였다. 방 안에는 밥상이 하나 놓여있었고, 그 위에는 책이 몇 권 있었다. 건영이는 무엇인가를 쓰고 있었는지 연필을 쥐고 있었다. 임씨는 방으로 들어섰다.

"인규는 어디 갔니?"

"예. 숙영이네 집에 갔어요."

"그래…… 건영이는 공부하는 중이로구나!"

"아니, 뭐 공부랄 것도 없어요. 그런데 아저씨는 무슨 일로 오셨어요?"

"응. 나? 뭐 좀 물어보려고 왔어."

잠깐 동안이나마 멋쩍어하던 임씨는 본래의 행동으로 돌아가 목소리가 다시 커졌다.

"뭔데요?"

건영이는 연필을 들고 공책에다 얼핏 무엇을 적으면서 물었다.

"건영이, 사주를 하나 봐줘야겠어. 매우 급한 일이야."

"예? 사주라니? 급하다니요?"

건영이는 급하다는 말에 하던 일을 중단한 채 임씨를 빤히 쳐다봤다.

"저…… 말이야. 우리 집에 와있는 서울 사람 있지? 그 사람 스승께서 위독하신가봐. 운명이 어떤가 좀 봐줘…… 과연 돌아가실 건지? 사실 건지?"

"그 일 때문에 오셨어요? ……서울서 오신 그 선생님 말이지요? 그분 스승님 때문에 ……거 참 아저씨, 제가 보기엔 그분 스승님은 돌아가시지 않아요!"

"뭐? 안 돌아가실 거라고 ……그래? 어떻게 금방 알았지?"

임씨는 어처구니없다는 표정이 되었다.

"어떻게 알기는요…… 그저 그런 육감이 들었어요."

"호오. 안 돌아가신다고 ……확실한 거니? 그래도 자세히 사주를 좀 봐줘."

"그러지요 뭐. 어디 줘보세요."

임씨는 줄곧 손에 쥐고 있던 종이쪽지를 건영이에게 넘겼다. 건영이는 처음부터 임씨의 손에 들고 있는 종이가 무엇인지 알고 있었던 것이 분명했다. 물론 임씨는 손 안에 종이를 꼭 쥐고 있어서 밖으로 보여진 것은 아니었다. 임씨는 속으로 기가 찼다.

'건영이가 과연 신통하긴 하구나……'

건영이는 벌써 다 풀었는지 고개를 들었다.

"어떻게 나왔나?"

임씨는 궁금한 표정을 지었다.

"틀림없어요. 그분이 돌아가시려면 아직 멀었어요."

"그래? 그것 참 다행이로구나. ……설명 좀 해줘!"

"하하. 아저씨, 설명해주긴 뭘 설명해요."

"아냐, 나도 뭣 좀 알아야 서울 사람한테 얘기를 해줄 수 있지 않겠니…… 아무 거라도 좀 설명해봐!"

"예. 좋아요. 그 스승님은 칠십일 세, 그러니까 토끼띠 일월 즉 인(寅)이고, 구일에 저녁 여섯 시이니까 괘상이 이지수(頤之隨:☲☲, ☲☲)이지요."

"그게 뭔데?"

임씨는 이(頤)니 수(隨)니 하는 것이 무슨 뜻인지 전혀 알 수가 없었다. 건영이는 임씨의 물음에는 대꾸하지 않고 계속 했다.

"그런데 요즈음 운수는 수풍정(水風井:☲☲)이에요. 이것은 근원이 깊어 마르지 않는다는 뜻이고, 계속 공급된다는 뜻이에요. 병이 회복될 겁니다. 그러나 오 년쯤 지나면 위험해지지요. 아무튼 이런 얘기는 할 필요 없고, 지금은 몸도 마음도 풀려나갈 때인 거예요. 걱정 마세요."

"그래. 그것 참, 수풍정이 뭐니?"

"예. 그분의 현재 운수가 마치 우물 같다는 뜻이에요. 우물은 새로운 것이 자꾸 생긴다는 것이니 고여 있는 물과는 아주 다른 것이지요. 그리고 우물은 접시 위의 음식이라는 뜻도 있으니 명성과 경사가 많이 생긴다는 뜻입니다. ……이젠 되셨어요?"

임씨는 열심히 생각하며 듣고 있다가 건영이가 설명을 갑자기 마치자 짐짓 깨어나서 고개를 끄덕였다. 그러고는 얼굴빛을 환히 펴고는 자리에서 일어났다.

"잘됐구나…… 빨리 가서 얘기해 줘야겠다. 고맙다, 건영아!"

임씨는 급히 서둘러 밖으로 나갔다. 그런데 건영이가 다시 불렀다.

"아저씨!"

"응?"

"저 말이에요…… 서울에서 오신 그분, 앞으로 이 마을에서 살게 될 것 같군요."

"뭐라고?"

임씨는 깜짝 놀라서 방으로 다시 들어오려고 했다.

"아저씨, 어서 가보세요. 그 얘긴 나중에 하고……."

"아냐. ……그 사람이 이 마을에서 산다고?"

"글쎄요…… 나중에 봐요."

건영이는 그만 문을 닫아버렸다. 임씨는 고개를 갸우뚱거리며 무엇인가 생각하더니 혼자 즐거운 표정을 지으면서 자기 집으로 급히 달려갔다. 임씨가 단숨에 집에 도착해보니 이일재 씨는 싸리문 밖에 나와 있었다. 임씨는 이일재 씨에게 다가가서는 두 손을 잡으면서 조용히 말했다.

"서울 양반, 이제 됐습니다. 걱정 안 하셔도 되겠어요."

"예? 무슨 말씀이신지요."

이일재 씨는 임씨가 평소답지 않게 조용한 목소리로 얘기하는 바람에 긴장했었지만 걱정 안 해도 된다는 말에는 크게 충격을 받았다. 물론 그 말이 무슨 뜻인지 잘 알고 있었다. 그러나 너무나 뜻밖의 내용에 믿겨지지 않아서 다시 물어본 것이다.

임씨는 미소를 지었다. 그러고는 목소리가 점점 커져갔다. 임씨는 힘들여 목소리를 죽여서 얘기했지만 그런 상태로 오래 견딜 수는 없었다. 차라리 말을 하지 말고 견디라면 좀 견디겠지만…….

"서울 양반! 아니, 선생님! 당신 스승님은 이젠 살았어요. 건영이가 그러는데 그분은 쉽게 돌아가실 분이 아니라고 합니다. 돌아가기는 커녕 오히려 좋은 일이 많다고 했어요. ……뭐라고 했더라? 그렇지, 명성이 높아지고, 경사가 생긴다고 했어요. 그리고 우물처럼 새로운 것이 자꾸 생긴다고 했습니다. 요즈음 운수가 바로 수풍정(水風井)이라고요!"

임씨는 자기가 마치 수풍정 괘의 뜻을 아는 듯이 얘기했다. 그러나 정작 그 뜻을 어렴풋이나마 아는 사람은 이일재 씨였다. 이일재 씨는 속으로 생각해봤다.

'만약 괘가 수풍정이라면 이는 분명 돌아가시는 운수는 아니다. 그런데 과연 스승님의 요즘 운수는 수풍정일까? 아니 그보다는 운명이란 확실히 존재하는 것일까? ……그리고 건영이란 사람은 운명을 정확히 알고 있을까?'

이일재 씨는 스스로 생각하는 동안 자신의 마음이 묘하게 안정되어 가는 것을 느꼈다. 자신도 모르게 건영이의 운명 감정을 크게 신뢰하는 것이었다. 임씨는 이일재 씨의 얼굴을 잠시 살피다가 다시 자신 있게 큰소리로 얘기했다.

"선생님! 건영이의 말은 틀림없어요. 게다가 건영이는 내가 아직 사주를 얘기해 주기도 전에 미리 스승님은 돌아가시지 않는다고 했어요……"

"예? 사주를 보기도 전에 알더라고요?"

이일재 씨는 깜짝 놀라면서 임씨를 쳐다봤다. 그리고 한편으로는 생각에 파묻혔다.

'그것 참, 사주를 묻지도 않고 단번에 그 운명을 알 수 있다니! …… 과연 신빙성이 있을까? 글쎄…… 어떻게 알 수 있을까?'

이일재 씨는 속으로 건영이를 부정하려해도 왠지 신뢰감이 더 생겨나는 것을 막을 수가 없었다. 그리고 좀 전에 그토록 위독하게 생각됐던 스승에 대한 염려가 말끔히 사라져가는 것을 느낄 수 있었다. 임씨가 바라보니 이일재 씨의 얼굴에는 미소마저 보였다. 그러고는 한결 밝아진 목소리로 고마움을 표시했다.

"감사합니다. 모든 것이 하늘의 보살핌인 것 같습니다."

임씨는 갑자기 밝아진 이일재 씨의 음성을 듣고 보니 기분이 썩 좋아졌다.

"자자, 들어갑시다. 기분도 괜찮은데 술이나 실컷 듭시다."

임씨는 이일재 씨의 어깨를 감싸고 싸리문 안으로 들어갔다. 날은 어느새 어두워졌다. 요즈음은 날이 어두워져도 마을 사람들이 우물가에 모이지 않는다. 물론 아직 여름이 안 되어서이기도 하지만, 그보다는 남씨와 박씨가 서울에 가있으므로 해서 왠지 기분이 썩 내키지 않았다.

원래 사람이란 일없이 모이는 것은 마음이 한가롭거나 여유가 있어야 하는데, 지금 정마을 사람들은 그런 상태가 아니었다. 어떻게 보면 이 계절은 정마을 사람들은 마음속으로 생각이 아주 많을 때이다. 특히 촌장이 마을을 영원히 떠난 마당에 남씨·박씨마저도 정마을에 없으니 누구나 한 번쯤은 고독을 느끼며 마을을 떠나고 싶은 생각을 가질 수 있을 것이다. 물론 남씨와 박씨는 일을 마치면 다시 돌아오겠지만, 그 날짜가 생각보다 지연되다 보니 마을 사람들 마음속에는 여러 가지 상상도 할 수 있을 것이다.

'누군가 또 마을을 떠나가는 것은 아닐까? 장차 이 마을에는 누가 남을까? ……우리도 일찌감치 도시로 나가는 것이 좋지 않을까?'

그러나 이런 마음을 밖으로 보일 수는 없었다. 마을 사람들이 오가며 서로 부딪칠 경우에도 여전한 모습으로 보일 뿐이다. 어쩌면 평소에 보이지 않던, 조금은 꾸며낸 미소를 보일 수도 있다. 아무튼 요즘의 마을 공기는 그리 행복한 것만은 아니다.

밤이 깊어가자 별들은 다시 찾아오기 시작했다. 세상에 별처럼 믿음직한 것이 또 있을까? 별은 날짜가 되고 시간이 되면 어김없이 그 장소에 나타난다. 누구와 특별히 약속한 것은 아니다. 오히려 인간이 별과 약속할 수는 있다. 그럴 경우 별은 반드시 약속을 지키지만 사람은 못 지킬 수도 있다. 사람은 변한다. 몸도 마음도, 그리고 사는 장소도…….

그리고 별은 영원하다. 사람이 만일 언제나 별을 생각하고 그것을 자기 것으로 해서 살아간다면 절대 외롭지 않을 것이다. 어느덧 하늘엔 밝은 별들이 가득 찼다. 이 별들의 마음은 알 길이 없다. 하지만 어두운 공간에서 반짝이며 무엇인가를 끊임없이 세상에 내보이고 있는 것이다.

정마을은 변해도 정마을의 하늘은 변하지 않는다. 또한 정마을 사람들이 마을을 떠나가도 하늘의 별들은 어디로 떠나가는 법이 없이 제자리를 지킨다. 우리가 멀리 타향에 나가 긴 세월을 지나서 고향에 돌아와도 여전한 모습으로 별은 우리를 반겨준다.

마을의 밤은 점점 깊어만 갔다. 그러고는 저 멀리서 새벽은 소리 없이 찾아왔다. 정마을에서 잠을 제일 먼저 깨는 것은 아무래도 새들이고, 그 다음이 건영이인 것 같다. 오늘도 건영이는 이른 새벽에 자리에서 일어났다. 마을은 아직 어두웠지만 하늘의 별들은 샛별만을 남겨둔 채 이미 보이지 않는다.

건영이는 일단 산 위쪽으로 올라갔다. 그러고는 얼마 후 나루터로 향했다. 시원한 공기가 가슴속 깊이 파고들어 왔다. 간간이 새소리가 들리고 숲 속에서는 가끔 이름 모를 짐승들의 움직임 소리도 느껴졌다.

강가에 도착하니 공기는 더욱 청량하고 저 멀리 강 건너까지 탁 트인 세계는 한적한 가운데 생기를 듬뿍 머금고 있었다. 강물은 차갑고 아주 천천히 흘러갔다. 이 강물은 깊은 밤중이나 지금 이른 아침이나 여전히 쉬지 않고 흘러가고 있다. 이 쉬지 않고 끊임없이 흘러가는 강을 건영이는 좋아하는 것이다. 건영이는 이 강물을 바라보면 언제나 무한히 먼 과거와 영원한 미래가 하나임을 느끼게 된다.

어느덧 강물은 더욱 반짝이고 강가에 널려진 돌들과 모래들도 밝게 모습을 드러냈다. 건영이는 이 강가에 나와서 세상과 만나는 것이고, 산 속에 가서 앉아있을 때는 세계 이전과 만나는 것이다. 이러한 일은 박씨와는 좀 다른 것인데, 박씨는 강가에 나와 흐르는 물을 보며 이 세계, 즉 시간 공간이 있는 우주 자연과 인생을 생각한다. 그러나 건영이는 세계와 인생을 생각한다기보다는 그냥 바라보는 것일 뿐이다. 그러나 오늘 건영이는 평소와 달리 여러 가지 잡념이 떠올랐다.

'서울 일은 언제나 끝이 날까? ……그들을 보낸 일은 잘한 일인가? 그리고 정마을에는 앞으로 무슨 일이 있을 것인가?'

건영이는 마음속에서 일어나는 여러 가지 의문을 그냥 내버려 두었다. 모든 것이 궁금하기는 하나 일부러 생각하고 연구하고 싶지는 않았다. 건영이는 저절로 떠오르는 생각을 귀히 여겼다. 물론 건영이는 생각하는데 게으른 것은 아니다. 오히려 판단이 너무 빠르고 예민하기 때문에 걱정이다.

건영이는 근래에 와서 자신의 생각이 너무 인위적인데 우려를 갖고 있다. 그렇다고 해서 판단이 빗나가는 법은 거의 없지만, 그래도 자신의 생각은 어디까지나 자신의 생각일 뿐, 생각 없이 모든 것을 있는 그대로 깨닫고 있는 자연 그 자체는 아니다. 건영이는 생각하지 않아도 아는 자연 그 자체의 힘을 자신의 영혼과 합일시키려고 노력하고 있었다. 건영이의 마음은 크게 열려있었고, 우주의 모든 섭리는 건영이의 마음과 통해 있었다. 그러나 건영이가 무엇을 알려고 하면 어느덧 자연은 저 멀리 떠나가 버렸고, 건영이 자신과 분리되는 것이었다. 건영이는 어떻게 해서든지 이것을 극복하려고 애를 쓰고 있었다.

건영이는 잠시 주변을 둘러보았으나 시간은 별로 흐르지 않고 고요할 뿐이었다. 건영이는 다시 강물을 바라보며 마음도 저 강물처럼 아무것도 맺히는 것이 없도록 자연에 맡겨두었다. 이제 시간은 흐르나 그 가고 옴에 마음을 두지 않고 자연과 자신의 경계막을 풀어뜨렸다. 점점 건영이의 가슴은 자연 그 자체의 가슴이 되어가고 있었다. 그러나 갈 길은 아직도 멀었다. 마음공부도 그렇고 특히 주역 공부는 조금씩 발전할 뿐 획기적인 활로가 열린 것은 아니었다. 건영이는 속으로 잠시 생각해보았다.

'어제의 나는 지금의 나와 얼마나 다른가? ……나는 주역에서 무엇을 모르고 있는 것일까?'

이렇게 생각하고 있는데 마음속에 어떤 파장이 도착했다. 이는 심정 공간 속에서의 일이었는데, 그 느낌은 바로 인규였다. 어둠 속의 소용돌이가 이는 느낌, 고요하면서도 소란을 잉태한 느낌, 건영이는 뒤돌아보지 않았다. 아직은 숲 속 멀리 있지만 점점 가까워오고 있었다. 건영이의 마음속에 비쳐진 그림자는 인규 외에도 두 사람이 더 있었다. 이는 굳이 심정 공간의 파장을 잡아보지 않아도 그냥 느낌으로 이일재 씨와 임씨라는 것을 알 수 있으리라.

벌써 숲 속에서 인기척이 났는데, 이는 임씨의 큰 목소리였다. 임씨는 쉬지 않고 무엇인가를 떠들어대고 이일재 씨는 가끔 고개를 끄덕이며 듣고 있었다.

인규가 강가 쪽을 바라보니 저 멀리에 건영이가 한가하게 앉아있다. 건영이는 이쪽에서 사람이 가는 것을 아는지 모르는지 꼼짝 않고 강물만 바라보고 있는 것 같았다.

잠시 후 임씨의 눈에도 건영이가 보였는데, 웬일인지 임씨는 목소리를 죽이고 조용해졌다. 아마도 저 멀리 건영이 쪽에서 밀려오는 고요하고 평정한 기운 때문은 아닐까? 임씨가 조용해지자 다른 사람들도 아무 말 없이 건영이가 앉아있는 쪽으로 거리를 좁혀 걸어왔다.

건영이는 여전히 등을 돌리고 있었다. 잠시 후 인규가 부르려는데 건영인 자리에서 일어나 나루터 쪽으로 내려갔다. 세 사람은 다시 방향을 약간 돌려 물가로 뒤따라갔다. 먼저 내려간 건영이가 배를 챙겨 떠날 준비를 하는 사이에 세 사람도 물가에 도착했다. 건영이 뒤쪽 물 위에는 가벼운 햇살이 은은하게 반짝였다. 강 건너 가까운 산가에는 아직 안개가 다 걷히지 않았고, 숲은 고요했다. 이일재 씨가 먼저 정중하게 인사를 건넸다.

"수고가 많으십니다. 또 폐를 끼쳐야 하겠군요."

"괜찮습니다…… 배에 오르시지요!"

건영이는 밝은 목소리에 친절한 표정을 지으며 이일재 씨를 바라봤다. 이일재 씨는 나이가 아주 어린 건영이를 마치 어른을 대하듯 하면서 고개를 약간 숙이며 조심스럽게 배에 올랐다. 이어 임씨와 인규가 오르자 건영이는 배를 밀어서 출발시켰다. 이제 다시 인규는 새로운 운명을 맞이하러 서울로 떠나가는 것이었다. 건영이는 차분하게 노를 저었다. 배가 강 중간쯤에 오자 그동안 잠잠했던 임씨가 더는 못 참겠는지 아무 말이나 한 마디 꺼냈다.

"강이 참 좋구나! ……인규야, 어떠니? ……서울 선생님은 어때요?"

"아, 예. 좋습니다."

이일재 씨는 급히 대답했다. 인규는 미소를 지었지만 강을 보고 있지는 않은 채 속으로 여러 가지 상념에 잠겨있었다.

'이제 떠나가면 언제 다시 돌아오는 것일까? 건영이는 어떤 사람이고, 다음 만날 때는 또 어떻게 변해 있을까? 서울에서는 무슨 일이 기다리고 있을까?'

인규는 이러한 생각을 하는 중에 자신에 대해 어떤 사실 하나를 발견했다.

'나는 참 바쁜 사람이구나……'

인규는 원래는 게으른 편이다. 그런데 요즈음 인규의 행동을 보면 참 열심이다. 그리고 인규의 역할을 묘하게도 다방면에 연결이 되고 있다. 말하자면 인규 자신의 내면의 세계는 평범한 그저 그런 사람인데, 그 행동은 아주 중요한 일에 연계되어 있다. 인규는 역으로 생각하여 자신은 바쁘기만 하고 내면의 세계가 너무 빈곤하다는 것을 깨달았다.

'나는 참 한심한 사람이구나……'

인규는 한숨 쉬며 강 저편 멀어져가는 정마을 나루터를 바라봤다. 인규는 왠지 자신은 아직 정마을 사람이 못 되어 있는 것처럼 느껴졌다. 무심히 노만 젓고 있는 건영이도 멀게 느껴지고 임씨도 마찬가지였다. 그런데 임씨의 얘기를 들으며 진지한 표정을 짓고 있는 이일재 씨만은 인규 자신과 동류로 느껴졌다. 인규는 허탈한 웃음을 지었다.

'사람은 태어날 때 이미 그릇이 정해져 있는 것인가? 나는 무엇이 되어가는 것일까? ……과연 이일재 씨는 나처럼 평범한 사람일 뿐일까?'

인규는 생각에서 깨어나 이일재 씨를 바라봤다. 순진하고, 점잖고, 진지한 모습…….

'세상엔 별 사람도 다 있구나…… 참 좋은 사람이야……'

인규의 이러한 생각을 이일재 씨는 알 길이 없다. 이일재 씨는 그 마음이 싫은지 좋은지 알 수는 없지만 임씨에게 단단히 붙들려 있다.

배는 어느새 이쪽 편에 도착했다. 건영이가 먼저 내려 배를 잡아당기고 뒤이어 인규가 내렸다. 임씨는 일어나기 전에 이일재 씨에게 무언가 한 마디를 더 하고는 내렸다. 마지막에 내린 이일재 씨는 건영이 앞을 스쳐갈 때 몸자세를 낮추고 정중하게 고마움을 표시했다.

"자, 그럼…… 다녀올게."

인규는 건영이를 쳐다보며 작별을 고했다. 이일재 씨도 건영이에게 인사를 건넸다.

"이번에 신세를 많이 졌습니다…… 고맙습니다."

이일재 씨는 어제 저녁 임씨를 통해 스승의 운명에 대해 얘기해 준 것을 생각하면서 고마워한 것이다. 건영이는 미소를 지으며 목례로 답했다. 인규가 몇 걸음 앞장서며 출발을 재촉했다. 이일재 씨는 몇 번이나 뒤돌아보며 인규를 따라갔다. 이윽고 건영이도 배를 돌려 정마을로 돌아가려고 했다. 그런데 이때 임씨가 인규 쪽을 향해 소리를 질렀다.

"잠깐만!"

인규와 이일재 씨는 걸음을 멈추고 뒤돌아섰다.

"나랑 같이 가지! 이왕 강을 건넌 김에 읍내에나 좀 다녀와야겠어……."

"예? 읍내엘 다녀오신다고요? 무슨 일로……."

인규가 반가워하면서 물었다. 인규는 왠지 정마을 사람하고는 잠시나마 더 있고 싶어 했다. 임씨가 읍내에 나간다면 반나절이나 함께 숲 속을 걸어가는 셈이다.

"뭐 별일은 아니야. ……물건을 좀 사야겠어. 우리 마누라님 줄 물건이 필요해……."

임씨는 싱글벙글하면서 건영이를 바라봤는데, 건영이는 잠시 망설이는 듯 하더니 혼자 배를 출발시켰다. 건영이는 이때 속으로 무엇인가 꺼림칙한 느낌이 일어났다.

'사람은 한 치 앞을 모르고 사는구나…….'

건영이는 강을 건너기 전에 임씨가 읍내에 나갈 것을 알지 못했다.

'이런 일도 미리 알 수 있는 것일까? 즉흥적으로 일어난 일인데…….'

건영이는 잠시 우울한 기분을 느끼고는 나루터로 접근해 갔다. 주변은 점점 환해지고 넓디넓은 산천의 하루는 시작되었다. 얼마 후 건영이는 정마을로 돌아갔고, 강변은 고요한 가운데 기다림의 시간만이 보이지 않게 흘러갔다.

도망자 염라대왕의 뜻

이곳에서 끝없이 멀리 떨어진 저 하늘 다른 세계에서는 염라대왕과 남선부 대선관 소지선의 긴박한 도피 행각이 계속되고 있었다. 이들이 지금 막 도착한 곳은 신시(神市) 곡주 어귀에 있는 은저산이란 곳이었다.

은저산은 거대한 산이다. 이 산을 곡주 어귀라고 한 것은 실은 당치도 않다. 은저산의 크기에서 비유해 본다면 신시 곡주는 태산에 붙어있는 작은 돌멩이 하나의 크기 정도밖에 안 된다. 실제 태산이라 해도 마찬가지이다. 은저산은 남선부 산하의 속계인 인간 세계의 가장 큰 산인 곤륜산을 수천만 개 합친 것보다도 크다. 이는 상계인 저 광대한 옥황부 전체를 수백 개나 그 안에 담을 수 있는 크기로서 아름답고 장엄함은 이루 다 말할 수 없다.

이 은저산 안에는 크고 작은 호수가 수없이 많은데, 보통 호수라 해도 속계의 바다보다 크다. 신시 곡주는 이 많은 호수 중에서도 극히 작은 호수 가운데 있는 수천 개의 섬으로 이루어져 있는 조그마한 선계이다.

은저산은 신비 지역으로 그 내면의 지형이나 환경 등은 일체 알려져 있지 않다. 신시 곡주는 은저산의 서쪽에 있는데 서쪽이래 봤자그 광대한 산맥 속 어디에 묻혀 있는지 잘 알 수 없는 작은 점과도 같은 존재이다. 단지 신시 곡주는 이 은저산의 끝없이 넓은 세계에서사람이 사는 유일한 지역이기 때문에 옥황부에도 잘 알려져 있는 아주 유명한 신계이다. 그러나 이상하게도 이 유명한 신시에는 외부에서 찾아드는 선인들이 아주 드물다. 사실 이런 은저산변에 신시가 있다는 것도 매우 희귀한 일이다.

그런데 은저산은 안개 속에 덮여 있어서 그 규모를 가히 짐작할 수가 없다. 바람이 불어 가끔 안개를 몰아내면 잠시 산의 모습은 검게나타나 온통 하늘을 막아서고 있다.

염라대왕과 소지선은 잠시 은저산의 엄청난 자태를 바라보고 있었다. 날씨는 활짝 개여 있어서 은저산의 왼쪽으로 수많은 봉우리가 보였다. 산들은 등을 돌리고 서 있는 것 같았다.

"여기서 잠시 쉬어볼까? ……소지, 힘들지 않나?"

염라대왕은 미소를 띠며 물었다.

"예. 견딜만하옵니다."

"허허. 자네 때문에 나도 이 고생이군. 졸지에 나는 도망자가 되었어……."

"죄송하옵니다."

"괜찮네. 나는 나대로 뜻이 있어서 하는 일이야. 그런데 자넨 후회되지 않나?"

"예? 그럴 리가 있겠사옵니까?"

"좋아. 그러나 지금 우리가 하는 일이 쉬운 일은 아니야. 이제부터가 중요하지."

염라대왕은 잠시 생각하는 듯 하더니 소지선을 빤히 쳐다보며 말했다.

"지금쯤 평허선공도 슬슬 추적을 시작할 것이네. 우리가 지금과 같은 속도로 도망 다니면 필경 며칠도 채 가지 못하고 잡히고 말지. 나혼자라면 문제가 아닌데…… 천근처럼 무거운 자네를 데리고 움직이려니 여간 힘든 게 아니군!"

"죄송하옵니다."

"그러게 평소에 공부를 좀 열심히 하게!"

"예. 삼가 깊이 명심하겠사옵니다."

소지는 황급히 무릎을 꿇고 감사한 마음을 표했다.

"좋아. 자넨 이제부턴 발전할 것 같군. 그건 그렇고 평허선공을 어떻게 따돌릴 궁리를 해야겠는데."

염라대왕은 눈을 가늘게 뜨고 마음속으로 무엇인가를 깊게 생각하는 것 같았다. 소지는 묵묵히 기다릴 뿐이었다. 이윽고 결론이 섰는지 염라대왕은 단호한 음성으로 말하기 시작했다.

"소지! 지금쯤 각 선부에 우리의 체포령이 내려져 있을 것이네. ……물론 아직까지 이 곡주에는 소식이 와 있지는 않겠지만, 그러나서두르지 않으면 이제까지의 일이 수포로 돌아갈 것이네. 나도 자신이 있는 것은 아니네. ……아무튼 최선을 다해 봐야지! 자, 우리는일단 여기서 헤어졌다가 다시 만나야겠어. 이제부터는 자네는 방향을 서남쪽으로 잡게! 나는 서북쪽으로 향하겠네!"

"예? 우리의 최종 도착지는 어디 옵니까?"

소지선은 마치 어린아이와 같은 기분이 되어 순진하게 물었다.

"음…… 동쪽이지……."

염라대왕은 소지선을 슬쩍 보고 잠시 또 생각하더니 말을 이었다.

"지금은 그런 것을 따질 때가 아니네. 평허선공은 필경 우리가 지나온 경로를 따라 동쪽으로 향해 오고 있을 것이네. 그래서 나는 평허선공을 서북쪽으로 유인해 놓고 다시 서쪽으로 되돌아가서 자네를 만날 걸세. 우리의 도피 행각이 성공하느냐 하지 못하느냐 하는 것은 지금이 고비일세. 여기서 평허선공을 따돌리지 못하면 모든 게 끝장이지. 자네는 꾸준히 서남쪽을 향해 가게. 방향을 잘못 잡아 은저산 중으로 들어서면 위험하네……."

"예? 위험하다니요? 은저산은 아무리 커봐야 무심한 산천이 아니옵니까?"

"허허. 자넨 아직 깨칠 날이 멀었군! 세상은 그런 곳이 아니야! 자네가 모르는 기이한 일이 많아. 특히 이곳 은저산은 수상한 곳이지. 공연히 모험심을 발동시키지 말게…… 지금은 평허선공을 피하는 것이 지상의 명제야…… 알겠나?"

"예. 죄송하옵니다. 잠시 잡념이 생겨서……."

"알겠네. 자넨 여기서 떠나고…… 나는 평허선공이 지나온 길을 되짚어서 자네 쪽으로 향해 가겠네. 필경 평허선공은 서북쪽으로 나를 다시 쫓아오던가, 아니면 동쪽으로 계속 가든가 하겠지…… 자, 빨리 출발하게. 나는 일단 곡주에 들어가서 함정을 파놓고 뒤따라가겠네."

"예. 그럼 제가 먼저 출발하겠사옵니다."

소지선은 두 손을 모아 가볍게 읍을 하고는 서남쪽을 향해 급히 출발했다. 염라대왕은 잠시 그 자리에서 서서 소지선이 사라진 방향을 바라보며 고개를 가로저었다.

'저렇게 행동이 더디어서 몇 걸음이나 가겠나…… 아무튼 운명에 맡겨야겠지…….'

이윽고 염라대왕도 근심을 털어내고 신시 곡주 쪽으로 향해 출발했다. 곡주는 염라대왕의 행보로는 지척간이었다. 순식간에 곡주에 들어선 염라대왕은 명행보를 운행하면서 아무에게도 감지되지 않고 대뜸 시주(市主)인 거무선의 처소에 잠입했다. 마침 거무선은 없었으나 오래 기다리지 않아 집무실에 나타났다. 거무선은 집무실에서 일단 좌정을 하기 시작했다. 그러나 마음이 심히 요동하여 평정을 유지할 수가 없었다.

'어허. 이게 웬일인가? 어쩐 일이지……?'

거무선은 속으로 자기 마음의 요동하는 것에 크게 놀라고 있었는데, 그 원인은 금세 밝혀졌다. 한쪽 벽에 실체 없는 그림자가 맺혀지더니 그림자는 밖으로 나서면서 염라대왕으로 변해갔다.

"아니! 평등왕이 아니시옵니까?"

거무선은 황급히 무릎을 꿇고 머리를 조아렸다.

"조용하게……."

염라대왕은 근엄하게 타일렀다. 거무선은 여전히 고개를 들지 못하고 속으로만 크게 놀라고 있었다. 신시 곡주는 변방에 있는 조그마한 선리(仙里)로서 이 신시가 만들어진 이래 염라대왕 같은 귀인이 왕림하기는 처음이었던 것이었다. 더구나 시위 보좌 선관도 없이 염라대왕 단독으로 출현했기 때문에 잠시 동안은 대왕을 몰라볼 뻔했다. 그러나 공부를 많이 한 거무선으로서는 당황은 찰나지간일 뿐 금방 마음을 수습하고 예의를 갖추었던 것이다. 염라대왕은 잠시 주위에 누가 있나 감지해 보는 듯했다.

"일어나게!"

염라대왕의 차분한 목소리가 들려왔다.

"예. 감사하옵니다. 그런데 어인 일로 이런 누추한 곳에 행차하셨사옵니까? 수행 선관도 없이……."

"음, 급한 볼일이 있어 지나치는 길일세."

염라대왕은 약간의 미소를 보이고는 말을 이었다.

"이곳은 어떤가?"

"예. 이곳은 여전히 한가하옵니다."

"그런가?"

염라대왕은 속으로 생각했다.

'아직은 나에 대한 체포령이 답지하지 않았군. 아마 평허선공이 직접 오겠지. 늦어도 하루 이내가 될 거야…….'

"시주!"

염라대왕은 친근한 목소리로 거무선을 불렀다.

"예……."

"나는 다시 가봐야겠네."

"예? 차라도 한잔 안 하시겠사옵니까?"

"아닐세. 나는 몹시 급하네. 자네를 한 번 상면한 것으로 족하다네."

"예? 황송하옵니다."

"그리고 자네에게 일러둘 것이 있네. 사실 나는 쫓기고 있는 몸이야."

"예? 그럴 리가 있겠사옵니까? 감히 누가 대왕님을 추궁하겠사옵니까?"

거무선은 겉으로는 겨우 평정을 유지하고 있었지만 속으로는 몹시 놀라 전신이 떨려왔다. 세상에 염라대왕이 쫓기는 몸이라니! 이런 터무니없는 일이 있는 것일까? 거무선의 마음속에는 수많은 생각이 일어나고, 그 생각들은 걷잡을 수 없이 움직여서 어떤 결론을 맺을 수가 없었다. 다시 염라대왕의 목소리가 들려왔다.

"그럴 만한 일이 생겼다네. 오해 때문에 생긴 일이기는 하지만……그래서 말인데, 자네한테 부탁할 일이 있네."

"예? 부탁이라니요? 당치도 않사옵니다. 지시를 내려주시옵소서."

"알겠네. 나는 지금 어떤 사람 하나를 피신시키는 중인데 갈 곳은 동쪽이야. 그렇지만 자네는 뒤따라오는 사람에게 이 말은 하지 말고 내가 서북쪽으로 갔다고만 말하게!"

"예. 명에 따르겠사옵니다. 단지 그렇게만 말하면 되는 것이옵니까?"

"그렇다네. 후일 사례를 하겠네."

"아니옵니다. 명을 내려주신 것만 해도 제겐 감당 못할 큰 은혜이옵니다. 사례란 말씀은 거두어주시옵소서."

"호오, 그런가? 아무튼 고맙네. 그럼 나는 기다리는 사람이 있어서 이만 가봐야겠네."

"예. 저는 지시에 따르겠사옵니다. 부디 행차에 불편 없으시길 빌겠사옵니다."

염라대왕은 그 자리에서 홀연히 모습을 감추었다. 신시 곡주를 빠져나온 염라대왕은 이제 모든 것을 운명에 맡기고 서북쪽을 향해 최대의 속력으로 신족을 운행했다.

염라대왕을 떠나보낸 시주 거무선은 잠시 마음을 가라앉히기 위해 명상에 들었다. 얼마 후 명상에서 깨어난 거무선은 그 자리에서 차분히 생각해 보았다.

'염라대왕을 추적할 사람이 찾아온다면 이는 필경 대단히 높으신 분일 것이다. 적어도 염라대왕과 배분 계제가 같은 선공이거나 그 이상인 진인이 될 것이다. 그렇다면 미리 마중을 나가 귀인을 맞이해야만 할 것이다. ……그런데 염라대왕께서 내게 명령을 내린 내용을 살펴보면 이는 분명히 추적하는 사람을 따돌리기 위한 기만 술책인데…… 공연히 나마저 연계되어 책임을 질 일이 생기는 것은 아닌지? 높으신 분들을 뵙게 되는 것은 행운인데 잘못하다가는 오히려 화를 입겠구나. 아무래도 여러 선인들과 깊게 의논해 봐야 되겠군…….'

여기까지 생각한 거무선은 자리에서 일어나 위선을 불러 즉시 회의를 소집하라고 명령했다. 회의를 소집하는 데는 시간이 많이 걸리지 않았다. 신시 곡주는 선인들이 모여서 한가로이 공부나 하면서 지내는 곳으로 특별히 중요한 업무가 있는 곳은 아니었다. 현재 대라명이 내려져 있는 중에도 이곳 신시에는 평소와 크게 다를 바는 없었다. 시주가 회의를 소집해도 각 부서의 선관들은 한가한 마음으로 모여들었을 뿐이었다. 시주 거무선이 회의장에 들어서자 미리 와서 기다리던 선관들은 일어나 예의를 표했다. 이어 거무선이 자리에 앉자 회의는 즉각 개시되었다.

"여러분들을 이렇게 모이라고 한 것은 아주 중대한 문제를 의논하기 위함입니다."

거무선이 정중한 음성으로 서두를 꺼내자 여러 선인들은 속으로 색다른 느낌을 받았다. 아무래도 평소와 다른 어떤 육감이 느껴지는 것이었다. 게다가 '아주 중요한 문제를 의논하기 위함'이란 말은 좀처럼 들어볼 수 없었던 말이었다.

"조금 전에 이곳에는 귀인께서 다녀가셨습니다. 그분은 바로 평등왕이셨습니다……."

거무선이 여기까지 얘기하고 잠시 좌중을 돌아봤는데, 선인들이 아주 잠깐 동안은 무슨 뜻인 줄 몰랐으나, 모두들 바로 충격을 받았다.

"예? 평등왕이라고 하셨습니까?"

선인들은 서로 얼굴을 바라보며 잠시 술렁거렸다. 거무선의 다음 말이 이어졌다.

"그렇습니다. 평등왕께서 긴급히 다녀가셨는데, 문제가 여간 큰 게 아닙니다."

거무선은 염라대왕과 만났을 때 있었던 대화 내용을 상세히 설명했다.

"아무래도 옥황부 근방에 큰일이 발생한 모양입니다. 평등왕께서도 쫓기는 몸이시라고 스스로 말씀하셨지만, 조만간 어느 선공께서 왕림하실 것 같은데 어떻게 했으면 좋겠습니까?"

"예. 저의 의견을 말씀 드리지요."

일어난 사람은 옥인선(玉仁仙)이었다.

"일단 우리는 귀인을 맞이할 대대적인 준비를 해야 할 것입니다. 이는 우리 신시가 생긴 이래 최대의 경사이므로 당연한 일이지만, 문제는 시주께서 심문을 받으실 때 어떻게 답변하느냐 입니다. 평등왕께서는 동쪽으로 간다고 하시면서 이 말을 하지 말라고 하셨습니다. 그러나 평등왕께서 진실로 향방을 감추려했다면 그냥 지나치시면 그만인데, 일부러 이곳에 들르셔서 동쪽으로 간다고 밝히시고는, 말하지 말라고 하셨습니다. 이는 오히려 말하라는 뜻으로 여겨집니다. 따라서 저의 견해는 시주께서는 심문을 받으실 때 평등왕께서 '동쪽으로 간다, 그러나 말하지 말라! 서북쪽으로 갔다고 말하라' 한 것 등 모두를 직고해야 한다는 것입니다."

거무선은 고개를 끄덕였다. 그러자 또 한 선인이 일어났다. 이 사람은 일좌선(一坐仙)이었다.

"저의 생각을 말씀 드리지요. 귀인을 맞이해야 하는 대대적인 준비는 당연한 것이므로 저도 찬성입니다만…… 심문을 받으실 경우, 신중히 대처해야 할 것입니다. 우리는 아직 평등왕의 진심을 확실히 알았다고 볼 수가 없으므로 그냥 지시대로 서북쪽으로 갔다고만 해야 될 것 같습니다. 공연히 더 잘 하려다가 오히려 잘못을 저지르게 되면 후에 지시를 어겼다고 문책을 받을 수도 있습니다."

"그렇군요."

거무선은 일좌선의 의견에 찬동하는 기색을 보였다.

"저도 의견을 말씀 드리지요."

지유선(至幽仙)이 일어났다.

"두 분의 의견은 모두 일리가 있습니다. 만약 지체 높으신 선공께서 심문을 하시면서 '정확히' 있었던 일을 상세히 밝히시라고 명하신다면 어떻게 하겠습니까? 이럴 경우 평등왕이 처음에 말씀하신 동쪽으로 간다는 말을 빼고 단순히 서북쪽으로 갔다고 대답하다가는 이는 어른을 기만한 죄를 뒤집어쓰게 될 것입니다. 그렇다고 곧이곧대로 밝히자니 이는 평등왕의 지시를 어기는 것이니 이 또한 난감합니다. 그러니 우선 누가 이곳에 나타나시는가에 따라서 두 가지 대답을 준비해야 할 것입니다. 즉 왕림하시는 분이 평등왕보다 계제가 높은가 낮은가에 따라서 답변이 달라져야 할 것입니다. 우리는 높으신 분의 명령에 순순히 따라야 할 것입니다. 이는 곧 도덕이 아닙니까?"

지유선은 좌중을 슬쩍 둘러보고는 자리에 앉았다.

"그렇다면 배분 계제가 같은 경우 어떡합니까? 아무래도 어느 선공께서 오실 것 같은데……."

거무선은 지유선을 바라보며 물었다.

"예. 그런 경우는 어쩔 수 없겠지요. 우리는 하는 수 없이 어느 한 분의 편을 들어야 할 것입니다."

지유선은 고개를 끄덕였다.

"알겠습니다. 대충 이정도로 해두고 귀인을 맞이할 준비를 합시다."

"그러지요……."

회의는 이렇게 해서 간단히 종결되었다.

평허선공, 곡주에 머무르다

신시 곡주는 수천 개에 달하는 크고 작은 섬들로 이루어진 수상 도시이다. 호수가 끝나는 저 멀리에 은저산의 거친 봉우리들이 희미하게 둘러쳐져 있었고, 섬 안에 있는 작은 산들은 숲과 암석들 그리고 수많은 실개울 등으로 어우러져 절경을 이루고 있었다.

신시 곡주의 본궁은 동쪽 끝에 있는 가장 큰 섬에 세워져 있었는데, 주위에는 다른 섬들이 밀집되어 폭이 좁은 수로를 이루었고, 섬과 섬 사이가 아주 좁은 곳에는 수많은 다리가 상서로운 조화를 이루면서 본궁의 외곽을 연결하고 있었다.

섬들의 먼 바깥쪽 육지는 은저산인데, 다른 거대한 호수와 연결된 쪽에는 거친 소용돌이의 물길과 두터운 안개층이 있어 곡주를 외부 세계와 단절시키고 있었다. 귀인을 맞이할 영접선들은 섬의 서쪽 끝에 마련된 임시 연회장에 집결해서 경건한 마음을 가지고 서쪽 하늘을 유의하고 있었다. 이들은 신시가 생긴 이래 최고의 귀인을 배견하게 될 것이라는 기대로 가슴이 마음껏 부풀어 있었다.

영원을 수행에 바치는 선인들에게는 귀인을 영접하는 일보다 소중한 일은 없다. 이들에게는 스스로가 혼신의 힘을 다하여 공부를 하고 있지만 그 단계를 넘어선 더 높은 경지의 귀인을 만난다는 것은 그야말로 자기를 뛰어넘을 수 있는 절호의 기회인 것이다. 선인들은 이미 할 수 있는 최선을 다하고 있기 때문에 자신의 노력보다는 항상 자신이 모르고 있는 가르침을 갈구하고 있는 것이다.

신시 곡주는 어떠한 복이 있어 귀인이 왕림하는가? 염라대왕이 다녀간 지 거의 하루가 지나자 과연 귀인이 나타났다. 하늘에 잠시 상서로운 기운이 서리더니 나타난 귀인은 시위수행도 없이 단신이었는데, 놀랍게도 평허선공이었다. 선인들은 놀라고 있을 틈이 없는 것이다. 황급히 예의를 갖추었다.

"삼가 어른을 뵈옵니다."

시주인 거무선 이하 선인들은 모두 무릎을 꿇고 정중히 고개를 숙였다. 평허선공은 뜻밖의 사태를 만났다.

"어허, 귀찮은 일이 생겼구나……."

속으로 이렇게 생각하며 하는 수 없이 인사를 받았다.

"일어들 나게!"

"예. 감사하옵니다."

"그대들은 내가 올 줄 알고 있었나?"

"아니옵니다. 평허선공께서 오실 줄은 몰랐사옵고, 단지 귀인께서 왕림하실 것이라고 기대하고 있었사옵니다."

시주 거무선이 급히 대답했다.

"음……."

평허선공은 잠시 말없이 고개를 끄덕이고는 다시 물었다.

"평등왕께서 다녀가셨나?"

"예."

"언제인가? 얼마간 지체하셨나?"

"예. 저를 잠깐 면접하시고는 즉시 떠나셨사옵니다."

"어디로 가신다고 했는가?"

평허선공이 염라대왕의 행방을 묻자 거무선은 가슴이 뜨끔했다. 드디어 심문이 시작된 셈이다. 거무선은 속으로 재빨리 생각했다.

'지금 이 순간이 중요하다. 염라대왕께서 시키신 대로 말할 것이냐? 아니면 사실대로 얘기할 것이냐? 아무래도 평허선공께서는 먼 곳에 계시는 분이고, 염라대왕께서는 가까운 분이시니까 염라대왕의 편을 들어야겠군……'

거무선이 속으로 이렇게 생각할 때 사정을 알고 있는 여러 선인들은 긴장하고 가슴을 졸였다. 여기서 자칫하다가는 크게 위험할 수도 있다.

"예…… 저…… 평등왕께옵서는 서북쪽으로 가신다고 했사옵니다."

거무선의 목소리가 천천히 흘러나왔다. 순간 평허선공의 얼굴에는 냉엄한 미소가 나타났다가 사라졌다. 그러나 이것을 본 사람은 아무도 없었다. 평허선공은 겉으로는 평온했다.

"그런가? 그럼 나도 이만 가봐야겠는데…… 자네들이 이렇게 마중을 나와 있으니 어쩐다?"

평허선공은 잠시 망설이며 생각해봤다.

'여기 모인 선인들은 착실한 도인들이다. 그냥 떠나가는 것은 너무 냉정한 행동이다. 이들도 내가 염라공을 추적하는 것을 알고 있다. 가엾은 이들에게 나의 성급한 모습을 보여줘서는 안 될 것이야……

내가 이곳에 오게 된 것은 운명이고 인연인데, 이들에게 조금이나마 친절을 베풀어주어도 좋을 것이다. 염라공은 소지를 데리고 가야하니 어차피 멀리는 가지 못할 것이니 여기 착한 도인들을 위해 하루쯤 쉬어가도 무방할 것이다……'

평허선공은 방침을 굳혔다. 그러나 이 사실을 모르는 거무선은 어린아이처럼 매달렸다.

"어른께서는 몹시 바쁘신가 보옵니다?"

"음…… 글쎄, 그렇다네."

"그렇지만 저희들에게 한 가지 가르침이라도 내리시옵지요. 저희들로서는 평생 처음으로 어른을 뫼시는 자리이오라 너무 아쉽사옵니다."

"허허…… 그런가? 알겠네."

평허선공은 인자한 표정으로 고개를 끄덕였다. 그러자 평허선공의 기색을 살피고 있던 선인들은 일제히 엎드려 고마움을 표했다.

"성은에 감사드리옵니다."

"일어들 나게……. 그리고 곡차를 준비하게!"

평허선공이 이렇게 말하는 것은 오래 머물겠다는 뜻이다. 선인들의 표정은 밝아지고 시주 거무선이 정중히 나섰다.

"예. 곡차는 이미 마련해 두었사옵니다."

"허허. 자네들은 부지런한 사람들이구먼."

평허선공이 칭찬을 하는 사이에 거무선이 일어나 술잔을 올렸다.

"제가 먼저 곡차를 올리겠습니다."

"음. 모두들 함께 마시도록 하게!"

이리하여 신시 곡주가 생긴 이래 최고의 향연은 시작되었다. 그러나 최고의 향연이라 해도 성대하거나 화려한 것은 아니었다. 멀리서 보면 선인들 몇 명이 조촐하게 술을 마시는 것뿐이다. 이제 하루 동안은 염라대왕과 소지선이 마음껏 도망을 할 수 있게 된 셈이다.

나타난 세 사람의 칠성(七星)과 회장

이럴 즈음 남선부 산하 속계인 서울에서는 박씨 신변에 중대 사건이 전개되기 시작했다. 현재 남씨가 추진하고 있는 일은 소강상태로 접어든 지 여러 날이 지났건만 아무런 변화가 없었다. 지루한 나머지 방심할 수도 있는 상황이었다.

오늘도 안국동 사무실에 도착한 남씨와 박씨는 아무 하는 일 없이 여러 시간을 기다렸다. 조합장은 근처에 잠깐 볼 일이 있다고 나가 있었고, 조합장 부하 한 사람만 남아있어서, 남씨는 박씨에게 말을 건넸다.

"박씨! 오늘도 별일이 없는가 보군…… 그러나 아직 긴장을 풀어서는 안 돼!"

남씨는 여느 때처럼 똑같은 주의를 주고는 신문을 뒤적거렸다. 박씨는 말없이 고개를 끄덕이다가 갑자기 무엇이 생각난 듯 남씨를 불렀다.

"그렇지만 형님, 상황이 다 끝난 것은 아닐까요? 제 생각에는 나머지 칠성들이나 두목은 모두 소식을 듣고 도망간 것 같아요. 공연히 여기서 시간만 허비하는 것은 아닐까요?"

"아니야. 그게 아닐 거야. 며칠 더 기다려보고 다시 상황을 점검해 봐야지. 아무튼 조금만 더 참게! ……정마을에서도 아무 일 없다고 하니까 며칠 더 두고 보자고."

"글쎄요…… 알겠어요."

박씨는 마지못해 대답했다. 그러나 속으로는 상황이 다 끝났다는 생각을 지워버릴 수가 없었다.

"박씨!"

남씨가 다시 불렀다.

"나 잠깐 나갔다 오겠네. ……바로 뒷집일세!"

남씨가 말한 뒷집은 이일재 씨와 그 스승 일송(一松) 선생이 사는 곳이다. 일송 선생 집이 마침 안국동 사무실에서 아주 가까운 이웃에 있기 때문에 지난 며칠간 자주 그곳에 가있었던 것이다. 오늘도 별일이 없으니 차라리 일송 선생 집에나 가보는 것이 나을 것 같아서 남씨는 가벼운 마음으로 사무실을 나서는 것이었다.

"내가 가있는 집은 알고 있지? 무슨 일이 있으면 내게 먼저 연락해 야해! 알겠지?"

남씨는 사무실을 나서기 전에 다시 한 번 주의를 환기시켜 주었다.

"예. 알겠어요. 다녀오세요."

박씨는 대수롭지 않게 대답했다. 남씨는 일송 선생 집으로 나섰다. 바로 이 시간 조합장 휘하에 있는 명동 사무실에는 전화벨이 울리고 있었다.

"따르릉……!"

"여보세요. 예? 내가 누구냐고요? 당신은 도대체 누구요? 뭐야?

야, 이 미친놈아, 너 먼저 누군지 밝히면 되잖아? 어허, 이 자식 봐라!"

"꽝!"

조합장 부하는 전화기를 심하게 내려놓았다. 그러자 벨이 다시 울렸다.

"이 자식이!"

조합장 부하는 투덜대면서 수화기를 들었다.

"여보세요. ……그래, 진작 그럴 것이지. 누구라고? 그런 사람 나 모르겠는데! 나? 이 자식아, 개소리 말고 끊어!"

"꽝!"

이로부터 몇 분 후 종로 본부에도 심상치 않은 전화벨 소리가 울렸다.

"따르릉……!"

"여보세요! 예. 누구요? 그런 사람 모르겠는데요. ……글쎄요. 그만두었나 봐요. ……이보세요, 웬 잔말이 그리 많아요? 글쎄 당신이 누구인지 모르겠다니까! ……야, 이 자식아!"

"꽝!"

"별 미친 놈 다 보겠네……."

전화를 신경질적으로 내려놓은 조합장 부하는 별일 없는 듯 자기 자리로 돌아갔다. 잠깐 동안은 전화 내용이 전에 있던 땅벌파의 누구를 찾는 것으로 속으로 짐작되었지만, 그 사람들은 이미 떠나가고 없는 것이니 아무튼 자기와 상관없는 것이다. 이제 주인이 바뀐 것이니 가끔 전에 있던 사람을 찾는 전화가 오겠지 하고 생각했던 것이다.

그러나 조합장 부하가 이렇게 생각한 것은 크게 잘못되어 있는 것이었다. 이와 같은 내용의 전화를 받았다면 즉시 안국동으로 보고해야만 했다. 이와 같은 전화는 동대문 등 다른 지역에도 차례로 답지했다. 그러나 누구 하나 이 내용을 남씨가 있는 안국동에 보고한 사람은 없었다. 이 전화의 발신지는 서울역 근방 어느 가겟집이었다.

"아무래도 이상하군요."

전화를 내려놓은 한복 차림의 젊은이가 중년의 키 작은 사람을 쳐다보며 말했다. 키 작은 사람은 대답을 듣는 둥 마는 둥 깊은 생각에 잠겨 있는 듯했다. 옆에는 전화를 방금 내려놓은 사람 외에도 한복 입은 젊은 사람이 두 사람 더 있었는데, 나이 든 사람의 얼굴을 바라보고 있었다. 그러나 나이든 사람은 눈을 가늘게 뜨고 고개를 갸우뚱하면서 혼자 뜻 모를 말을 중얼거렸다.

"혹시? ……글쎄, 그럴 수가 있을까?"

"회장님, 명동으로 가봐야겠는데요!"

한복 차림의 젊은이가 참지 못하고 다소 신경질적인 목소리로 말했다.

"음? ……명동으로? ……글쎄!"

회장으로 불린 사람은 여전히 생각에 잠긴 채로 손을 가로 저으며 천천히 말했다.

"아닐세! 먼저 집으로 가보세. 분명 사무실에 무슨 큰일이 생겼어!"

"예? 그렇다면 더욱이나 사무실로 가봐야 하지 않겠어요?"

"그게 아니야. 그렇게 간단하다면 일이랄 것도 없지. 틀림없이 위험한 사태가 그 사이 발생한 거야. 자자, 어서 집에나 가봐야지. 집에도 무슨 일이 생긴 것이나 아닐는지……."

네 사람은 급히 택시를 잡아탔다. 얼마 후 이들이 도착한 곳은 조합장 부하들이 감시하고 있는 집이었다. 물론 이들 네 사람이 곧장 집으로 도착한 것은 아니었다. 회장이란 사람은 실로 용의주도한 사람으로 위험하기 그지없는 사람이었다. 회장은 우선 집에서 멀리 떨어진 곳에 정차한 후 차에서 내리자마자 어느 골목에 들어서서는 세 명의 부하들에게 한 사람씩 주위를 살피며 집으로 들어가게 했다. 그래서 이들은 차에서 내려서도 한참만에야 집 안으로 다 들어갈 수 있었다. 네 사람이 연이어 살피고 집으로 들어가는 도중에 수상한 사람은 없었다. 마지막으로 집으로 들어서는 회장은 일단 다행으로 여기고 안으로 사라져 갔다.

그러나 회장이 집 안으로 들어서자 근처에는 수상쩍은 사람들이 슬그머니 나타났다. 이들은 조합장의 부하들인데, 하라는 감시는 게을리 하고 어디 가서 한참 놀다오는 길이었다. 이는 우연히 그렇게 된 것인데, 이 때문에 이들은 위험한 순간을 넘기게 된 것이다. 이들은 여느 때처럼 태평하게 어느 집 벽에 기대서서 투덜댔다.

"나 이것 참, 해 먹겠나! ……이런 것 다 필요 없는 짓거리야. 다른 애들은 지금쯤 잘 놀고 있는데 우리만 이게 뭐야?"

이렇게 투덜대는 동안 다른 한 명이 집 가까이까지 다가갔다가 급히 돌아왔다.

"애들아, 저 집에 누가 왔어."

"뭐? 아무도 못 봤는데!"

"이 자식아, 우리가 언제 여기 있었나? 너도 슬쩍 가봐!"

"그래? ……어디 가보자."

몇 사람이 살금살금 접근해서 집 안의 기색을 살폈다. 이들은 시키는 일은 태만하게 할망정 남의 집 안을 살피는 데는 상당한 실력을 갖고 있었다. 아마 전에는 도둑질이 본업이었는지도 모른다. 이들은 서로 얼굴을 보며 고개를 끄덕였다. 집 속에 사람이 있다는 뜻이다.

이들은 재빨리 집에서 멀어져서는 몸을 숨겼다. 한 명은 전화를 걸기위해 급히 이 지역을 떠났다. 모두들 신속하고 손발이 척척 맞아떨어졌다. 숨어있는 사람들은 서로 멀게 거리를 두고 있었으며, 저들이 집에서 나와 어디로 향하더라도 들키지 않게끔 세심히 계산해서 자리를 잡았다.

조합장이 이들 다섯 명을 고른 것은 마구잡이는 아니었다. 이들은 원래 이런 일에는 이골이 나있었다. 굼벵이도 기는 재주가 있듯이 이들은 숨어서 살피고 미행하는 특수한 재주가 있었다. 조합장이 남씨에게 자신 있다고 말한 것은 공연한 과장이 아니고 큰소리 칠만한 사실이었다. 전화를 걸기 위해 이 지역을 떠난 사람은 미리 알아놓은 공중전화가 있는 큰 거리로 나가서 안국동에 급히 연락을 취했다.

"따르릉……!"

안국동에서 전화기를 집어든 사람은 박씨였다.

"여보세요, ……조합장은 지금 없는데요! ……예? 남선생님이요? 누구신데요? 응…… 나 박씨요. 그래? ……알았어. 내가 금방 가지. ……거기가 어디라고? ……알았네. 큰길 입구에서 기다려."

박씨는 수화기를 소리 나게 내려놓은 다음에 조합장 부하에게 급한 목소리로 일렀다.

"나 말이야, 연락이 와서 급히 출동해야겠네. ……자네는 여기 있다가 남선생님 들어오시면 나 먼저 그 주택으로 갔다고 하게! ……가서 다시 연락하지."

박씨는 상대방이 미처 대답도 하기 전에 문밖으로 뛰쳐나갔다. 조합장 부하가 무슨 말을 하려고 하는데 박씨는 벌써 길 건너편으로 택시를 타기 위해 달려갔다.

"어! 남선생님한테 먼저 연락해야 하는 거 아니야?"

조합장 부하는 혼자 중얼거렸지만 박씨를 잡을 수가 없었다. 얼떨결에 박씨를 놓친 것이었다. 그러나 조합장 부하는 자기 책임이 아니라는 것을 잘 알고 있었다. 애당초 남선생이 사무실을 떠날 때 박씨에게 당부한 것이 아니었던가!

조합장 부하는 벽에 걸려있는 시계를 얼핏 쳐다보고는 일어나서 서성거렸다. 남씨의 거처를 알고 싶었지만 대책이 없었다. 할 수 없이 다시 주저앉아서 남씨가 나타나기만을 기다릴 뿐이었다.

우주가 나의 몸을 빌려서 글씨를 쓴다

　남씨는 지금 일송 선생 집 서재에 앉아 차를 마시고 있었다. 몸이 불편한 일송 선생이었지만 남씨가 찾아오면 병상에서 일어나 몸을 씻은 뒤 의복을 갖추고 정중히 자리에 앉아 있곤 했다. 남씨는 처음에 몇 번은 말렸지만 굳이 일어나 앉겠다고 해서 내버려 두었다. 저렇게 하는 것도 저 노인이 마음 편해서 하는 일이니 어쩔 수 없지 않겠는가? 더구나 그것도 스스로의 공부라 하니 오히려 가상한 일이다. 일송 선생이 공부하는 그 정성만은 정말 누가 봐도 감동할 만했다. 자신은 얼마 안 가서 죽을 것이라 하면서도 멀리 남씨를 찾아 맞아들인 것만 봐도 알 수 있다.

　그러나 일송 선생은 죽지 않을 것이라고 건영이가 말한 바 있다. 이 말은 제자인 이일재 씨가 며칠 전 서울에 도착하자마자 일송 선생에게 알려준 바 있었지만, 이때만 해도 크게 믿었던 것은 아니었다. 그런데 그로부터 며칠 후인 지금 상태를 보면 안색이 완전히 정상으로 돌아와 있고, 앉아있는 것이 과히 힘들어 보이지 않는다.

　일송 선생 옆에 단정히 앉아있는 이일재 씨는 아주 공손한 자세이지만 마음이 즐거워 보이는 것이 역력했다. 이는 두말할 것도 없이 스승의 기색을 살펴보니 정마을의 젊은 사공인 건영이가 말한 대로 실현되어 가는 것처럼 보였기 때문이었다. 일송 선생은 남씨가 찻잔을 내려놓는 것을 기다렸다가 제자에게 조용히 말했다.

"얘야, 지필묵을 내오너라!"

"예."

이일재 씨는 고개 숙여 정중히 대답한 후 서재를 나섰다가 잠시 후 지필묵을 가지고 들어왔다. 이일재 씨는 가지고 들어온 물건을 스승 옆에 조심스럽게 내려놓았다. 이를 지켜보고 있던 일송 선생은 남씨를 바라보며 조심스럽게 말을 걸었다.

"대사님, 찻상을 치워도 되겠습니까?"

일송 선생은 남씨를 처음부터 대사님이라고 불렀다. 그러나 남씨는 호칭에는 전혀 무감각했다. 남씨라고 부르든, 형님이라고 부르든, 혹은 선생이라고 부르든, 상관하지 않았다. 어떻게 부르든 그것은 부르는 사람에게는 의미가 있겠지만 남씨 자신은 자신일 뿐이다. 호칭에 의해서 사람이 변하는 것은 아닌 것이다. 남씨는 미소를 보이면서 친절히 대답했다.

"예. 편하실 대로 하십시오."

남씨의 대답이 떨어지자 이일재 씨는 급히 찻상을 치웠다. 그러자 일송 선생이 일어났다. 옆에서 이일재 씨가 부축을 하려했는데 일송 선생은 이를 가볍게 밀쳐냈다. 그리고는 남씨를 향해 큰절을 올렸다. 이렇게 하는 것은 오늘까지 세 번째가 된다. 남씨는 말리지 않고 고개를 가볍게 숙여 선선히 절을 받았다. 일송 선생은 다시 앉았다. 그러고 이번에는 제자에게 말했다.

"애야, 저기 보이는 물건을 가지고 오너라!"

일송 선생이 가리킨 곳은 서재 한쪽 편 구석이었는데 화선지가 여러 장 둘둘 말려있었다. 이일재 씨가 이것을 스승 앞에 갖다놓자, 일송 선생은 남씨에게 천천히 펴보였다.

"어떻습니까?"

일송 선생이 펴놓은 것은 여러 장의 붓글씨였는데, 전부 일송 선생이 쓴 것이었다. 남씨는 글씨를 슬쩍 쳐다보고는 대수롭지 않게 말했다.

"잘 썼군요!"

"예, 그렇겠지요. 여기 있는 것은 전부 제가 그동안 쓴 것인데 제법 잘 되었다고 생각되는 것만을 몇 점 모아둔 것입니다. 그러나……."

일송 선생은 말을 하면서 종이를 집어 들었다. 얼굴은 웃는 표정이었는데, 그것은 자기 자신을 비웃고 있는 것이었다.

"이것은 글씨가 아닙니다. 부끄럽습니다."

여기까지 얘기한 일송 선생은 종이를 확 잡아 찢었다. 그리고 종이를 꾸겨서 방바닥에 내팽개쳤다. 옆에 있는 이일재 씨는 당황해서 어쩔 줄 모르고 있는데, 마주 앉은 남씨는 무심히 지켜보고 있었다. 일송 선생의 말이 이어졌다.

"대사님, 글씨는 어떻게 쓰는 것입니까? 저에게 가르침을 주십시오."

남씨는 한동안 말없이 무엇인가를 생각하는 듯 하였는데, 한숨을 길게 쉬고 나서 이윽고 말문을 열었다.

"선생님, 저 역시도 글씨를 잘 쓰는 것이 아닙니다. 어려운 것이 글씨이지요. 더구나 글씨란 하루 이틀을 쓴다고 되는 것이 아닙니다.

오래오래 써야 하는 것입니다……."

일송 선생은 온 정성을 다 기울여 남씨의 말을 듣고 있었다. 이일재 씨도 숨소리마저 감추며 듣고 있었는데, 남씨의 말 중에는 약간 모순이 있다는 생각도 들었다.

'오래오래 써야 하는 것입니다. 이 말은 남씨가 할 말이 아닌 것이다. 일송 스승님으로 말하자면 남씨보다 수십 년을 더 오래 쓰신 분인데! ……그러나 과연 그런 것일까?'

남씨가 한 말은 실은 이 현생(現生)만을 국한해서 얘기한 것은 아니었다. 무한대의 긴 과거 전생까지도 포함한 세계 속에서 남씨가 글을 써온 기간은 이루다 말할 수 없는 것이다. 이일재 씨로서는 이런 것까지 생각할 수는 없었다. 단지 일송 선생은 남씨의 이 말에 어떤 느낌을 받았는지는 알 수 없다. 남씨의 말은 계속되었다.

"또 글씨란 오래 쓴다고 해서만 되는 것은 아니지요. 잘 써야 하는 것이지요. 어떻게 써야 잘 쓰는 것일까요?"

남씨는 스스로에게 질문하고 스스로 답했다.

"손과 마음을 하나로 통일시켜 전신으로 써야 합니다. 그러나 이 또한 인간의 글씨밖에 안 됩니다."

남씨는 말을 멈추고 잠시 무엇을 생각하는 듯했다. 일송 선생이 기다리지 않고 물었다.

"손과 마음, 몸 이 모든 것으로 써도 안 된다면 그 외에 무엇이 더 있습니까?"

남씨는 얼굴을 약간 찡그렸다. 이것은 스스로에게 화를 내는 것인데, 그것을 아는 사람은 이 방 안에는 없었다. 남씨는 다시 평상사의 얼굴로 돌아와 설명을 이어나갔다.

"……예. 글씨란 자기 자신만이 써서 되는 것도 아니지요. 천지자연과 더불어 하나가 되어 쓰이는 것입니다. 즉 이 우주가 나의 몸을 빌려서 쓴다는 뜻입니다. 이렇게 되기 위해서는 한없는 공을 쌓아야 합니다. 그리고 자신의 글씨에 대해 책임을 져야 합니다. 글씨를 많이 써서 버리는 것도 죄가 됩니다. 잘 써서 버리는 것입니다. 연습을 너무 쉽게 생각해서는 안 됩니다. 글씨를 쓸 때에는 '지금밖에 없다'는 자세로 천지와 영혼과 운명을 합일시켜 써 나가는 것입니다. 여기에는 잡념이 있어서는 안 됩니다. 연습이 아니라 역사입니다. 역사는 돌이킬 수 없습니다. 연습은 마음으로 합니다. 마음에서 잘 쓰게 되면 그것을 손으로 단순히 종이에다 옮겨 놓으면 됩니다. 서예를 공부하는 사람에게는 잘못된 글은 죄악입니다. 모든 죄는 필을 들어 바로잡는 것입니다. 그전에 마음이 흔들리지 않아야 손이 말을 듣습니다. 하늘에 기도를 해서도 안 됩니다. 내가 하늘을 움직여야 합니다. 약한 마음은 안 됩니다. 내가 천지가 되어서 글을 씁니다."

남씨는 말을 멈추고 한숨을 지었다. 그러고는 일송 선생을 바라봤다. 일송 선생은 단정히 앉은 채로 두 손을 방바닥에 짚고 고개를 숙여 감사한 마음을 표했다.

"선생님!"

남씨가 다시 말을 꺼냈다.

"그 붓을 이리 줘보십시오! ……그리고 먹을 좀 갈아주십시오."

남씨는 눈을 감고 고개를 뒤로 젖히고 잠시 쉬는 듯했다. 일송 선생은 말없이 벼루에 물을 부어 천천히 먹을 갈기 시작했다. 이일재 씨는 속으로 생각하면서 크게 긴장했다.

'드디어 신필(神筆)이 글씨를 쓰는 것을 직접 보게 되는 것인

가……?'

이일재 씨의 마음은 순식간에 현실 감각을 잃고 꿈속을 헤매었다. 자기가 앉아있는 방 안이 서울의 서재인지, 정마을의 방인지 알 수 없었다. 시간이 더디게 흐르는 것 같고 이마에는 땀방울이 맺혔다.

이윽고 남씨는 고개를 바로하고 호흡을 가다듬는 것 같았다. 일송 선생은 먼저 남씨의 얼굴을 뚫어져라 바라보고는 점점 시선을 손으로 옮겼다. 남씨의 손에 붓이 단단히 쥐어져 있었다. 남씨는 다시 눈을 감았다 뜨고는 붓을 먹물에 담갔다. 그러고는 붓을 가지런히 했다.

드디어 남씨의 붓은 화선지로 옮겨져 춤추기 시작했다. 방 안에는 일순간 숨소리도 들리지 않았고 모든 것이 얼어붙은 듯 무게를 더하였다. 이어서 남씨 앞에 있는 화선지에는 우주의 역사가 전개되기 시작했다. 이 글씨는 천지자연이 남씨의 몸을 빌려 인간 세상에 모습을 나타내는 것이었다.

남씨의 손은 쉬지 않고 한참동안 움직여 몇 장의 화선지를 가득 채웠다. 마침내 붓은 멈추었다. 일송 선생의 얼굴에는 몇 번이나 경련이 일었다. 이일재 씨의 얼굴에서는 땀이 주르륵 흘러내렸다. 남씨는 붓을 내려놓으면서 나직이 한 마디를 내뱉었다.

"아직 천지가 감응하질 않아! 또 죄를 지었군……."

남씨는 눈을 감고 다시 호흡을 가다듬었다. 몹시 힘이 드는 것 같았다. 눈을 감고 있는 남씨의 얼굴은 잠시 찡그리는 듯 보이더니 눈을 뜨면서 밝아졌다.

"선생님, 이렇게밖에 못 쓰겠군요. ……미안합니다."

남씨는 웃으며 애기했다. 그러자 일송 선생은 머리를 조아리며 눈물을 흘렸다.

"대사님, 드디어 저의 소원을 들어주셨군요⋯⋯ 이제 죽어도 여한이 없습니다. 고맙습니다."

일송 선생은 한참동안 고개를 숙이고 일어날 줄을 몰랐다.

"선생님, 그만 일어나세요."

남씨는 이러한 일송 선생이 측은한 생각이 들어 팔을 붙잡아 앉혀주었다. 그러고는 자리에서 일어났다.

"선생님, 저는 이만 가보겠습니다."

남씨는 급히 서재를 나왔다. 이일재 씨가 대문 밖까지 전송하고는 다시 들어가 일송 선생 앞에 앉았다. 이일재 씨가 스승의 기색을 보니 아까보다 더욱더 생기가 들어보였다.

"스승님, 글씨가 어떻습니까?"

"얘야, 그렇게 함부로 무례한 말을 쓰면 안 된다. 신선이 내게 글을 준 것이야. 내가 죽거든 너는 평생 이 글씨를 스승삼아 공부해야 한다. 알겠느냐?"

"예. 하지만 스승님! 이제 돌아가신다는 말씀을 하지 마십시오. 틀림없이 건강을 회복하실 거예요."

일송 선생은 말없이 고개를 끄덕였다.

혼마 강리의 출현

남씨는 일송 선생 집을 나와 천천히 걸어서 몇 분 안에 사무실에 도착했다. 그런데 박씨가 보이질 않았다.

"어! 박씨가 어딜 갔지?"

남씨는 약간 놀라면서 조합장 부하를 돌아봤다. 조합장 부하는 황급히 일어나 대답했다.

"출동했는데요."

"뭐? 출동이라니?"

"예. 주택에서 전화가 와서 급히 나갔어요. 전화를 하겠다던데요."

"저런! 큰일 났구나. 빨리 조합장님을 찾아봐. 아니 그럴 것이 아니라, ……내가 직접 가봐야지. 주택이 어디 있는지 아는가?"

"예. 알고 있습니다."

"그래. 빨리 가보자."

남씨의 얼굴은 창백해졌다.

"아무래도 무슨 일이 나겠어! 왜 내게 연락을 안했나?"

"예? 연락처를 모르는데요. 박선생님은 말릴 새도 없이 달려 나갔어요."

"그래?"

남씨는 건성으로 들으면서 길을 건넜다. 곧이어 택시를 잡아타고 달리기 시작했다. 남씨의 마음속에는 뜻 모를 불안이 엄습했다.

'……왜? 박씨는 그토록 서둘렀을까? 그동안 잘해주었는데, 박씨의 조급한 행동이 아무래도 불길해! ……이것도 한 운명인가?'

차는 정상속도로 달리고 있는데도 남씨의 생각에는 몹시 더디게 움직이는 것 같았다. 그러나 차가 이보다 더욱 빨리 달린다 하더라도 시기에 맞게 박씨를 만날 수는 없다. 박씨는 이미 주택을 떠나 다른 곳으로 이동 중에 있었다. 땅벌파 두목은 집 안에서 오래 있지 않고 밖으로 나와 어디론가 떠난 것이다.

총명하고 위험한 땅벌파 두목은 지금은 모든 상황을 파악하고 있었다. 그는 집에 도착하자마자 여러 곳에 있는 부하들에게 전화를 걸어 그간의 사정을 낱낱이 청취했다. 그 중에 요점이 되는 것은 박씨의 등장과 남씨의 존재이다. 물론 부하들이 얘기한 것은 박씨의 괴력뿐이었지만, 생각이 깊은 땅벌파 두목은 그간의 상황을 유추하여 박씨 등 조합장 뒤에는 신출귀몰하게 지휘하는 무서운 자가 있다는 것을 감지한 것이다. 그래서 땅벌파 두목은 경거망동하지 않고 확실한 대책을 세우기 위해 어디론가 급히 떠난 것이다. 땅벌파 두목은 현재 칠성 세 명을 거느리고 있었지만 크게 위험을 느끼고 있었다.

두목은 집 밖으로 나오자 주위의 공기를 얼핏 살펴봤지만 이런 일에 있어서는 조합장 부하들이 한수 위였다. 멀리 떨어진 곳에 잠복하여 예리하게 관찰하던 조합장 부하들은 땅벌파 두목이 칠성 세 명과 어디론가 떠나자 은밀하게 세 명이 따라붙었다.

얼마 후 이들 세 명 중 두 명은 계속 따라붙고 한 명은 주택으로 되돌아와서 후속 팀을 연결해 준 것이었다. 박씨가 근처 넓은 거리에 도착하여 택시에서 내리자 기다리고 있던 부하가 먼저 발견하고 마중해서 주택가 잠복 지역으로 조심스레 안내됐다. 잠복 지역에는 한 사람만 기다리고 있었고, 조금 기다리니 잠복팀 중 한 사람이 나타나 제2의 장소로 연결했다. 박씨와 조합장 부하 세 명은 이제 제2의 장소에서 소식이 오기를 기다리고 있으면 되었다.

땅벌파 두목은 차를 타지 않고 도보로 오래오래 걸어갔다. 목적지는 그리 멀지 않은 곳이었다. 미행하던 두 사람은 목적지가 가까워지고 있다는 것을 감으로 알았다. 두 사람은 다시 분열하여 한 사람은 추적을 계속하고 한 사람은 제2의 장소로 되돌아와서 박씨 일행을 만났다. 박씨는 이들 조합장 부하들이 신기하게도 척척 연결해 주는 것을 보고 색다른 감명을 받았다.

'세상에는 여러 가지 재주들이 있구나……'

박씨 일행은 제3의 장소로 출발했다. 제3의 장소도 제2의 장소와 마찬가지로 그리 멀지 않았다. 박씨 일행이 제3의 장소에 도착하자 최종지까지 미행한 사람이 이미 대기하고 있었다. 이 사람은 박씨를 보자마자 몹시 반가워하며 보고했다.

"바로 저기예요."

"음, 그래?"

박씨는 천천히 고개를 끄덕이고는 잠시 망설였다. 조합장 부하들은 박씨가 혼자 별말 없이 생각하는 듯한 자세를 보이자 그제야 남씨를 생각해냈다.

'남선생님이 오시지 않았구나. 그러나 뭐 괜찮겠지. 싸움은 박선생

이 하시는 것이니까……'

박씨는 조합장 부하들이 속으로 이런 생각을 하고 있는 것은 알 턱이 없었다. 그러나 속으로 약간은 염려가 되었다.

'칠성은 세 명인 것 같은데 형님이 없어서…… 형님과 함께 올 걸 그랬나? ……아니, 형님이 있어도 별 방법이 없을 거야. 저들이 이미 알아차려서 칠성들은 항상 같이 다닐 텐데. 결국 칠성 세 명을 한꺼번에 상대해야 할 거야…… 저들이 동작이 좀 빠르고 약다는 것뿐인데…… 별것 아니겠지. 그래! 어디 한 번 부딪쳐 봐야겠군……'

박씨가 혼자서 점점 결심을 굳혀 나가고 있는 중에 남씨는 제2의 잠복 장소인 주택에 도착했다.

"아무도 없구나!"

남씨는 혼잣말처럼 중얼거렸다. 남씨는 기다려볼까 생각해 보았지만 별 의미가 없다고 생각했다.

'아무래도 안국동에 다시 가서 기다려야겠구나……'

남씨는 후회를 했다.

'차라리 안국동에서 그냥 기다리고 있었으면 지금쯤 박씨에게서 연락이 왔을지도 모를 텐데…… 게다가 안국동에는 지금 아무도 없는데, 혹시 조합장이 지금쯤 돌아와 있지 않을까?'

"전화 있는 곳이 어디지?"

남씨는 조합장 부하를 돌아보며 큰 소리로 물었다.

"예. 저쪽 큰 길에 가면 있어요."

남씨는 전화가 있는 곳까지 와서 급히 안국동으로 다이얼을 돌렸다.

"따르릉……! 따르릉……!"

안국동 사무실에는 전화를 받는 사람이 없었다.

"아무도 없군! ……빨리 가보자!"

남씨는 정신이 산만한 상태에서 계속 서둘렀다. 급히 잡아탄 차가 거의 안국동까지 오자 남씨는 비로소 평정을 되찾고 자신의 다급한 행동을 후회했다.

'어허, 내가 왜 이러지…… 아무래도 무슨 일이 나겠어! 평정을 유지해야지…….'

남씨는 달리는 차 안에서 마음을 가라앉히기 위해 눈을 감고 호흡을 가다듬었다. 얼마 후 차는 안국동에 도착하였고, 남씨는 완전하게 평정을 회복했다. 안국동 사무실에 들어선 남씨는 각 지역에 전화를 걸어 상황을 점검하고, 조합장을 급히 찾아보라고 부하들에게 지시했다.

박씨는 지금 조합장 부하 다섯 명과 함께 인왕산 남쪽 입구에 있는 어떤 집을 감시하고 있었다. 이곳까지 따라붙었던 최후의 한 사람이 제3의 장소로 연락하기 위해 잠시 자리를 비웠기 때문에 그 집에 칠성 등 땅벌파 두목이 있는가를 다시 확인하고 망설이고 있는 중이었다. 집은 상당히 크고 잘 단장되어 있었는데, 부하들의 생각에는 비밀 요정일 것이라고 했다. 박씨로서는 요정이 무엇인지 모르니 비밀 요정은 더구나 몰랐다. 그러나 몰래 숨어서 기생들과 술 마시는 장소라고 해서 대충 이해했다.

이 속에는 아닌 게 아니라 한참 술자리가 벌어지고 있었다. 술자리는 이 집에서 제일 큰 방에 마련되었는데, 좌석 배치를 보면 중앙에 삼십대 초반으로 보이는 아주 혈색 좋고 뛰어나게 잘생긴 사람이 하얀색 양복을 입고 좌우에 젊은 기생 둘을 거느리고 앉아있었으며, 맞은편에는 칠성 세 명이 한복 차림에 앉아있었다. 땅벌파 두목은 문 쪽 좌측에 앉아 중앙의 젊은 사람을 보면서 심각한 표정을 짓고 있었다.

"선생님, 아무래도 선생님이 한 번 나서주셔야겠습니다."

두목은 중앙의 젊은 사람에게 아주 공손하게 얘기했다. 두목이 선생님이라고 호칭한 사람은 실은 나이가 오십대 중반이지만, 누가 보아도 삼십대 초반으로밖에 보이지 않았다.

"글쎄요……."

젊게 보이는 선생은 확실한 답변을 피하면서 무엇인가를 깊게 생각하고 있는 듯했다.

"선생님!"

이번에는 칠성 중 하나가 불렀다.

"그자가 어느 정도 실력인 것 같습니까? 저희 셋이서 대항해도 안 되겠습니까?"

"글쎄……."

젊은 선생은 여전히 대답을 회피했다. 그러자 두목이 다소 언성을 높이며 말했다.

"선생님, 우린 지금 궤멸 상태입니다. 제가 생각건대 이 일은 칠성으로서는 무리입니다. 반드시 선생님이 직접 나서야 될 것입니다."

"예. 회장님 말씀은 잘 알고 있습니다. 그래서 지금 생각 중에 있는 것 아닙니까?"

"생각 중이라니요?"

"허 참, 회장님같이 신중한 사람이 왜 이렇게 조급하게 굽니까?"

"예? 제가 조급하다고요? 허허…… 그렇습니까? 선생님, 저는 일을 신속하게 처리하고 싶을 뿐입니다. 그래서 이미 저쪽을 조사하고 있습니다. 게다가 우리 편 몇 사람을 저쪽에 심어놓는 일이 진행 중입니다."

"예? 저쪽에 사람을 심어놓다니요?"

"예. 우리를 배신한 것처럼 하고 저쪽에 항복하고 들어가는 것입니다. 마침 우리 쪽 유능한 젊은 친구 하나가 있는데, 저쪽의 조합장이 좋아하는 친구입니다. 제가 이곳에 오기 전에 전화로 상세히 지시해 두었습니다. 지금쯤 그쪽 편에 접촉이 되었을 것입니다."

"대단하군요. 회장님의 생각은 언제나 한 발 앞서는군요. 그런데 그렇게까지 할 필요가 있겠습니까?"

"이는 만약의 사태를 대비하기 위함입니다. 일이 장기화되거나, 저들이 어디론가 도피할 경우, 즉각 색출해내기 위함입니다."

"그렇군요…… 좋습니다. 회장님이 그토록 세심하고 신속하게 작전을 진행 중이라면 나도 협조하지요. 그런데……."

젊은 선생은 말하다말고 근심어린 표정을 지었다.

"무슨 근심이라도 있습니까?"

"글쎄요…… 근심이라기보다는 기분이 안 좋아요. 왠지 요즘에는 근방에서 살기가 많이 느껴져요…… 아무튼……."

젊은 선생은 망설이며 말을 이었다.

"이렇게 합시다. 먼저 이 아이들을 내보냅시다. 애들은 요즘 새로이 수련하여 크게 향상되어 있는데, 한 번 시험해 보고 싶군요!"

"그렇게 하시지요!"

칠성이 큰 목소리로 끼어들었다.

"그래. 그렇게 해보지. 너희들이 잘 안 되면 그때 가서 내가 거들어 주지. 아마, 너희 셋이면 될 것 같구나!"

"선생님…… 왜 위험한 짓을 합니까? 칠성들이 저들한테 안 된다는 것은 자명한 일 아닙니까?"

두목은 언짢은 표정을 지으며 말했다. 선생은 두목의 표정을 보며 웃었다.

"회장님, 내가 알아서 하지요. 회장님은 다른 일에는 신통한 사람이지만 무술은 잘 모릅니다. 내가 보기에 저쪽의 싸움꾼은 한 갑자의 공력을 가진 것 같습니다. 그러나 무술은 전혀 모르는 자입니다. 그렇다고 볼 때 현재 얘들보다는 약간 높은 정도입니다. 얘들은 현재 상당히 경지가 높아져 거의 갑자 공력에 육박하고 있습니다. 게다가 새로운 무공까지 익히고 있는데 무얼 걱정합니까? 셋이 한꺼번에 대항하면 그렇게 약하지는 않을 것입니다."

"그런가요?"

두목은 고개를 끄덕였지만 못내 근심하는 표정이었다.

"자자, 회장님 잊어버립시다. 오랜만에 만나서 이게 뭡니까? 자, 어서 한 잔 비우세요."

젊은 선생은 먼저 잔을 들어 호쾌하게 한 잔 비웠다. 그러자 옆에서 여인 둘이 서로 먼저 술을 따르려 한다.

"선생님 제 술을 먼저 받으세요."

"허, 녀석들……."

젊은 선생은 술잔은 받지 않고 양팔에 하나씩 두 여인을 동시에 끌어안았다. 두목도 이젠 어쩔 수 없는지 얼굴빛을 펴고 술을 마시기 시작했다. 이렇게 이들이 태평하게 지내고 있을 때 문밖에는 이미 풍파가 도래해 있었다. 박씨는 부하들의 도움을 받아 방 안에서의 움직임을 낱낱이 탐지하며 생각에 잠겼다.

'형님이 오신다 해도 별다른 방법은 없을 것이다. 어차피 삼 대 일의 결투일 뿐인데…… 지금 시기를 놓치면 저들이 아주 도망갈 수도 있다. 그러면 일이 더욱 길어질 뿐이다. 부딪쳐 봐야지…… 나도 그간의 싸움에서 요령을 많이 깨달았다. ……게다가 내 주머니 속에는 쇳조각도 있으니 불리하면 이것을 사용하는 것도 좋을 것이다. 자자, 더 이상 망설일 필요가 없지…….'

박씨가 속으로 방침을 굳히고 부하들을 가까이 불렀다.

"내가 들어가 보겠다. 너희들은 밖에 숨어서 기다리고 있다가 누가 도망가면 뒤를 쫓아라! 일이 끝날 때까지 안으로 들어오면 안 된다."

박씨는 나름대로 신중히 생각해서 부하들에게 자상하게 지시했다.

"그리고…… 현재 안에는 정확히 몇 명이 있나?"

"예. 다섯 명이 있습니다. 그 외에 두 명이 더 있지만 이들은 여자입니다."

"여자?"

"예. 술시중 드는 여자 두 명입니다. 다섯 명 중에 세 명은 칠성들이고, 한 명은 두목이며, 나머지 한 남자는 아마 돈 많은 어떤 사장일 겁니다. 두목에게 술대접을 하고 있는 중이겠지요."

부하가 자신 있게 방안의 동정을 설명하자 박씨는 고개를 끄덕이며 속으로 생각했다.

'내가 싸울 사람은 결국 세 사람인데, 나머지 두 사람 중 두목이란 사람도 처치해야 겠구나…….'

"두목은 어떻게 생겼지?"

박씨는 두목을 처치하기로 결심하고 그 생김새를 물었다.

"예. 키가 작고 나이가 오십대 중반 정도입니다."

"알겠네! 자네들은 물러서 있게!"

박씨는 소리 없이 마당으로 선뜻 들어섰다. 박씨가 들어서자 부하들은 대문에서 좀 떨어진 곳에서 집 쪽을 보고 있었다. 그러자 그 중에서 하나가 작은 목소리로 말했다.

"얘들아! ……괜찮을까? 아무래도 남선생님이 안 계셔서 꺼림칙한데……."

"글쎄? 내 생각에도 그래. 본부에 연락해 볼까?"

"그래. 그게 낫겠어!"

"알았어. 내가 연락하지…… 너희들은 여기서 감시하고 있어!"

한 사람은 급히 전화 있는 곳을 찾아 내려갔다. 박씨는 신발을 신은 채로 마루에 올라섰다. 그리고 뒤이어 방문을 천천히 열어젖혔다.

'스르르'

방문이 열리자 여자들이 먼저 소리를 질렀다.

"어머! 누구세요?"

박씨는 개의치 않고 성큼성큼 걸어서 술상 앞으로 다가갔다. 두목은 눈짓으로 여자들을 내보냈다. 여자들은 원래부터 칠성 등 두목이 폭력 패거리인 줄 알고 있었기 때문에 곧 싸움이 벌어질 줄 알고 급히 뒷문으로 빠져나갔다.

이 순간 칠성 하나가 몸을 뒤로 획 돌리면서 날아올랐다. 이 동작은 실로 번개처럼 날쌘 동작으로 무술의 높은 경지에 이르지 않고서는 도저히 구사하기 어려운 것이었다. 박씨로서는 등을 돌리고 있던 칠성이 날아오른 것이어서 의표를 찔린 공격을 받은 셈이었다.

그러나 박씨는 몸을 슬쩍 왼쪽 위로 물러서면서 가볍게 피했다. 칠성의 발은 박씨의 오른쪽 어깨로 빗나간 것이다. 연이어 나머지 두 명의 칠성들이 동시에 공격해 왔다. 한 사람은 마치 허공을 걸어 올라오듯 삼단으로 발을 굴려 안면을 질러오고, 한 사람은 수도로 늑골을 후려쳐 왔다. 박씨는 자세를 낮추어 발을 피하고 수도로 들어오는 것은 팔로 가로막았다. 그러나 정작 위험한 공격은 뒤에서 파고들었다. 제일 먼저 공격했던 칠성은 땅에 발이 떨어지자마자 즉시 손을 바닥에 짚어 발을 또다시 돌려 박씨의 종아리 쪽을 내지른 것이었다.

"픽!"

심하게 얻어맞은 박씨는 주춤했다. 이 순간을 기회로 해서 또 하나의 공격이 답지했다. 사실 종아리를 맞은 순간을 이용한 공격은 아니었다. 삼단으로 굴러 안면을 올려 찼던 칠성은 땅에 떨어지기도 전에 주먹을 정면으로 강하게 뻗어 친 것이었다. 물론 이 경우 주먹은 길게 뻗은 것은 아니었으나, 마침 뒤쪽 공격에 의해 앞으로 밀리면서 주먹 공격은 거리가 좁혀지면서 가슴 쪽으로 부딪쳐 온 것이다. 박씨는 급히 주먹을 잡았다. 이어 칠성의 팔을 잡아당겨 공격을 하려는데 옆구리에 강한 충격을 받았다. 제3의 공격이 제대로 적중한 것이다.

"뻑!"

칠성 세 명은 연이어 여섯 번의 공격을 퍼부은 셈이었는데, 박씨는 넷을 막거나 피했고, 두 번의 공격은 막지 못했다. 칠성이 가한 공격 여섯 번은 하나로써 완벽하게 조화된 행동이었다. 박씨는 그 틀 속에 예정대로 갇혀서 결국 두 번을 맞은 셈이다. 박씨가 그리 방심한 것은 아니다. 역량이 부족했을 뿐이었다. 여섯 번의 공격을 다 막아낼 수 있는 사람은 무성(武聖)의 경지에 있어야만 가능한 것이다.

그런데 박씨가 다섯 번째 공격을 손으로 잡은 것이 치명적이었다. 이것은 적이 가장 편안하게 공격할 수 있도록 표적을 고정시켜 준 역할을 했다. 사실 네 번째 공격이 뒤에서 파고들었을 때 박씨는 등 뒤에서 눕는 자세로 공중으로 한 번 회전하여 피했어야 된다. 아니면 차라리 종아리를 맞았을 때 뒤로 자빠지면서 재빨리 기어서라도 피했어야 옳다. 더 옳기는 처음 다리 공격을 피하면서 앞으로 한 발 나서서 주먹을 뻗어야만 되는 것이었다. 싸움은 힘만 가지고 되는 것이 아니다.

박씨는 그 자리에 풀썩 주저앉으면서 울컥 피를 토했다. 칠성은 짬을 주지 않았다. 무술의 고수가 이런 기회를 놓칠 리가 없다. 외쪽에서 발을 후려쳐 안면을 강타했다.

"퍽!"

박씨의 얼굴에서 피가 터져 나왔다. 박씨는 두 손으로 얼굴을 감싸는데 이번에는 등 뒤 중앙으로 발길질이 날아왔다.

"뻑!"

"억!"

박씨는 비명을 질렀다. 동시에 등 쪽이 뻣뻣해졌다. 또 한 번의 공격이 앞쪽에서 시작됐다. 이 공격은 칠성이 혼신의 힘을 들여 어깨뼈를 박살내려고 내리친 것인데, 이것을 맞으면 박씨는 끝장이 나는 것이다.

그러나 박씨는 간신히 두 손을 올려 수도를 받아냈다. 그리고 옆으로 잽싸게 굴러서 다음 공격으로부터 탈출했다. 그렇다고 해서 박씨가 일어선 것은 아니었다. 무릎을 꿇은 자세로 겨우 주위를 살펴볼 뿐이었다.

이를 구경하던 젊은 선생은 흥미를 잃었다는 듯이 무심한 표정으로 술을 한 잔 들어 마셨다. 그러자 옆으로 다가와서 앉아있던 두목이 즉시 빈 잔을 채워주고 다시 박씨 쪽을 바라봤다. 박씨는 천천히 일어나서 몇 걸음 비틀거렸다. 다시 칠성의 공격이 시작되었다. 옆차기가 곧장 날아들었다. 박씨는 피할 힘이 없는지 그 공격을 그냥 그대로 받았다.

"퍽!"

"윽!"

그런데 이번에는 괴상한 일이 일어났다. 박씨가 마치 아귀처럼 달려들어 칠성을 끌어안았다. 그러고는 머리로 정면을 받았다.

"턱!"

"억!"

피가 사방으로 튀었다. 칠성은 잠시 서 있더니 앞으로 길게 쓰러져 버렸다.

"콰 — 당!"

칠성은 다시 일어나지 못했다. 나머지 두 명은 쓰러진 동료를 잠깐 바라봤는데, 이사이 박씨는 자세를 약간 가다듬었다. 박씨는 최선을 다해 경계를 하는 한편, 시간을 조금이라도 벌어 회복이 되기를 기다렸다. 그러나 박씨의 상처는 금방 회복되기는 틀린 것이다. 이미 중상을 입어 겨우 지탱하는 것뿐이다. 박씨는 자세가 현저하게 기울어져 있었다.

칠성은 싸늘하게 미소를 짓고는 다시 공격 태세를 갖추었다. 박씨는 옆으로 기울어져 있는 상태에서 등을 구부리고는 칠성 둘을 번갈아 쳐다봤다. 박씨의 얼굴은 피로 얼룩지고 심하게 부어있었지만 눈빛은 예민하게 상황을 살폈다. 박씨의 자세에서 보면 이미 공격을 막을 움직임을 취할 수는 없어 보이지만 몸으로 공격을 받으면서 달려

드는 적을 끌어안을 기색이 역력했다.

칠성은 이런 박씨의 마음을 분명히 감지하고는 신중을 기했다. 조금 전 옆차기의 날카로운 공격을 받으면서까지 잡아 끌어안았는데 이는 이미 죽을 각오를 하고 극한의 힘을 끌어낸 것이다. 이럴 때는 보통 사람도 기괴한 힘이 나오는 법인데 박씨 같은 내공이 깊은 사람은 더욱 위험한 힘이 나올 수 있는 것이다. 칠성 한 사람은 속으로 천천히 생각해 봤다.

'만일 공격을 강하고 깊게 하면 그만큼 물러서는 속도가 늦어진다. ……그렇다고 해서 공격을 얕게 하면 물러나긴 쉬워도 충격을 줄 수가 없다. 어떡해야 하나? 아무래도 위험을 피하는 게 좋을 거야…….'

또 한 사람의 칠성은 생각이 좀 달랐다.

'저 자는 이미 기력을 상실했다. 최강의 공격을 깊게 진행시키면 반격을 할 수 없을 것이다. 공격을 피하고자 하면 아무래도 힘이 약해진다. 그러니 정면 급소에 깊게 파고들어야겠다…….'

칠성 둘이 속으로 각각 이런 생각을 진행시키는 동안 젊은 선생은 갑자기 이상한 육감에 휩싸이기 시작했다. 왠지 불안과 살기가 엄습해 오는 것이었다.

'어허…… 이 살기는 도대체 무엇이란 말인가? 저 자에게서 나오는 것은 분명 아닐 텐데! 내가 공연한 마음을 갖는 것일까? ……아니야! 이 분명한 살기! 그리고 불안한 육감! ……왜 이럴까?'

젊은 선생은 마음을 가라앉히기 위해 잠시 눈을 감았다. 그사이 칠성 하나가 공격을 감행했다. 칠성은 박씨의 정면으로 조심스레 다가서더니 옆구리 상곡혈을 향해 필살의 일격을 뻗어냈다. 이 공격은 칠성이 가진 공력을 최대치로 끌어낸 것으로 기합과 함께 번개처럼 발출되었다.

"이얍—"

칠성의 주먹은 어김없이 박씨의 옆구리에 적중하고 갈비뼈가 부러지는 느낌이 손에 전달되어 왔다.

"뻑!"

"우직!"

그러나 그 순간 칠성도 머리에 일격을 받고 옆으로 나자빠졌다. 박씨는 칠성의 공격을 전혀 피하려 하지 않고 동시에 주먹을 휘둘러 칠성의 머리를 맞힌 것이었다. 칠성은 피를 토하고 안면의 뼈가 박살났다. 그러고는 그 자리에서 옆으로 무너져서는 움직이지 못했다. 그러나 박씨는 아직도 쓰러지지 않고 버티고 있었다. 나머지 칠성 하나는 당황한 기색으로 자기 동료와 박씨를 살펴봤다. 동료는 꼼짝 않고 쓰러져 있다.

박씨는 아직 서 있지만 그 눈동자는 이미 초점을 잃고 몸도 오래 지탱할 것 같지가 않았다. 그러나 지금의 박씨의 힘은 박씨 자신도 모르는 극한의 힘으로 견디는 것이다. 아직은 위험하다.

칠성은 정면 승부를 걸기를 포기했다. 아무래도 접근 않는 것이 좋다. 칠성은 옆에 차고 있던 단검을 꺼내들었다. 이것으로 끝장을 내려는 것이다. 박씨는 이미 무엇을 살펴보고 있지 않았다. 그냥 서 있을 뿐인 것이다. 칠성의 몸은 약간 진동하더니 단검 든 팔을 비스듬히 펼쳤다. 이제 곧 죽음을 부르는 단검은 날아가려는 참이다.

좌설과 혼마의 대결

그런데 이 순간 문 쪽에 누가 나타났다. 검은 도포를 입은 건장한 노인이었다. 노인은 방 안에 성큼 들어서더니 박씨를 슬쩍 밀쳐내었다. 박씨는 맥없이 쓰러졌다.

"쿵!"

이와 거의 동시에 젊은 선생의 목소리가 다급하게 들려왔다.

"위험해!"

이는 제자인 칠성에게 한 말인데, 칠성은 상황을 잽싸게 파악하고 이미 치켜든 단검을 노인을 향해 발출시켰다. 동시에 노인의 기합 소리가 들렸다.

"얍 —"

순간 노인의 손바닥에서 태풍보다 강한 기운이 뻗어 나왔다. 이는 단순한 바람이 아니었다. 그 속에는 살기가 가득 차 있는 무서운 기운으로, 이 기운은 금석도 뚫어낼 수 있는 그지없이 강력한 힘인 것이다. 칠성은 그 자리에서 허공에 떠서 뒤로 내동댕이쳐졌고, 술상은 뒤로 날아가 젊은 선생 쪽으로 부딪쳐 갔다. 마침 옆에 있던 두목의 몸은 곧장 벽에 부딪혀 둔탁한 소리를 내며 비틀어졌다. 상 위에 있던 그릇이나 술잔 등은 조각이 나면서 여기저기 벽에 박혀버렸다.

"타닥 ─"

"퍽!"

"와직 ─"

"쿵!"

여러 가지 소리가 한데 어우러졌지만, 이는 순간적이고, 이내 고요가 찾아왔다. 방 안에는 박씨와 두목, 그리고 칠성 세 명까지 다섯 명이 쓰러져 있고, 상이 엎어져 여기저기 그릇과 음식이 어지러이 널려져 있었다. 방 안에는 적막한 기운과 함께 냉기가 가득 찼다.

젊은 선생은 여전히 앉아있는 상태에서 상을 다시 밀어 제자리에 놓았다. 젊은 선생은 자기 쪽으로 강하게 부딪쳐 오는 상을 가볍게 잡아두었다가 반듯이 앉혀놓은 것이다.

"좌설! 자네였군……."

젊은 선생이 태평하게 먼저 말을 꺼냈다.

"강리! 너 이놈, 여기 숨어 있었군……."

좌설은 천천히 상으로 다가섰다. 손에는 단검이 하나 쥐어져 있었는데, 이는 칠성이 던진 것을 잡아둔 것이었다.

"허허, 좌설. 왜 이리 서두르는가? 오랜만인데 먼저 술이나 한잔하지 그래……."

"닥쳐라. 이놈!"

"허허, 아무 죄 없는 내게 도대체 왜 이러나? 그러지 말고 잔부터 받게!"

이렇게 말하면서 강리는 상 아래에서 술병과 잔 두 개를 올려놓았다. 강리는 좌설의 강력한 장풍이 폭발하는 그 와중에도 침착하게 술병과 술잔 두 개를 받아냈고, 상도 안전하게 보호한 것이다. 좌설은 속으로 생각했다.

'음…… 이놈이 그간 상당히 발전했군. 그러나 오늘은 끝장을 내야겠어…….'

이때 강리도 속으로 생각했다.

'그러면 그렇지. 웬 살기가 뻗치는가 했더니만 좌설이 잠복해 있었군! 하마터면 위험할 뻔했어. 오늘 좌설 이놈을 없애버려야겠어…….'

좌설은 상 앞으로 바짝 다가왔다.

"술을 마시자고? 좋다. 네놈 술맛이 어떤가 좀 보자!"

좌설은 단검을 상 위에 올려놓으면서 자리에 앉았다. 강리와 바로 마주보는 자리였다. 강리는 두 잔에 술을 채웠다. 좌설은 이를 조심스레 바라보며 자기 앞에 있는 술잔을 들었다. 강리도 술잔을 들고 마주 바라봤다. 입가에는 싸늘한 냉소가 서려있었다.

두 사람은 동시에 술잔을 잡았다. 술잔은 아주 작은 것이었으나 두 사람은 이것을 마치 무거운 쇠붙이를 들 듯 힘겹게 천천히 들어올렸다. 생사를 건 승부가 드디어 시작된 것이다. 술은 누가 먼저랄 것도 없이 동시에 들어 시원하게 마셨다.

그 다음 찰나 강리의 술잔은 평행을 그으며 좌설의 목을 향해 날았다. 그러나 이것을 본 사람은 없다. 두 사람의 거리는 서로 손을 뻗어 닿을 수 있는 정도였고, 강리가 던진 술잔은 극강의 공력이 실려 있었다. 한 줄기의 섬광처럼 보이지 않는 물체가 좌설의 목으로 뻗은 것이다.

좌설은 간발의 차이로 이를 피했다. 그러나 좌설의 몸놀림 또한 누가 볼 수 있는 것은 아니다. 던지고 피하는 것 이것은 동시적 사건이고, 완벽한 조화였다. 여기에서는 너와 내가 없는 것이다. 자연의 섭리처럼 두 가지 사건, 즉 던지고 피하는 현상이 일어난 것뿐이다. 좌설은 날아오는 잔을 피했을 뿐 아니라, 또 하나의 위험한 물건인 젓가락 하나를 손으로 잡아냈다. 강리는 두 가지 술법을 동시에 일으킨 것이었다.

그런데 좌설이 상 위에 올려놔 두었던 단검은 강리의 손에 돌려져 있었다. 어느새 좌설은 단검을 강리의 복부를 향해 쓸어 던진 것이다. 좌설의 술잔은 아직 좌설의 손에 들려져 있었다. 술잔은 조용히 상 위에 놓여지고, 순간 상은 강리 쪽으로 강하게 밀렸다. 상은 강리의 복부에 닿으면서 좌우로 갈라졌고, 두 조각 모두 뒷벽에 부딪혀 박살났다.

이제 두 사람 사이에는 아무것도 없었다. 이어 강리의 몸이 미끄러지듯 앞으로 나오면서 좌설의 가슴을 향해 오른 손가락을 뻗어냈다. 심장을 겨누고 필사적으로 찔러온 것이다. 손가락은 파란 빛깔로 변해 있었으며 미세하게 진동했다. 좌설은 몸을 움직이지 않고 오른손 수도로 이것을 막아 치고 연이어 그 오른손으로 강리의 목을 쓸어 쳤다. 강리는 왼손으로 수도를 잡아내고 오른손을 펴서 장풍과 함께 팔을 뻗어 다시 좌설의 심장을 공격했다. 좌설은 왼손바닥으로 맞받아쳤다. 두 사람 손바닥은 크게 소리를 내고 부딪쳤다.

"뻑!"

좌설의 수도는 여전히 강리의 목을 향해 밀고 강리의 손은 이를 막아서 밀고 있었다. 또 다른 한 손은 펴서 이를 밀고 있었다. 두 사람은 모두 얼굴이 붉어지고 몸은 파르르 떨렸다. 강리가 좌설의 수도를 쥔 손을 왼쪽으로 비틀었다. 순간 좌설은 왼손에 크게 공력을 주입하여 강리의 손바닥을 밀어냈다.

두 사람은 천천히 회전하여 원래 앉아있던 상태에서 직각 상태가 되었고, 두 손들은 여전히 맞잡아 있었다. 순간 좌설의 오른쪽 발이 두 팔 사이 안쪽에서 비스듬히 올라오면서 강리의 안면을 곧바로 쳐나갔다. 강리는 양팔을 밀면서 뒤로 물러서 피했다. 두 사람은 이제 거리가 떨어졌다. 좌설은 완전히 일어난 상태에서 한 손을 비스듬히 수도를 뻗고, 또 한 손은 장심을 아래로 향하고 가슴 근방에 둔 자세를 취했다. 강리는 자세를 한껏 낮추고 한 손은 수도, 뒤쪽의 손은 주먹을 쥐고 정면의 자세를 취했다.

두 사람 모두 이마에는 땀방울이 보였다. 이들이 주고받은 공격과 수비는 단 순간에 이루어진 것으로 추호도 실수를 용납할 수 없다. 아무리 미세한 실수라 해도 이는 즉시 죽음과 연결되는 것이다.

두 사람은 절대 절명의 순간에서 완벽한 동작을 펼쳐냈다. 그 동작 하나하나에는 가공할 힘이 들어 있으며, 서로가 조금도 인정을 두지 않고 매번 살수를 전개하고 있는 것이다. 방안은 어지럽게 널려 있지만 일체 잡음이 들리지 않는다. 숨소리도 없고 살기와 긴장, 그리고 천지자연이 만들어낸 완전한 하나의 절묘한 춤이 있을 뿐이다. 이 세계에서는 한 순간이라 할지라도 길고 긴 시간이다.

적막한 가운데 또다시 승부의 섭리가 서서히 고개를 들고 있었다. 순간 강리의 목소리가 들렸다.

"잠깐!"

한없이 고요한 방인 이 세계에서 그 소리는 마치 천둥과 같아서 모든 흐름을 일시에 흩어놓았다. 좌설은 여전한 자세에서 강리를 날카롭게 쏘아봤다.

"좌설! ……자리를 옮겨야겠네. ……구경꾼이 오고 있는 것 같군!"

좌설은 자세를 풀었다. 그리고는 말없이 고개를 천천히 끄덕이며 강리의 의견에 찬동을 표시했다. 강리도 자세를 풀고 즉각 뒷문으로 사라졌고, 좌설도 뒤따랐다. 방 안은 이제 의식이 깨어있는 사람은 아무도 없었다. 그러나 좀 전보다는 오히려 소란한 것 같았다. 시간도 이제는 일정하게 흐르는 것이다. 긴장도 사라졌다. 무심한 사물도 이젠 마음을 놓고 편히 호흡 할 수 있었다.

잠시 후 시끄러운 소리와 함께 여러 사람이 방 안으로 들어왔다. 땅벌파 부하들이었다. 두목은 이곳에 오기 전에 이미 전화로 부하들을 소집해 놓았던 것이다. 이들 두목은 매사가 신속하고 정밀하여 항상 남이 예측할 수 없는 돌발적인 상황을 창출해 낸다. 실로 위험한 인물이 아닐 수 없다. 지금 두목은 중상을 입고 의식을 잃고 있었다.

"여기 회장님이 있어!"

부하 하나가 두목을 발견하고 소리쳤다.

"칠성들도 다쳤는데!"

다른 부하들은 칠성의 몸을 살피며 말했다.

"빨리 병원으로 옮기자!"

몇 사람이 두목과 칠성을 둘러맸다.

"어! 이건 누구야?"

문 쪽에서 박씨를 살펴보던 부하가 큰 소리로 말했다.

"야, 이리와 봐! 여기 공룡이 쓰러져 있는데……."

"응? 공룡이?"

땅벌파에서는 박씨를 공룡이라고 부르는 모양이다. 하긴 박씨는 공룡과 같은 힘이 있었으니 이런 별명이 있어도 별로 이상할 것이 없다.

"어떡하지? 아직 살아 있어!"

"내버려 둬! 지금 바쁜데……."

"빨리 가자!"

"그냥 가자고? 좋은 기회인데…… 아주 없애버리지?"

"뭐? 없애자고?"

부하 몇 사람이 서로 얼굴을 쳐다보며 망설였다.

"안 돼!"

부하 중 하나가 신중하게 말했다.

"안 되다니?"

"글쎄 안 돼! ……너무 비겁하잖아?"

"웃기지마. 비겁한 게 무슨 상관이야!"

"그래도 그런 게 아니야. 우린 당당해야 돼! 그래야만 패권을 잡을 수 있는 거야. 게다가 저들도 부상자나 상대가 되지 않을 때는 항상 보내줬어!"

"그럼, 병원에 데려가잔 말이야?"

"누가 병원에까지 데려가자고 했어? 그냥 가잔 말이야. 어떻게 되든 우리 탓은 아니잖아? 두목도 그냥 보냈을 거야. 나는 두목이 전에 누구한테 그렇게 하는 것을 봤어."

"그래. 나도 그런 것을 본 적이 있어."

다른 부하 하나가 마침 생각이 났다는 듯이 동조하고 나섰다.

"그래, 알았어. 빨리 우리 식구들이나 옮기자!"

땅벌파 부하들은 칠성 세 명과 두목을 짊어지고 집을 나서서 급히 내려가기 시작했다. 얼마 후 이들이 거의 큰길 가까이 내려왔을 때쯤 아래쪽에서 한 무리의 사람들이 빠른 걸음으로 올라오고 있었다. 가까이에서 보니 남씨가 조합장 이하 많은 부하를 거느리고 박씨가 있는 곳으로 급히 올라오는 중이었다.

남씨는 안국동에 도착하자 전화로 여러 곳에 있는 부하를 주택 현장으로 집합하라고 명령하고는 마침 나타난 조합장을 대동하여 급히 출동한 것이었다. 부하들도 남씨의 명령이 떨어지자 신속하게 행동하여 재빨리 현장에 모여든 것이다.

현장에는 미리 대기하고 있던 부하가 안내하여 다시 박씨가 있는 쪽으로 이동 중이었다. 두 집단이 서로 마주치자 잠시 긴장이 감돌았다. 그러나 인원수로 보나 힘으로 보나 월등히 앞서고 있는 조합장 측에서 땅벌파 측을 막아선 셈이었다.

"어! 이놈들이잖아?"

조합장 부하 하나가 험상궂은 표정을 지으며 땅벌파 쪽을 둘러봤다. 네 사람이 각각 부상자를 업고 있고 나머지 십여 명 정도가 엉거주춤한 자세로 눈치를 살피고 있었다.

"너희들 잘 걸렸다!"

이렇게 말하면서 조합장 부하 몇 명이 앞으로 나섰다. 땅벌파 쪽에서는 뒤로 약간 물러서는 듯하고는 좌우로 넓게 갈라섰다. 이제 어차피 당하게 된 셈이었다. 그래도 하는 데까지 해볼 셈으로 자세를 취했다. 그러자 이를 본 조합장 측에서는 빠져나갈 틈이 없게 길을 완전히 막아놓고 몇 사람은 성큼 앞으로 나서 싸움을 시작하려 했다. 조합장 측의 얼굴에는 미소가 보이고 땅벌파 측의 얼굴에는 공포가 서렸다.

"잠깐!"

일촉즉발의 상태에서 나선 사람은 조합장이었다. 조합장이 위압적으로 나서자 양쪽 모두 자세를 풀고 조합장을 쳐다봤다. 땅벌파 측에서는 긴장을 하고 조합장의 다음 말을 기다렸다. 조합장이 무슨 말을 하느냐에 이들의 운명이 정해지는 것이다.

조합장은 양측이 행동을 정지한 것을 슬쩍 살펴본 후에 남씨를 쳐다봤다. 지시를 내려달라는 뜻이었다.

"업혀있는 사람이 누군가 알아보세요!"

남씨가 말했다. 남씨가 부상자를 검문하라고 지시하자 조합장은 즉시 땅벌파 측에게 물었다.

"얘들아, 업혀있는 사람이 누구냐?"

"예? 저……."

땅벌파 측에서는 대답을 못하고 망설였다.

"어서, 대답하지 못해?"

조합장이 벼락같은 소리로 추궁하자 그제야 대답이 나왔다.

"예. 회장님과 칠성들입니다."

조합장은 다시 남씨를 쳐다봤다. 남씨는 고개를 끄덕이고는 땅벌파에게 직접 물었다.

"박씨는 어떻게 됐나?"

"예? 박씨라니요? ……아, 공룡 말씀이군요! 저 윗방에 쓰러져 있던데요……."

"뭐? 알았다. 너희들은 가거라!"

남씨가 이렇게 말하자 조합장은 부하들에게 다시 명령했다.

"비켜줘!"

남씨는 급히 앞장서서 올라갔다. 조합장 이하 부하들도 남씨를 따라 재빠르게 올라갔다. 집이 저쪽에 보였다.

"바로 저깁니다."

안내하던 부하가 숲 가까이 있는 집을 가리켰는데, 그 속에서 누가 박씨를 업고 나오고 있었다. 옆에 두 사람은 조합장을 보자 빠른 걸음으로 다가와서 보고했다.

"박선생님이 많이 다치셨습니다."

이들은 조합장의 부하들로서 계속 잠복해 있다가 땅벌파 측이 완전히 물러갔나 확인하고는 재빨리 방에 들어가 박씨를 업어내 온 것이었다. 남씨는 황급히 박씨의 상태를 살폈다. 박씨의 얼굴은 창백했고 의식은 완전히 잃고 있었는데, 호흡은 제법 안정되어 있었다.

"빨리 병원으로 데려가!"

조합장이 남씨를 제치면서 다급하게 명령했고, 부하들 중 하나가 신속하게 박씨를 업었다. 몇 사람이 따라붙어 급히 병원으로 향했다. 남씨는 박씨를 따라 병원으로 갈까 하다가 무슨 생각이 났는지 방으로 들어갔다. 조합장도 따라 들어갔다. 부하들은 집 밖에서 주변을 두리번거리며 기다렸다. 방에 들어선 남씨는 조심스럽게 방 안의 상태를 살폈다. 방은 심하게 어질러져 있고 여기저기 핏자국이 보였다. 남씨는 상이 부서져 있는 곳으로 옮겨 벽을 조사했다.

"음…… 이거 대단하군! 누가 이런 걸 던져서 벽 속에 박히게 할 수 있었을까? ……아니, 이건 던진 게 아니라 뿌려진 것 같은데! 이건 박씨가 한 것이 아니야…… 이것은 다른 누가 한 것인데…… 가만 있자……."

남씨는 중얼거림을 멈추고 속으로 깊게 추리해 보았다. 조합장은 영문을 모르는 채 남씨가 생각을 끝내기를 기다렸다. 남씨는 어느덧 밖으로 나섰고 조합장도 뒤따라 나왔다.

"여길 감시하던 사람이 누군가?"

남씨는 밖에 나오자 부하들에게 물었다.

"예. 저희들인데요."

"그래, 너희들, 계속 살펴보고 있었나?"

"예. 한 사람만 전화 걸러 내려가고······."

"음, 좋아. 누가 방으로 들어가지 않던가?"

"예. 누가 들어갔어요. 땅벌파쪽 사람 같았어요."

"어떻게 생긴 사람이더냐?"

"건장한 노인인데, 무섭게 생겼어요. 검은 옷을 입고 있었으며 이상하게 생겼어요. 꼭 무슨 무술인가 도술인가 한 사람 같던데요······."

"음······."

남씨는 고개를 끄덕이며 속으로 생각했다.

'혹시, ······능인 할아버지께서 박씨를 구하기 위해 나타나신 것은 아닐까? ······그렇다면 어떻게 알고 올 수 있었을까?'

남씨는 생각을 그만두고 다시 물었다.

"어디로 가더냐?"

"집 저쪽 산 위로 올라갔어요. 누구랑 같이 갔어요."

"뭐? 누가 있었어?"

"예."

"어떻게 생긴 사람이냐?"

"젊은 사람이었어요. 흰색의 양복을 입었는데, 산 위로 번개같이 사라졌어요."

"허 참, 젊은 사람이라····· 그는 또 누굴까?"

남씨는 또다시 생각에 잠겼다.

'젊은 사람, ……흰 양복, ……능인, ……음 ……가만히 생각해 보자! ……흰 양복, 이 사람은 칠성의 배후에 있는 사람이 아닐까? ……자, 내용을 만들어 보자! ……능인 할아버지께서 나타나셨다고 가정하고…… 박씨를 구한 것은 능인 할아버지시다. ……그렇다면 박씨는 흰 양복에게 다친 것일까? ……그럴 수 있다. 그 순간 능인 할아버지께서 나타나셔서 구했다? 이렇게 보면 모든 정황과 비슷하다……'

남씨는 생각을 끝내고 조합장을 돌아보며 얘기했다.

"나는 산 위에 갈 일이 좀 있어요. 조합장님은 여기서 기다리세요. 그리고 부하들은 몇 사람만 남기고 나머지는 해산시키세요."

"예. 알겠습니다. ……각 사무소로 가도 됩니까?"

"예?"

남씨는 웃었다.

어느새 조합장도 신중한 사람이 돼가고 있는 것이었다.

"가도 됩니다. 당분간 위험하지 않을 겁니다."

"예. 지시대로 하겠습니다."

조합장은 든든하게 대답했다. 남씨는 산 위로 향했다. 남씨의 생각은 저 산 위쪽 어디선가 능인과 흰 양복이 결투를 하고 있을지도 모른다고 생각했다. 남씨는 칠성의 실력을 가늠해 보건데 흰 양복, 즉 칠성을 가르친 사람은 대단한 사람이라고 판단했다. 그래서 이 사람은 능인과 겨룰만한 사람일 것이라 확신했다. 남씨가 이렇게 생각한 것은 실제 상황과 비슷하다. 단지 능인 대신 좌설을 집어넣으면 된다.

남씨는 능인을 만나고 싶어서 산 위로 찾아보려고 마음먹었다. 물론 일반적인 경우 남씨의 판단은 위험할 수도 있다. 만일 검은 옷을 입은 사람이 능인이 아니고(좌설이라면 상관없지만) 흰 양복과 같은 편일 수도 있다. 이럴 경우 검은 옷과 흰 양복이 간단히 박씨를 처치하고 떠난 것이 된다. 공연히 산을 헤매다가 이들 둘을 만나면 남씨마저 위험할 수도 있다. 그러나 남씨는 자신의 추리를 믿었다. 사실 그보다는 능인을 보고 싶었기 때문에 세세한 논리는 대충 넘기고 지나간 것이다. 남씨는 나름대로 생각해봤다.

'만약 능인 할아버지께서 흰 양복과 결투를 하시려 했다면 왜 방을 떠나셨을까? 방에는 결투한 흔적이 보이는데…… 벽에 박힌 무수한 조각들! ……이는 능인 같은 분만이 할 수 있는 일이다. ……그런데 왜 떠나셨나? ……그렇지! ……땅벌파 애들이 온 것이다. 능인 같은 고인들은 사람을 피한다. 그래서 피한 것이다…… 그렇다면 어디로? ……사람이 아주 없는 산꼭대기로…… 그렇지!'

남씨는 자신의 추리를 다시 한 번 음미하고는 산꼭대기로 힘들게 걸음을 재촉했다. 남씨는 상황을 거의 직시했다. 그러나 결투를 구경하고자 했다면 이미 시간이 너무 늦은 것이었다. 상황은 벌써 전에 끝이 났던 것이다. 이는 남씨가 큰길 가까이서 땅벌파를 만날 때쯤이었다. 좌설과 강리는 순식간에 산 정상에 도달해서 사생을 건 전투를 시작했다.

"이쯤이 어떨까?"

강리는 좌설을 돌아보며 물었다. 좌설은 대답 없이 자세를 취했다. 산의 정상에는 인적은 일체 없고 바람만이 가끔 처량하게 불어왔다. 산 주변에는 서서히 어둠이 찾아오고 있는 중이었다.

강리는 두 손바닥을 펴서 앞으로 길게 뻗은 자세를 취했다. 좌설

역시 손바닥은 펴고, 양손을 교차시키고 한쪽 발을 조심스레 옆으로 이동시켰다. 강리는 고개를 약간 숙인 듯한 자세로 죽은 바위처럼 움직이지 않고 살기를 한껏 품고 있었다. 좌설의 움직임은 아주 완만하고 조심스러웠다.

두 사람은 상당 시간 그 상태를 유지하다가 갑자기 비약했다. 좌설이 먼저 뛰어오르면서 강리의 안면을 향해 강하게 걷어찼다. 그러나 이는 허식이었고 다음 공격이 절묘했다. 당연히 좌설의 몸은 위로 솟구쳐야 하는데, 웬일인지 좌설의 몸은 아래로 급작스레 휘면서 수도로 강리의 옆구리를 찍어왔다. 강리는 이를 전부 막아 치면서 위로 솟아올랐다. 정상적이라면 좌설의 공격은 단순히 아래로 피하면 된다.

그러나 지금의 싸움은 그런 게 아니다. 실인즉 허이고 허인즉 실이다. 좌설의 제삼의 공격이 아래로 향했을 때 이미 강리는 공중에 있었다. 만일 강리가 평범하게 아래로 향했다면 좌설의 제삼의 공격에 직면해야 했을 것이다. 강리는 다리를 하늘을 향해 두고 머리는 땅을 향해 있으면서 공격을 시도했다. 강리는 찰나지간 보이는 좌설의 등을 향해 필살의 지점을 찍었다. 순간 좌설은 몸을 회전시키며 유연하게 강리의 등 쪽으로 빠져 올랐다. 두 사람은 허공에서 몇 바퀴 회전했다. 그러나 모든 공격은 둘 다 실패했다. 두 사람은 잠시 착지했고 이번에는 서로를 향해 전신으로 부딪쳐 갔다. 몸끼리 부딪칠 것만 같은 상황이었다. 그러나 몸은 부딪치지 않고 두 손바닥을 서로 뻗었다.

"뻑 — 뻑!"

서로 얼굴이 붉어지고 전신이 진동했다. 강리가 조금 밀리는 듯 했다. 이는 찰나지간이었지만 좌설은 순식간에 한 손을 떼면서 다시 뻗고는 몸을 기울이고 발을 걷어차 올렸다.

"퍽!"

좌설의 발은 어깨에 적중했다. 이는 그리 큰 타격을 준 것은 아니었으나 이로 인해 다음 공격이 용이하게 된 것이었다. 좌설의 수도가 강리의 오른쪽 늑골을 강타했다.

"퍽!"

'이겼다⋯⋯.'

좌설은 속으로 이렇게 말했다. 이번 공격은 십성의 공력이 들어있었으며 완벽한 형태의 타격이었던 것이다.

"읍!"

강리는 얼굴을 찡그리며 뒤로 휘청거렸다. 그러고는 한 걸음 물러나며 자세를 가다듬었지만 이미 가능성은 없었다. 무술의 극강 고수들의 세계에는 아무리 사소한 실수라 해도 용납될 수가 없다. 좌설의 장풍이 강리의 안면으로 폭주했다.

"탁!"

강리의 고개는 뒤로 젖혀지고 한 손으로 옆구리를 움켜쥐고는 뒤로 반걸음 물러서고는 절벽으로 떨어졌다.

혼마, 달아나다

좌설의 연이은 공격은 강리가 절벽으로 떨어지는 바람에 빗나갔다. 좌설이 내려다보니 강리의 몸은 떨어지는 도중 절벽의 나뭇가지를 부러뜨리고 돌 벽에 몇 번인가 부딪히며 저 아래로 떨어져 갔다.

"허 —, 아깝게 떨어졌군. 아주 찢어 죽이려 했는데……."

좌설은 고개를 돌려 싸웠던 현장을 잠시 둘러보고는 아래쪽 숲을 향해 나직이 불렀다.

"능인! 어서 나오게!"

그러자 숲에서 누가 나왔다. 바로 능인이었다.

"허허, 대단하군. 내가 숨어있는 것을 어떻게 알았나?"

능인은 숲에서 나오며 넌지시 물었다.

"나를 너무 무시하지 말게. ……이곳엔 숨을 곳도 마땅치 않아. ……자넨 며칠 전에도 나에게 한 번 들켰었어. 그런데 자넨 왜 이 근처에서 서성이고 있나?"

"음, 혼마 강리를 찾고 있었어!"

"강리를? 아니 강리는 나보고 찾으라고 풍곡 스승님께서 시키시지 않았나?"

"음. 그랬었지. 그런데 스승님께서 나를 추가로 보내신 거네. 자네가 위험하다며 도우라고 하셨네."

"위험하긴…… 이젠 다 끝났어!"

"끝났다고? 글쎄……."

"자네도 보지 않았나. 혼마 강리는 나의 공격을 두 번이나 맞았어. 어떻게 살 수 있겠나? 게다가 혼수상태에서 절벽 밑으로 떨어졌어."

"그래? 떨어지는 것을 확실히 봤는가?"

"그럼. 나무에 부딪히고 돌에 부딪히면서 정신없던데……."

"그럴까? ……땅바닥에 떨어져서는 어떻게 되었을까? 확실히 봤는가?"

"음? 무슨 소릴 하고 있는 거야. 떨어지는 것을 보니 이미 정신이 없던데…… 땅바닥까지 떨어지는 것은 안 봤지만 그 상태라면 이미 즉사한 상태야. 나의 오른쪽 수도가 정확하게 십성의 공력으로 옆구리를 맞혔어. 자네라면 살아남을 수 있겠는가?"

"허허. 나라면 물론 즉사했겠지…… 그러나 혼마는……."

"어허. 이 사람아, 어지간히 해두게. 무슨 의심이 그리 많나? 자, 자. 이렇게 만났으니 어디 가서 곡차나 한잔하세!"

좌설은 정색을 하며 말했다. 그런데 능인은 고개를 저으며 단호하게 좌설의 말을 부정했다.

"아닐세. 확인부터 해야겠네!"

"뭐어, 확인? 할 수 없군. 내가 내려가 보지!"

"아니, 나도 같이 가세……."

좌설과 능인 두 사람은 강리가 떨어진 절벽을 뛰어내렸다. 떨어진 것과 뛰어내린 것은 너무나 다르다. 두 사람은 소리 없이 착지했다. 그런데 이게 웬일인가? 당연히 있어야 할 강리의 시체가 보이지 않았다.

"아니, 시체가 어딜 갔지?"

좌설은 불안한 육감을 느끼면서 중얼거렸다.

"시체는 애당초 없었네!"

능인은 날카로운 표정으로 좌설을 쏘아봤다. 좌설도 이제는 기가 죽어서 능인에게 물었다.

"어떻게 된 것일까? 시체를 누가 가져 간 것은 아닐 테지?"

능인은 고개를 가로저으며 천천히 말했다.

"좌설! 저기를 보게! ……저 흔적과 발자국!"

능인은 좌설이 없는 시체를 찾으려고 부심할 때 주변의 흔적을 예리하게 관찰했던 것이다.

"어허, 도망갔군. ……어떻게 된 일일까?"

좌설도 이제야 눈치를 챘다.

"좌설! 내가 설명해주지."

능인은 어두운 표정을 지으면서 좌설을 쳐다봤다. 좌설은 가만히 능인의 다음 말을 기다렸다.

"좌설, 나는 먼저 자네에게 사과부터 해야겠네……."

"응? 무슨 소리야?"

"아니야. 들어보게. 문제는 내가 숨어있었던 것 때문에 발생된 것 같네. 나는 혹시 자네가 위험할 수도 있기 때문에 숨어서 관찰하고 있었네. 처음부터 내가 나서면 자네 자존심을 건드릴까봐 가급적이면 자네 혼자 처치하길 바랐네, 물론 스승께서는 도우라고 하셨지만…… 처음부터 나도 나섰어야 했어. 그래서 둘이서 힘을 모아 확실히 했어야 하는데…… 나는 사실 좀 오만했네…… 혼마 강리 정도는 자네가 쉽게 처치할 것이라 생각했어. 스승님께서 위험할 것이라 경고하셨는데도 나는 고집을 피운 것이지…….”

능인은 잠시 말을 쉬고 찡그린 표정을 지었다. 심하게 후회하고 자책을 하며 있는 것이다. 좌설도 문제가 심각하게 된 것을 알고는 숨을 몰아쉬고 있었다.

‘음. 스승의 명을 어기게 되었구나…….’

“그런데, 능인! 강리는 도대체 어떻게 도망갈 수 있었을까?”

“음. 그건 이렇게 된 것이네. 나는 자네 뒤를 미행해서 이곳에 와서 조심스럽게 잠복했지. 그 순간 자네는 나를 감지했네. 그렇지 않나?”

능인은 확인하기 위해 좌설을 바라보며 물었다.

“그야, 그렇지. 자네가 잠복하는 순간 알아챘네.”

“좋아. 바로 그거야. 자네가 알아채는 순간 혼마 강리도 나를 발견한 거야. 어쩌면 내가 미행할 때 이미 알아챘을 수도 있지…… 아무튼 혼마 강리는 생각했을 것이네…… 이렇게 말일세!

‘능인이 왔군. 큰일인데…… 아무래도 끝장이 나겠군! 무슨 방법이 없을까?’

혼마 강리는 나와 자네가 협력하면 살아남을 수 없다는 것을 알고 모험을 하기로 했네. 어차피 살아남을 수 없다는 것을 알고 나니 어떠한 모험도 감수할 수 있었을 것이네. 혼마 강리는 체념하지 않고 실낱같은 작은 희망에 자신의 목숨을 걸었네…….”

“어떻게?”

좌설은 몹시 궁금한 나머지 도중에 물었다. 능인은 설명을 계속했다.

“자. 생각해보세! 만일 적이 어디를 공격할지를 정확히 안다면, 그리고 피하지 못하고 받아내야 한다면 자네라면 어떻게 하겠나?”

"나? ……그거야 있는 공력을 다 모아서 공격해 오는 곳을 강화하겠지!"

"그래, 그럴 테지. 혼마 강리도 그렇게 했네!"

"그럴까? 내가 어딜 공격할 것을 어떻게 알고?"

"그거야 일부로 허점을 보였겠지. 강리는 최선을 다 하는 척하면서 미세한 빈틈을 보였어. 빈틈이 너무 크면 자네가 의심할 테니까. 물론 강리 입장에서도 몹시 힘들었을 거야. 자신의 생각이 빗나가면 정말로 죽게 되는 것이니까! 강리는 미세하게 빈틈을 보이고는 자네가 그곳을 공격할 것으로 알고 전신의 힘을 한 곳에 집중했네. 다행히 자네는 그 곳을 정확히 공격했네…… 강리는 타격을 입은 척하며 비틀거리며 뒤로 물러났어. 물론 다음 공격이 안면이고 장풍일 것이라는 것도 계산했지. 가장 급한 공격은 어떤 것일까? 자네는 강리가 한 순간이라도 회복할 시간을 안 주기 위해 결사적으로 두 번째의 공격, 즉 안면을 공격했네. 따라서 강리는 머리를 젖히는 한편 공력을 집중하고 비틀거리며 절벽으로 떨어졌네. 혼마 강리는 용의주도하게 절벽에 떨어지면서도 혼수상태인 것처럼 위장하며 최후의 도박을 시도한 것이지…… 우리 입장에서 보면 불행히도 혼마 강리는 아주 위험하고 작은 가능성을 실현한 뒤 도주할 수 있었네. 물론 상처는 입었겠지만 도망할 수 있을 정도로 몸을 유지했을 것이네……."

능인의 설명은 끝났다. 두 사람은 한동안 말없이 다른 곳을 바라보고 있었다.

"능인!"

좌설이 먼저 말을 꺼냈다.

"이제 와서 어쩌겠나! 다시 추적하는 수밖에……."

"그래, 그래야겠지! 그런데 그게 쉽지는 않을 거야…… 아마 인왕산엔 아예 안 올지도 모르지. 그건 그렇고 좌설, 자네는 그자의 흔적을 좀 찾아보고 오게. 혹시 어디 근처에서 치료를 하고 있을지도 모르니까……."

"알겠네. 자네는 어쩌려나?"

"나는 다시 산 위로 가서 조사를 해야겠네."

"응? 무슨 조사?"

"정마을 사람이야. 자네가 방에 들어서는 순간 쓰러진 사람이 있었지? 그 사람은 정마을 사람이라고…… 풍곡 스승님께서 아끼시는 사람이네."

"뭐? 스승님께서?"

좌설은 스승 얘기가 나오자 깜짝 놀랐다.

"그래서 박씨를 만나보려고 해. 아마 혼마 강리하고는 모종의 관련이 있어! 어쩌면 혼마 강리를 찾을 수 있는 단서를 발견할 수도 있어. 도대체 박씨가 어떻게 해서 이곳에 나타나 혼마의 제자들과 싸우게 됐는지부터 알아봐야겠네……."

"음, 그런 일이 있었군…… 알겠네!"

"그럼, 나중에 보세. 나는 당분간 이 산에 있겠네."

좌설이 강리의 흔적을 찾아서 먼저 사라지자, 능인도 절벽을 순식간에 올라서 산 정상에 도달했다. 그러고는 산 아래쪽을 향해 천천히 내려갔다. 얼마 후 뜻밖에 남씨를 만났다. 능인이 먼저 말을 건넸다.

"남군, 자네가 웬일인가?"

"어! 능인 할아버지 아니십니까? 역시 이 산에 오셨군요."

"응? 내가 온 것을 알았나?"

"아니, 그냥 추리를 해 봤어요. 박씨가 무사한 것을 보고 능인 할아버지께서 오셨다고 생각했지요!"

"허허, 박군을 구한 것은 내가 아니야…… 그건 그렇고 어찌된 일인가?"

"예. 얘기하자면 깁니다. ……그래도 얘기해 드릴까요?"

"그래. 나도 알아야 할 일이야. 저쪽에 좀 앉을까?"

남씨는 능인을 만나서 크게 안도감을 갖고 자신과 박씨가 서울에 오게 된 연유와 그간의 상황을 상세히 얘기하기 시작했다. 한참만에야 얘기가 끝났는데, 주변은 완전히 어두워져 있었다.

"박군이 위험할 뻔했군……."

능인은 얘기를 다 듣자 박씨의 신변을 먼저 신경 써주고는 말을 이었다.

"나는 이 산 정상에 당분간 있을 테니 무엇을 발견하게 되면 기별해주게! 밤늦게 그냥 정상으로 오면 나를 만날 수 있네. 절대 강리에게 먼저 달려들어서는 안 되네. 그자는 몹시 위험한 자야. 나는 그자를 처치하러 왔는데, 마침 건영이하고도 관련이 있다니 더더구나 신중해야겠구먼…… 그럼 가보게나!"

"예. 저는 내려가서 최선을 다해 그자의 행방을 탐색하겠습니다."

남씨는 산을 내려오면서 몇 번이나 뒤를 돌아다보았는데, 능인은 보이지 않을 때까지 서서 내려가는 남씨를 인자한 모습으로 바라보고 있었다. 남씨가 산 아래로 내려오자 조합장이 기다리고 있었다.

산은 이미 어둠 속에 잠겨 그 모습은 보이지 않고 주변의 숲도 완전히 캄캄한 상태였다. 하늘은 달도 없고 별도 없고 아주 흐린 상태였다. 조합장은 산 위에서 내려온 남씨가 무슨 중요한 지시를 내리지나 않을까 기대했지만 남씨는 왠지 기운이 처져 있었다.

"이제 그만 내려가시지요."

남씨는 이렇게 얘기해 놓고는 혼자 생각에 잠겼다.

'이제 서울을 떠날 때가 다가오는구나…… 서울에서의 일은 성공한 것일까? ……박씨는 다치고, 흰 양복의 강리라는 사람은 누굴까? 어떻게 저렇게 강한 사람이 있는 것일까? 이제 칠성 일곱 명은 모두 제거됐고…… 강리라는 사람만 찾으면 되는 것이지…… 저쪽의 두목은 다시 반격해 올까? 칠성이 없는 상태에서 어떻게? ……요는 강리라는 사람이 문제로구나…… 그 사람을 찾기만 하면 과연 능인 할아버지께서 처치해 주시는 걸까? 산 위의 싸움에서는 실패하신 것 같은데. 이런 문제는 내가 생각할 필요는 없지…… 박씨도 나도 이 문제를 감당할 수 없으니 능인 할아버지께 맡겨야지…… 안 되면 운명이지…… 그런데 정마을 사람들은 잘 있는 것인가?'

남씨는 기분이 우울해져 목소리가 현저히 잠겨 있었다.

"조합장님! 병원은 어디지요?"

"예, 멀지 않은 곳에 있습니다."

조합장은 대답하면서 남씨의 기색을 살폈으나 남씨는 몹시 지쳐있었다. 조합장으로서는 이제 칠성들을 모두 처치했으니 완전히 복권된 셈이었다. 조합장은 마음이 편안했다. 단지 박씨가 다쳐 미안한 생각이 들었지만 자신이 염원하던 문제는 완전히 해결되었다. 조합장은 여러 가지 즐거운 생각을 떠올렸다.

그러나 옆에서 터벅터벅 걷고 있는 남씨는 박씨의 상처와 정마을 등 여러 가지 불안한 상념으로 어지러웠다. 갑자기 오한이 나고 식은 땀을 주르륵 흘렸다. 남씨는 피로를 느끼며 정마을을 그리워했다.

'정마을은 여전하겠지. 어서 돌아가고 싶구나……'

종잡을 수 없는 천지의 운행

　남씨가 그리는 정마을은 지금 모두 잠이 들어있었다. 단지 건영이만은 아직 나루터에 있었다. 건영이도 오늘 저녁 갑자기 병이 나서 힘든 상태이었지만 나루터에는 안 나와 볼 수가 없었다. 현재 정마을에는 큰 문제가 발생해 있기 때문이었다. 그 문제는 바로 임씨가 행방불명이 된 것인데, 임씨는 인규가 이일재 씨와 함께 서울로 떠나던 날 읍내에 간다고 나가서는 그날부터 지금껏 돌아오지 않고 있었다. 한 가닥 희망은 혹시 임씨가 내친 김에 서울까지 따라가지나 않았나 하는 것인데, 이럴 가능성이 희박하다는 것은 마을 사람들은 누구나 알고 있었다.

　임씨는 그런 타입이 아니다. 누구보다도 부인에게서 떨어지지 않는 사람이고, 또 그럴 수도 없는 것이다. 더구나 임씨 부인은 만삭이 가까워오고 있는데 태평히 서울엘 가겠는가? 마을 사람들은 임씨 부인에게 임씨가 좋은 선물을 사러 서울에 갔을 것이라고 위로해 놓은 상태였다. 건영이는 혼자 중얼거렸다.

　'오늘도 돌아오지 않는구나…… 어떻게 된 일일까?'

건영이도 한 가닥 희망으로 임씨가 서울엘 가 있기를 바랐다. 그러나 건영이의 냉철한 이성은 그런 희망을 부정했다. 길게 신음을 한 건영이는 힘없이 자리에서 일어나 정마을로 향해 힘겹게 걷기 시작했다.

정마을의 하늘도 몹시 흐려 있었다. 그 아름다운 별들도 오늘은 모두 자취를 감추었다. 천지의 운행은 실로 종잡을 수가 없다. 오늘의 운명은 어디서 오는가? 그리고 지금 이곳의 운명은 어디로 흘러가는 것일까? 섭리의 바다 속에 누가 행운을 잡는 것인가? 갑작스런 운명은 왜 찾아오는가? 끝없이 넓고 한없이 긴 공간과 시간 속에서 무엇이 큰 의미를 갖는 것일까? 자연의 흐름은 하계인 인간 세계나 저 하늘의 세계나 끊임없이 흐르고 또 흐를 것이다. 세계는 시작도 끝도 없다. 끝나는가 하면 어느덧 시작이고, 시작은 어느덧 끝에 도달한다. 모든 것은 끝없이 변천하며 쉬지 않는다.

지금 저 하늘의 먼 곳 선계인 은저산 신시 곡주에도 하나의 큰 사건이 매듭지어지고 있는 중이었다. 신시가 생긴 이래 찾아온 최고 귀인인 평허선공이 떠날 때가 된 것이다.

"자. 이제 나는 떠나려 하네……"

평허선공은 미소를 지으며 인자한 음성으로 떠날 것을 선언했다.

"행차를 하시려 하옵니까? ……그럼 떠나시기 전에 귀감이 되는 가르침을 남겨 주시옵소서."

거무선이 무릎을 꿇고 간청을 하자 다른 선인들도 모두 무릎을 꿇었다.

'허 참……'

평허선공은 내심 기가 찼다.

'착한 삶들인데 욕심도 많고 어리석기도 하구나. 좋아, 기왕 늦은 걸음인데……'

평허선공은 여전히 인자한 모습으로 말하기 시작했다.

"자네들! ……내가 이토록 길게 함께 앉아있어 주었는데, 무얼 더 배우고 싶은가? 공부란 당장은 몰라도 후에 크게 득이 되는 것이 네…… 자네들 모두는 오늘 술자리로 인해 이미 큰 공부를 경험했네. 오늘로 인해 차차 발전할 것이네. 그러나 한 가지를 더 얘기해 주지. 진리란 아주 가까운 데 있는 것이야. 아주 작은 것이라도 놓치지 말고 깨달아 행해야 하는 것이지. 주변에 능력이 닿는 것부터 옳게 고쳐 나가면 자연히 큰 진리도 찾아와 준다네. 굳이 먼 곳에서만 진리를 찾는 것은 가까이 있는 일에 게으른 것이니 마침내 향상의 길은 막히게 될 것이야. 그러니 가까이 있고 작은 것부터 철저해지는 법을 공부하게. 그리하면 점점 먼 곳에 통하고 큰 이치에 합류하게 될 것이네. 알겠는가?"

"예, 신명을 바쳐 가르침에 따르겠사옵니다."

선인들은 뜻밖의 자세한 가르침에 크게 감읍하고 어쩔 줄을 몰라 했다. 평허선공은 조용히 일어났다. 선인들이 무릎을 꿇은 채 그대로 있는 사이에 평허선공은 사라졌다.

이보다 하루 앞서 방향을 서남쪽으로 잡은 소지선은 은저산 기슭을 벗어나서는 잠시 마음을 가다듬었다. 그러고는 생각에 잠겼다.

'이렇게 열심히 도망한다고 해서 평허선공을 피할 수 있는 것일까? ……과연 염라대왕께서 평허선공을 따돌릴 수 있을 것인가……?'

소지선은 고개를 천천히 가로저었다.

'아무래도 평허선공께서 염라대왕의 기만술에 속아 넘어가실 분이 아니야. 그렇다면 어찌해야 되는 것일까……?'

소지선은 여기까지 생각하고는 크게 낙심해서 한숨을 몰아쉬었다.

"휴 —"

열심히 도망간다고 되는 일이 아니다. 평허선공이 방향만 바로 잡는다면 소지선이 열흘 걸려 달려간 거리를 반나절도 못돼서 따라잡을 것이다. 소지선도 이 사실을 잘 알고 있다. 요는 평허선공이 방향을 잘못 잡아야만 하는 것이다. 그러나 그렇게 만들 수 있겠는가? 오직 운이 다행하기를 기대해 볼 수밖에 없는 것이다.

"음……."

소지선은 다시 한 번 생각해 봤다.

'그러나 포기하고 운만 기다릴 수는 없는 것이야! 무슨 대책을 세워야 할 텐데…… 옳지! 점을 한번 쳐 봐야겠구나……'

소지선은 일단 점을 쳐보기로 하고 주위를 살펴 자잘한 돌멩이 쉰 개를 주워 모았다. 그러고는 이를 개울가의 물로 깨끗이 씻고는 마음을 가다듬기 위해 눈을 감았다. 돌멩이는 산목을 대신할 것이었다. 소지선은 먼저 점을 칠 내용을 간추렸다.

'내가 이 길을 계속 가면 어떻게 될 것인가? ……체포될 것인가? 아니면 염라대왕의 계획대로 평허선공의 추적권을 빠져 나올 수 있게 될 것인가……?'

소지선은 마음을 한없이 가라앉혀서 천지의 근원과 그 정을 합치시켰다. 그러고는 구하고자 하는 의문에 정신을 집중시켰다. 일순 소지선은 어린아이처럼 천진한 상태가 되었고, 몸과 마음은 그대로 의

문덩어리가 되었다. 소지선은 돌 하나를 앞에 내려놓고는 마흔아홉 개의 돌을 좌우의 손에 나누었다. 드디어 천지의 가장 신묘한 작용이 손을 향해 돌에 감응하고는 마침내 하나의 괘상을 이루어냈다.

괘상은 뇌화풍(雷火風:☳☲)이었다. 소지선은 가슴이 허탈해지며 자신의 앞날이 선하게 나타났다. 여지없이 체포되고 마는 괘상이었다. 괘상은 정체(停滯)를 의미하고, 또한 둔좌(屯坐)되어 활동이 크게 퇴색함을 의미하는 것이다. 따라서 평등왕은 평허선공을 따돌리는 데 실패한다는 것이다. 이제 곧 평허선공이 뒤쫓아 와 자신까지도 체포되고 만사가 수포로 돌아가는 것이다.

"흠 —"

소지선은 자신의 무력감에 탄식을 하고는 멀리 하늘을 올려다보았다.

'……나의 운명이란 어떤 것일까?'

소지선은 자신의 종잡을 수 없는 운명을 생각하면서 주변을 둘러 봤다.

'저쪽은 옥황부로 가는 길이지…….'

온통 하늘은 맑고 구름은 참으로 한가로웠다. 소지선은 어차피 도망을 다녀봐야 소용없으니 이곳에서 경치나 구경하며 평허선공이 나타나기를 기다리기로 작정했다. 동북쪽에는 은저산이 끝없이 펼쳐져 있었고, 종종 시원한 바람이 불어와서 근심을 씻어주는 것 같았다.

소지선은 몸을 돌려 좌측을 바라봤다. 저 멀리는 자신이 힘써 도주해 온 곳으로, 동화선부로 가는 길이다.

대선관 소지, 하계(下界)로 숨다

소지선은 자신이 평허선공에게 체포되면 평결은 둘 중에 하나라고 생각했다. 하나는 자신이 연진인에게 받고 있는 벌을 사면당하는 경우이고, 또 하나는 평허선공의 방문을 알고도 의도적으로 도망간 벌을 받게 되는 경우이다. 혹은 두 가지를 함께 받을 수도 있다. 그렇게 되면 정작 받아야 할 연진인의 벌은 받지 못하고 엉뚱하게도 평허선공의 벌을 받게 되는 것이다. 그러나 어쩌랴! 이것이 자신의 운명이라면 달게 받을 수밖에 없다.

소지선은 저쪽 편에 아름답게 피어있는 꽃을 바라봤다. 연약한 꽃은 불어오는 바람을 맞아 가냘프게 흔들리고 있었다.

'음, 내 신세는 저 꽃과도 같구나……'

소지선은 문득 이런 생각을 하고는 물가 쪽을 바라봤다. 흐르는 물은 소지선의 마음은 아랑곳하지 않은 채 쉬지 않고 제 갈 길만을 재촉했다. 소지선은 한참 동안이나 물을 바라보며 서 있었다.

'평허선공께서 나타나실 때가 됐는데……'

소지선은 어차피 잡힐 몸이라면 평허선공이 빨리 나타나 주었으면

하고 생각했다. 그런데 이 순간 마음 한구석에서 묘한 생각이 떠올랐다.

'그렇지…… 하계로 피신하면 어떨까? 설마 하계로 도망했다고 생각하지는 않겠지…… 그러나 하계는 몹시 위험한 곳이란 말이야. 자칫 잘못하여 속계의 일에 관여라도 하게 된다면 이는 천명을 어기는 일이 되고 그야말로 커다란 죄를 짓게 되는 것인데…… 좋아, 조심하면 속계의 일과 부딪치지는 않을 게야. 고휴를 찾아가야겠군.'

여기까지 생각한 소지선은 이번에는 평허선공이 나타날까봐 마음을 졸이면서 급히 행동했다. 하계로 가기 위해서는 일단 방향을 동화선부 쪽으로 잡아야 한다. 물론 이는 쉬운 일은 아니다. 도중에 동화선부의 순찰들을 만날 수도 있다. 그러나 한번 시도해 볼 만한 일이다. 잘만 되면 평허선공을 피할 수가 있는 것이다. 큰 위험을 피하기 위해서는 작은 위험은 감수해야만 한다. 소지선은 급히 사라졌다.

이 시간, 평허선공은 곡주를 빠져나와 잠시 은저산을 감상하고 있었다.

'대단한 산이로다. 저 옥성의 진지산에 버금가겠군. 참으로 아름답구나! 그건 그렇고…… 또 슬슬 추적을 시작해 봐야겠는데……'

평허선공은 곡주를 나올 때 생각해 둔 것을 다시 한 번 간추려 봤다.

'이들이 동쪽으로 향한 것은 이미 밝혀진 것이고……'

평허선공은 자신이 전개한 추리가 적중하여 동쪽 관문인 곡주까지 성공적으로 추적하게 된 과정을 찬찬히 음미하면서 두 번째의 추리를 전개하기 시작했다.

'이들이 가던 길을 한시라도 더 부지런히 가야 함에도 불구하고 일부러 곡주에 들어선 것은 나를 혼돈 시키려 하기 위함인데……'

평허선공의 예리한 눈매 속에 차가운 광채가 잠깐 나타났다 사라졌다.

'동북쪽으로 간다고 했는데…… 만일 내가 그 말대로 동북쪽으로 향한다면, 이들이 동쪽으로 갈 경우 놓치고 말 것이다. 또한 이 말을 안 믿고 내가 동쪽으로 갈 경우 이들은 동북쪽 어딘가에 숨어들게 될 것이다. ……그런데 이런 간단한 속임수를 위해 이곳에 들를 필요는 없는 것이다. 그렇다면 다른 계략이 있는 것이다. 즉 두 가지 경우 모두에 대해 나의 판단이 무엇이든 간에 안전할 수 있는 대책을……'

평허선공은 고개를 갸우뚱하더니 미소를 지었다.

'길은 하나밖에 없는 것이다. 두 사람은 일단 헤어졌다가 나를 엉뚱한 곳으로 유인하고는 다시 서로 만날 계획을 세운 것이다……'

평허선공이 속으로 치밀하게 생각을 진행시키는 동안 저 멀리 은저산에는 바람이 불어 산의 모습을 크게 드러내 보였다. 평허선공은 드러난 산의 길게 이어진 선들을 흘긋 보면서 혼자 고개를 끄덕였다. 속으로 깊게 진행된 생각은 결론에 도달했다.

'당초, 이들의 계획은 내가 동쪽, 혹은 동북쪽으로 향해 가도록 꾸며 놓은 것이다. 그렇다면 평등왕이 이 길로 가야 할 것이다. 그는 혼자 이 길을 가면서 도중 도중 흔적을 남기고 나를 계속 유인할 것이다. 그리고 어느 정도 지나면 돌연 나를 피해서 둘이 다시 만나 유유히 사라져 갈 것이다……'

평허선공은 냉엄한 미소를 지었다.

'그러나 쉽게 나를 피하지는 못할 것이야…… 소지는 지금 서남쪽으로 가고 있을 것이다. 자 그럼! 떠나볼까…… 그리 급할 것은 없겠군. 소지가 혼자 도망 다닌다면 자신의 흔적을 감출 수가 없을 테니.'

평허선공은 한가하게 은저산을 다시 한 번 바라보고는 서남쪽을 향해 천천히 출발했다.

그러나 소지선은 있는 힘을 다해 속력을 내서 어느덧 속계로 가는 길목에 가까워 왔다. 그의 발길은 무한한 갈대숲의 바다에서 섬처럼 나타난 거목의 숲에 도달했다. 이 숲을 지나면 곧 남선부로 이어지는 길이 갈라져 나오고 머지않아 하계로 통하는 입구가 나타나는 것이다.

소지선은 잠시 멈춰서 주변을 살폈다. 소지선이 경계하는 곳은 전면뿐이었다. 만일 뒤쪽에서 기척이 나면 이는 평허선공이 나타난 것이므로 만사는 끝나는 것이다. 이렇게 되는 것을 막을 힘은 소지선에게는 없는 것이었다. 이 문제는 운명에 맡겨놓고 오직 가는 방향에서 나타나는 적에게만 신경을 집중해야 한다.

소지선은 조심스럽게 숲 속으로 진입했다. 일단은 아무 일이 없었다. 그러나 경계를 늦추지 않고 전진을 계속했다.

얼마 후 숲을 빠져나갈 때쯤 되었는데, 드디어 기척이 감지되었다. 숲이 끝나는 저쪽 편에서 선인 셋이 숲 속으로 들어서는 것이다. 소지선이 감지한 결과로 보면 이들 선인은 계제가 소지선 자신보다 몇 단계 낮아있어서 만약 소지선이 이들과 맞닥뜨린다 하더라도 쉽게 물리칠 수 있다. 그러나 이렇게 되면 소지선의 행적이 드러나고 게다가 또 다른 분규가 발생할 수도 있다.

소지선은 이들을 피하기로 마음을 굳히고 은공(隱功)을 시작했다. 순간 소지선의 몸은 나무 빛깔로 변하고 물처럼 녹아내리면서 나무 속으로 흡수되듯 잠적해 버렸다. 앞에서 걸어오는 선인들은 숲 속의 이곳저곳을 약간 살피는 듯 하였지만 형식적일 뿐이고 세심한 주의를 기울이는 것 같지는 않았다. 물론 이들이 좀 더 날카롭게 주의를 쏟는다 하더라도 수많은 나무 하나하나를 다 조사하지 않는 한 소지선을 발견할 수는 없다. 이들 선인들은 특별히 이 숲 속에서 그렇게까지 시간을 들일 이유가 없으므로 그냥 아무 일 없이 지나쳐 갔다.

이들이 숲 속을 나가자 바람이 쉴 사이 없이 불어와서 끝없는 갈대평원은 잔잔히 흔들리면서 장관을 이루어내고 있었다. 그러나 이들 선인은 아무런 감흥도 없는지 무심히 갈 길만 재촉했다.

소지선도 은공을 풀고 숲을 빠져나와 남쪽으로 갈라진 길로 들어섰다. 이제는 안전 구역에 도달한 셈이다. 이 길은 원래 남선부로 통하는 샛길로서 선인들이 여간해서는 다니지 않는 곳이다. 왜냐하면 이 길은 속계로 통하는 길이기 때문인데, 선인들은 이런 곳에는 얼씬거리기를 몹시 싫어한다.

원래 선인들이 가장 싫어하거나 두려워하는 것이 있다면 첫째는 속계로 들어가는 것이요, 둘째는 여자와 접촉하는 것이다. 속계라는 곳은 수많은 사건들이 있으므로 자칫하여 이런 것들에 관여하여 말려들게 되면 최소한 천명을 어기게 되거나 더 심한 경우 아예 속세와 인연을 맺게 되어 걷잡을 수 없이 타락의 길로 빠져들게 되는 것이다.

여자도 마찬가지이다. 쉽게 보면 육욕에 빠질 수도 있지만 한 단계 더 빠져들어 여자와 어떤 사연 등이 맺어지면 이는 빠져나오기가 거의 불가능하게 된다. 본시 여자란 사연덩어리인데, 여기에 접촉하여 사랑이란 것을 시작하면 운명도 끝없이 복잡하게 맺어나갈 뿐 아니라, 그 자체에서 헤매다 보면 조용히 공부하기도 몹시 힘들어지고, 결국 선인의 공은 무너지는 것이다.

소지선도 다른 선인들과 마찬가지로 이런 마음을 갖고 있으나 더 큰 소망을 이루기 위해 애써 위험한 길로 들어서려 하는 것이다. 소지선이 품고 있는 마음은 다른 것이 아니다. 오직 연진인의 벌을 아무 탈 없이 다 받고자 하는 것이고, 이를 평허선공이 방해하려 하기 때문에, 부득이 속계로라도 피신하여 뜻을 이룩하려고 하는 것이다.

소지선은 거리낌 없이 갈 길을 재촉했다. 지금 소지선이 통과하는 이 길은 본디 인적이 없는 곳이지만 관할이 남선부이기 때문에 이곳 경비 상황은 속속들이 잘 알고 있었다. 그러나 언제나와 마찬가지로 속계로 통하는 길을 경비하는 선인들은 없었다. 마침내 소지선은 인연의 늪이라는 속계로 통하는 관문에 도달했다. 소지선은 이미 작정을 했지만 그래도 잠시 망설였다.

'음, 드디어 위험한 속계로 들어가는 것이구나…… 이렇게까지 하는 일이 잘하는 일일까……?'

소지선이 다시 한 번 자신이 선택한 길의 당위성을 음미해 보았다.

'평허선공을 피하려면 이 길밖에 없다. 지금쯤 염라대왕께서는 어디에 계실까? 내가 선택한 이 길을 나중에라도 이해해 주실 수 있을까……?'

소지선이 생각하기에는 염라대왕이 세운 계획은 애당초 잘못된 것이다. 평허선공을 따돌릴 수 있다는 생각 그 자체가 어리석은 짓이다. 소지선은 자신이 겨우 발견한 선택이 평허선공을 피하기 위해 유일한 길이고, 나중에 염라대왕이 자신과 만나기로 한 곳에 나타나지 않은 것에 대해서도 질책을 할 수 없다고 믿었다. 물론 염라대왕의 처음 생각대로 평허선공이 동쪽 혹은 동북쪽으로 유인되고, 나중에 염라대왕이 무사히 서남쪽으로 와서는 소지가 없는 것을 보고 당황해할 수도 있다. 이런 경우에는 당연히 소지선이 경거망동한 것에 대해 크게 추궁당할 수도 있다. 그러나 소지선은 평허선공에 대한 자신의 판단이 맞고 염라대왕의 판단은 틀린 것으로 확신했다. 점괘에서도 그 사실을 극명하게 찾아볼 수 있었다. 이제 더 망설일 필요가 없었다.

소지선은 단호하게 속계로 들어섰다. 이제부터 조심해야 하는 것이다. 소지선은 상계에서 도피할 때보다 더욱 신중하게 경계를 발동하면서 점점 더 깊은 속계로 잠입해 들어갔다.

소지선이 이렇게 운명을 개척하려고 무던히 애를 쓰고 있을 때 평허선공은 편안한 마음을 가지고 은저산의 서남쪽 지역을 막 벗어났다. 이제 길은 전면에 세 곳으로 열려있다. 하나는 동쪽, 이곳은 옥황부 내계(內界)를 벗어나는 길이다. 또 하나는 옥황부로 직통하는 길이고, 나머지 하나는 동화선부로 가는 길이다.

평허선공은 일단 멈춰 서서 주변을 살폈다. 저쪽 멀리는 은저산이 아직도 거대하게 보이고 있는데, 이곳 경관은 아주 평화스러웠다. 평허선공은 이곳이 소지가 기다렸던 곳이라고 즉시 간파했다.

'음, 방금 전에 여기 있었던 흔적이 있는데…… 어디로 갔나? 허! 방향을 바꿨군. 동화선부……?'

평허선공은 고개를 갸우뚱하며 홀로 남모를 미소를 지으며 다시 행동을 개시했다. 이젠 지척간에 소지가 있다.

'그런데 소지는 무엇 때문에 방향을 동화선부로 잡았을까? 당초 계획이 동화선부 쪽이었나? 글쎄……'

평허선공은 이렇게 생각하며 약간 속도를 높였다. 물론 약간의 속도라고는 하지만 소지선의 그것과는 비교할 수도 없이 빠른 것이었다. 평허선공은 순식간에 큰 나무숲 근방에 와서는 급히 걸음을 멈추었다. 인적이 감지된 것이었다. 저쪽에서 동화선부의 순찰선들이 천천히 오고 있었다. 평허선공은 그냥 비밀리 지나칠까 하다가 혹시 어떤 소식이 있을까 하여 면대하기로 방침을 바꾸었다. 동화선부의 순찰선들은 한참만에야 평허선공이 서 있는 것을 알고 깜짝 놀라며 무릎을 꿇었다.

"어른을 뵈옵니다."

"음. 자네들은 여기서 무얼 하고 있나?"

"예. 저희들은 동화선부의 명령에 따라 염라대왕을 수색하고 있습니다."

"호, 그런가?"

평허선공이 속으로 생각해 보니 당치도 않은 일이었다. 이들이 어떻게 염라대왕을 수색한단 말인가? 그러나 이들을 탓할 수는 없다. 당초 염라대왕을 수색, 체포하라는 명령은 자신에게서 나온 것이 아닌가? 이런 명령은 단순히 명령만으로 그치는 것이지 누가 이것을 실행을 할 수 있는 것은 아니다. 이러한 능력은 평허선공 자신만이 가지고 있을 뿐 동화선부의 선인들에게는 해당사항이 아닌 것이다. 평허선공은 고개를 천천히 끄덕이고는 인자한 음성으로 다시 물었다.

"여기까지 오는 동안 누구를 못 봤나?"

"예, 아무도 만나지 못했사옵니다."

평허선공이 이 말을 들으며 주위를 슬쩍 살펴보니 소지가 지나간 흔적이 역력하게 남아있었다.

'이곳을 지나친 지 얼마 안 되었는데…… 이들은 전혀 감을 잡지 못했군. 소지도 제법인데……'

평허선공은 이들에게 더 이상 시간을 낭비할 필요가 없다고 생각했다.

"알겠네. 나는 이 길을 갈 테니 자네들은 가까이 은저산 입구에서 잠복하게, 혹시 염라대왕이 나타날지도 모르니까."

"예, 삼가 명을 받들겠사옵니다."

선인들이 씩씩하게 대답하자 평허선공은 소리 없이 사라졌다.

선인들은 다시 발걸음을 은저산으로 옮겼다. 은저산 입구까지는 아직도 상당히 먼 거리이다. 평허선공이 '가까이 은저산 입구'라고 표현한 것은 이들의 입장을 감안하지 않고 한 말이다. 게다가 잠복해서 염라대왕을 만난다는 것도 말이 안 된다. 염라대왕은 천 리 밖에서도 이들의 미세한 행동까지도 쉽게 감지할 수 있는 것이다. 평허선공이 이들에게 명령한 것은 염라대왕이 그 곳으로 소지선을 만나기 위해 반드시 나타난다는 점을 자기 자신에게 확인했을 뿐이지, 그 외에는 아무런 의미도 두지 않았다. 평허선공은 큰 나무숲을 나와 다시 갈림길에서 생각했다.

'또다시 방향을 틀었군! ……이 길은 남선부로 들어가는 샛길인데…… 아니! 속계로 가는 길이 아닌가!'

평허선공은 적잖이 놀랐다. 선인들은 고하를 막론하고 속계를 극단적으로 피하는 법이고, 사실 선인들에게는 이처럼 위험한 일은 드물다.

'소지가 위험한 길로 접어들었군…… 이토록 나를 피하고 싶단 말인가?'

생각해보니 평허선공은 어처구니가 없었다. 자기가 염라대왕과 소지를 찾고자 하는 것은 우선은 소지가 연진인으로부터 받고 있는 죄를 면해주려고 하는 것이 아닌가? 물론 소지가 죄를 짓게 된 것은 당초 평허선공 자신이 소지의 부하 성유선을 무단으로 유인해서 부당한 일을 시켰기 때문이었기에, 소지를 구원하는 일은 평허선공 자신의 빚을 갚는 셈이 된다. 이 때문에 평허선공도 번거롭게 소지선을 찾아다니는 것이지만 도대체 소지는 무엇 때문에 자신을 피해 다니는 것인가? 평허선공은 이 모든 일이 공연히 염라대왕이 끼어들어서 방해하기 때문에 발생한 것으로 보고 더욱 마음이 불편했다.

'음, 아무래도 평등왕에게 단단히 맛을 보여줘야겠군. 그건 그렇고, 소지는 너무 불쌍한 입장에 놓이게 된 것이 아닌가? 나 때문에 괜히 속계로 피신하게 되어, 거기서 더 큰 죄를 짓게 되는 것이나 아닐지 난감하군. 나도 속계로 내려가 봐야겠는데……'

평허선공은 얼마 전에 자신이 문복(問卜)하여 손위풍(巽爲風) 괘를 얻은 것을 상기했다. 이 괘상은 원래 자질구레한 일이 빈번히 발생한다는 뜻이 있지만, 일이 이토록 번잡한 데 이르게 된 것은 정말 기가 찰 노릇이었다. 평허선공은 자기도 모르게 탄식했다.

'흠…… 도대체가 되는 일이 없구나……'

평허선공은 일순 눈을 감고 마음의 안정을 도모하고는 운명에 순응하기로 작정했다.

'별수 없지! 이미 혼란은 시작 된지 오래고…… 허 참, 내가 무던히도 흙탕물 속에 뒹구는군……'

평허선공이 혼자 미소를 지으며 우울한 심정을 몰아내고는 막 출발하려는데, 또 다른 사건이 발생했다. 미세한 인기척이 발동한 것이었다. 이는 상당한 수준에 있는 선인의 행적으로 소지선보다 훨씬 뛰어난 공력이었다.

'누굴까? 대단한데……'

평허선공은 강한 호기심을 가지고 잠시 기다렸다. 그러자 잠시 후 나타난 선인은 묵정선이었다. 묵정선은 평허선공도 익히 알고 있는 공명정대한 선인이었다. 묵정선은 나타나자마자 황급히 예의를 갖추었다.

"삼가 문안 올리옵니다."

"음, 자네…… 묵정 아닌가?"

"예, 갑작스레 찾아뵈어 죄송스럽사옵니다."

묵정선은 무릎을 꿇은 채로 고개만 약간 들고 정중히 읊조렸다.

"나를 찾아왔다고?"

평허선공은 다정한 음성으로 말하며 묵정선을 재미있다는 듯이 쳐다봤다.

"예, 중대한 일이 있어 이렇게 선공께 무례를 범하게 되었사옵니다."

묵정선은 여전히 무릎을 꿇고 평허선공의 기색을 살폈다.

"중대한 일이라? ……알겠네. 우선 일어나게."

"예, 감사하옵니다."

"그래, 무슨 일이 그토록 급한가?"

평허선공은 궁금한 표정을 지으며 물었다.

"예, 어른을 모시고자 하옵니다."

"나를? 나는 지금 바쁜데……."

"예, 죄송하옵니다. 실은 선공께서도 싫다고 하시지 않을 일로 뫼시러 온 것이옵니다."

"음? ……허허, 그런 일이 있다고?"

평허선공은 드디어 웃음을 터뜨리고는 편안한 상태로 물었다.

"무언가? 거리낌 없이 얘기해 보게. 그러나 자네, 공연한 일로 나의 시간을 뺏었다면 벌을 줄 것이야."

평허선공은 잠시 날카로운 듯한 표정이 나타났지만 본색은 편안한 상태 그대로였다. 평허선공은 그만큼 묵정선을 신임하고 있는 터이어서 부드럽게 응대해 주는 것이었다.

"다름이 아니오라……."

묵정선은 정중한 태도로 조심스럽게 말하기 시작했다.

"옥황부에서는 십 년에 한 번씩 시석회(詩石會)라는 행사가 열리는데, 이번 행사를 선공께서 주관해 주셨으면 하옵니다."

"음? ……내가? 허, 옥황부의 일에 내가 무슨 상관인가?"

시석회는 평허선공도 익히 알고 있는 터였다. 이 행사는 세속으로 말하자면 예술전, 예컨대 국전 같은 것인데, 옥황부 산하 삼십삼천의 시와 돌이 출품되어 평가받는 행사이다. 세속과 다른 점이 있다면 시에 있어서는 시를 지은 본인이 출품하는 것이 아니라 누군가 나의 시를 추천 출품하는 것이고, 추천하는 선인도 상당히 격이 높은 선인으로서 시선(詩仙)으로 정평이 나있어야 한다. 돌은 물론 발굴한 선인이 직접 출품하는 것으로 이 품평회에서 인정받는 것을 선인들은 큰 기쁨으로 삼고 있는 것이다.

평허선공도 남달리 시와 돌을 좋아하거니와, 자신과 상관없는 옥황부 일이지만 바로 시석에 관한 일이기 때문에 약간은 흥미를 나타낸 것이다. 그러나 평허선공의 성격은 우연한 일을 싫어하기 때문에 느닷없는 제의를 선뜻 수락할 수는 없었다. 그렇지만 묵정선이 평허선공을 군이 모시려 했다면 이만한 정도의 성격 파악쯤은 사전에 이루어져 있을 것이다. 평허선공이 분명하진 않지만 거부의 뜻을 밝혔는데도 묵정선은 다시 설득을 계속했다.

"예, 선공께서 번거로우신 줄 아옵지만 이번 행사는 좀 특이하옵니다. 우리 옥황부에서는 이번 행사에 지난 천 년간 상품으로 평결된 일백 종의 시석을 모두 합쳐서 전체의 품평을 하게 되옵니다. 그래서 부득이 상선을 모시고자 하는데 당금 우주에 시석에 관해 평허선공께 견줄 분이 누가 있겠사옵니까? 저희로서는 이런 중요한 행사를 소홀히 할 수가 없어서 번거롭게 어른의 갈 길을 잠시 막아선 것이옵니다. 부디 통촉해 주시길 바라옵니다."

묵정선은 거침없이 할 말을 다 하고는 두 손을 맞잡고 비스듬히 옆으로 서서 아주 공손하게 서 있었다.

"음……."

평허선공은 좀 전보다는 한결 더 편안한 자세로 무엇을 생각하는 듯 하더니 재차 물었다. 음성은 다소 날카로운 듯했다.

"자네가 말한 뜻은 알겠네. 나도 옥황부 시석회에는 평소 관심이 있었네. 그런데 자넨 언제부터 옥황부 일에 이렇게 직접 뛰어다녔나?"

평허선공은 약간 의심스럽다는 듯이 캐물었다. 그러나 묵정선은 추호도 의심스러운 구석이 없이 당당하게 얘기했다.

"예, 얼마 전부터이옵니다. 당금 온 우주에 천명이 어긋나는 사태가 빈번하고, 특히 옥황 천하는 그 혼란이 극에 이르렀사옵니다. 급기야는 대라명이 내려지고, 옥황부 산하 선부는 조야(朝野)를 막론하고 협력하고 있는 중이옵니다. 저도 그 때문에 소집되어 진력하고 있는 중이옵니다."

"그런가? 그런데…… 어쩌지? 나는 지금 하고 있는 일이 있는데……."

평허선공은 망설이며 속으로는 생각을 진행시켰다.

'시석회라! ……이 행사는 몹시 흥미 있는 일인데…… 더구나 이번에는 천 년간의 모든 작품이 한 곳에 다 모이는 것이 아닌가!'

묵정선은 평허선공이 망설이며 생각에 잠기는 것을 보고는 일이 잘 되어 나가는 것으로 판단했다. 그러나 겉으로는 조금도 내색하지 않고 오히려 근심하는 표정을 짓고 있었다. 평허선공은 생각을 계속했다.

'지금 내게 바쁜 일이랄 게 없다. 바쁘기는커녕 할 일이 없어 하찮은 일로 방황하고 있지 않은가! 이럴 때 잠시 휴식이 필요한 것이야. 마침 시석회가 있다니 잘 됐군! 소지를 찾는 일은 동화선부에 맡겨도 되겠지. 그들이라면 속계에 들어가 있는 소지를 놓치지는 않을 거야. 아니면 내가 잠깐 내려갔다와도 되고……'

"묵정, 자네의 청을 들어 주겠네. 그런데 잠깐 할 일이 좀 있네. 시일이 언제인가?"

"예, ……저, 시일이 급하옵니다. 현재 작품은 다 접수해 놓고 기다리고 있는 중이옵니다. 선공께서는 지금부터 옥황부로 떠나신다 해도 시간이 많이 걸리지는 않사옵니다만, 저는 걸음이 느려 선공의 행보에 맞출 수가 없사옵니다. 죄송스럽지만 선공께서 저의 행보에 맞춰 지금 출발하셔도 조금 늦을 것 같사옵니다."

"그런가? ……그럼 좋아. 함께 가도록 하지."

평허선공은 어쩔 수 없다는 생각이 들었다. 소지를 잡는 문제는 가는 길에 다른 선인에게 지시를 내려 동화선부에서 출동하도록 하면 될 것이라 생각했다. 마침 조금 전에 동화선부 소속 선관들에게 은저산 입구에서 기다리라고 명령해 두었으니 그 길로 가면 될 것이다.

"자, 출발해 볼까?"

평허선공이 출발을 명하자 묵정선은 급히 앞장을 서고 평허선공은 천천히 그 뒤를 따라 신족을 운행했다. 이로써 묵정선은 평허선공의 염라대왕 추적을 방해할 수 있게 된 것이다. 당초 묵정선이 옥황부 안심총으로부터 평허선공을 방해하라는 명령을 받았을 때는 심히 난감하여 이를 풍곡선에게 자문을 구한 바 있다. 이때 풍곡선은 대단히 훌륭한 방법을 제시해 주었는데, 그것이 지금 적중한 것이다.

풍곡선은 평허선공의 취미를 익히 알고 있었고, 마침 옥황부에서 시석회가 열리는 것을 계기로 이것을 평허선공을 잡아 놓는데 이용한 것이다.

묵정선은 평허선공을 모시고 옥황부로 향하면서 크게 안도감을 가졌다. 이제 평허선공이 옥황부 행사에 참여하는 동안 염라대왕은 소지선과 어디론가 뜻한바 대로 떠나가 버릴 것이다. 염라대왕이 소지선을 데리고 가는 곳이 어디고 그 뜻이 무엇인지는 묵정선으로서는 알 길이 없다. 그러나 옥황부의 방침이 염라대왕을 돕고 평허선공을 방해하는 것이어서 묵정선은 이에 따랐을 뿐이다. 평허선공이 옥황부에 도착하게 되면 시석회 외에도 평허선공을 잡아놓기 위한 다른 술수가 기다리고 있을 것이다. 물론 이는 안심총에서 계획한 일이라서 묵정선의 책임은 아니다. 묵정선은 평허선공을 옥황부에 데려오는 것으로 임무가 끝나는 것이다.

평허선공은 자신이 시석회를 주관하기 위해 옥황부로 가는 일 속에 이런 음모가 있는 것을 모르고 있었다. 그러나 묵정선도 또한 모르는 것이 있었다. 그것은 소지선이 속계로 숨은 사실이고, 또한 평허선공이 옥황부로 가기 전에 먼저 동화선부에 출동령을 내릴 것이란 사실이다. 묵정선이 마음속으로 태평하게 보행을 계속하고 있을 때 평허선공이 돌연 멈출 것을 명령했다.

"묵정, 잠깐 서게! ……할 일이 좀 있네!"

"예?"

"금방 끝나는 일이야. 자넨 여기서 잠시만 기다리고 있게!"

평허선공은 이렇게 말해놓고 순식간에 사라졌다. 잠시 후 평허선 공이 나타난 곳은 은저산 입구였다. 그곳에서 기다리던 선인들이 평 허선공을 보자 급히 무릎을 꿇었다.

"다시 뵙사옵니다?"

"음, 자네들 여기서 기다릴 필요가 없네! 급히 동화선부로 가게!"

"예? 무슨 분부가 계시온지요?"

"음, 가서 동화궁주에게 이르게! 즉시 체포대를 남선부 산하 속계 로 파견하여 소지선을 체포, 압송하라고……."

"예, 명을 받들겠사옵니다."

선인들은 영문을 알 길이 없었지만 평허선공의 명이니 즉시 행동에 옮길 수밖에 없었다.

평허선공은 명령을 마치고는 사라져 다시 묵정선이 있는 곳에 나 타났다.

"묵정, 자! 다시 떠나세."

평허선공은 아무 일이 없었다는 듯이 갈 길을 재촉했다. 묵정선은 평허선공이 말해주지 않는 일을 감히 물어볼 수도 없거니와 소지선 에 관한 일로 평허선공이 잠시 사라진 것으로는 생각할 수가 없기 때 문에 여전한 마음으로 출발했을 뿐이다. 두 사람은 이제 옥황부를 향해 쉬지 않고 보행을 계속할 뿐이다.

길고 긴 회의

옥황부에서는 지금 회의가 열리고 있었다. 회의는 예의 상일선이 주재하는 일상적인 것이었지만, 이번에는 참석한 선인들이 여느 때보다 훨씬 많았다. 모두들 표정이 밝지 않았고 근심이 서려 있었는데, 일어나서 발언하고 있는 선인은 좌고(坐古)였다. 좌고선은 옥황부 직할 천명예측기관의 대선관이었다. 좌고선은 주변을 살피지 않고 곧바로 서서 독백을 하듯 천천히 상황을 설명해 나갔다.

"근일에 와서 혼란은 점점 더 가중되고 있는 것 같습니다. 현재 옥황부 휘하 삼십삼천에서 발생한 천명이 어긋나는 사태는 큰 것만 해도 수만 건에 달하고 있어 이젠 미래 예측이 정확하다는 보장이 없습니다. 뿐만 아니라 아주 강하고 분명한 숙명적인 것조차 궤도에서 벗어나 엉뚱한 쪽으로 흘러가고 있습니다. 물론 그 원인을 알 길이 없습니다. 사태는 점점 악화할 것으로 보이는데, 당장 특별한 대책이 나오지 않는 한 머지않아 옥황부가 우주를 다스리고 조절하는 일이 불가능할 것입니다. 그리고……."

좌고선의 설명은 더 들어볼 것도 없이 비관으로 가득 차 있었다.

한참만에야 모든 보고를 끝낸 좌고선은 일어났을 때와 마찬가지로 좌우를 살피지 않고 곧장 앉아버렸다. 잠시 무거운 침묵이 장내를 덮고 있었다. 회의의 주재자인 상일선은 말없이 한숨을 짓고는 다음 발언자를 독려했다.

"흠…… 그럼, 다른 분이 발언해 주시오."

"예, 죄송합니다만 저도 좋지 않은 소식을 전할까 합니다."

일어난 선인은 중유였는데, 중유선은 옥황부 의행(醫行) 대선관이었다.

"최근에 올라온 보고에 의하면 미수천(美壽天) 산하 어느 선부에 괴이한 질병이 발생했는데, 그 원인을 알 수가 없고, 현재 확산 추세라고 합니다."

중유선이 이렇게 얘기하고 있는 중에 좌중에 있는 여러 선인들은 속으로 생각했다.

'그런 일이라면 단순히 의료 문제인데 지금 이 자리에서 얘기할 필요가 있을까……?'

상일선도 이렇게 생각하고 발언을 제지시키려 했으나 중유선은 이미 다음 얘기를 진행시키고 있었다.

"질병은 단순히 신체적인 것이 아니라 정신병인데, 그것은 영혼 자체의 병인 듯 보입니다. 그리고 이 병은 증상이 아주 심한데, 마치 전염되듯 한 지역에서 다른 지역으로 차례로 발생하고 있습니다만, 치료 방법은 전혀 연구돼 있지 않은 실정입니다."

중유선이 발표한 병이 정신병으로 영혼 그 자체의 병이라고 말하자 좌중은 그제야 관심을 나타냈다.

"그것이 육체의 병이 아니라 영혼의 병이란 것을 어떻게 알 수 있었습니까?"

상일선이 물었다.

"예, 그것은……."

중유선은 미소를 지으며 상일선을 마치 어린애 보듯 하면서 설명했다.

"아주 단순한 방법이지요. 그 정신병을 앓고 있는 선인이 몸으로부터 영혼을 완전히 이탈시켰을 때에도 증상이 여전했기 때문에 몸이나 뇌수의 병이 아니라는 것을 알았지요."

"그런가요? ……그런데 영혼 자체의 정신병이란 도대체 어떤 것인가요?"

상일선이 이렇게 물었을 때 좌중의 모든 선인들도 대단히 흥미를 가지고 중유선을 바라봤다. 영혼의 정신병이란 옥황부 역사에 한 번도 들어본 적이 없었던 미증유의 병이기 때문이었다.

"예, 증상은 여러 가지입니다. 열거하자면 기억 상실증으로부터 시작하여 자아 상실, 논리 기능 감소, 감정 조절 불능, 인식 능력 저하 등 다양합니다. 그리고 이 영혼의 병으로 인해 몸에서도 급격한 이상이 발생합니다. 물론 몸의 병은 즉각 치료할 수 있으나 얼마 안가서 다시 생기는 것이니, 말하자면 밑 빠진 독에 물붓기입니다. 문제는 영혼 그 자체의 치료입니다."

"호, 그건 난감한 일이로군요…… 그래 현재 상황은 어떻습니까?"

"예. 그 병이 처음 발생한 선부는 업무 기능이 완전히 마비돼 있고, 그 근방의 선부에서도 점점 만연되어 가므로, 그 선부를 폐쇄하고 일체 접근이 금지되고 있습니다. 현재 그 지역은 비상사태가 선포되어 있습니다."

"그렇습니까? 그럼 무슨 대책이라도 있습니까?"

상일선이 근심스레 묻자 좌중은 상일선의 표정을 바라보다가 중유선이 말하기 시작하자 다시 중유선을 바라봤다.

"글쎄요, 아직 뚜렷한 대책은 없습니다. 현재 특별 연구반이 편성되어 그 지역으로 출행 중에 있습니다. 어쩌면 대책이 나올지도 모르지요."

중유선은 여전히 미소 비슷한 표정을 짓고 있었다. 다른 선인들은 이 분야를 잘 모르고 있기 때문에 중유선과 그 휘하 관할 부서에서 알아서 할 것이라 믿고 있을 뿐이었다. 상일선은 중유선의 표정이 과히 마음에 들지 않았다.

"알겠소. 추후 다시 듣기로 하지요. 다음 분 말씀하시지요."

상일선은 다소 냉정하게 말을 끊었다.

"예, 제가 말씀 드리지요."

일어난 사람은 측시였다. 측시선은 천명관으로서 지위가 상일선과 동격이고 옥황부 직할 안심총을 지휘하는 대선관이었다. 안심총은 특별한 임무를 맡고 있기 때문에 측시선이 일어나자 좌중은 긴장을 하고 측시선이 말하기를 기다렸다. 측시선은 일단 좌중을 한번 둘러본 연후에 작은 목소리로 서두를 꺼냈다. 일부러 긴장된 분위기를 이끌어내려는 기색이 역력했다. 측시선은 자신이 맡고 있는 일에 관해서 아주 유능하다고 정평이 나 있지만 일반적으로 성격 내지 인격에 대해서는 그리 평판이 좋지 않았다. 측시선은 나쁜 평판을 입증이라도 하려는지 쉬운 말도 어렵게 시작했다. 측시선은 원래 자신이 무슨 말을 할 때는 남이 일체 끼어들지 못하게 하지만 남이 말하는 것은 오래 견디지 못해서 자주 끼어들어 언어의 자연스런 흐름을 막는 것으로 특히 유명했다.

"저희 안심총에서는……."

드디어 측시선이 얘기를 시작했다.

측시선이 말하는 방법은 종종 사람의 기분을 상하게 하지만 그 내용만은 언제나 치밀한 것으로써 중요한 문제의 정곡을 곧바로 드러낸다.

"최근 중요 정보를 입수했습니다. 다름이 아니라 연진인에 관한 것인바……."

측시선은 연진인이란 단어에 특히 힘을 주어 말했는데, 좌중은 연진인이란 말에 충격을 받고 잠시 술렁이고는 다시 긴장 상태에서 침묵했다. 모두들 측시선을 바라보며 다음 말을 기다렸다. 측시선은 만족한 듯이 혼자 날카로운 표정을 짓고는 계속했다.

"우리는 어떤 선인을 추적하고 있습니다. 이 선인은 연진인에게 밀명을 받고 속계에도 한 번 출현한 적이 있는데, 현재는 갑자기 모습을 나타내어 신시 정산 쪽으로 향하고 있습니다. 우리는 그 선인을 체포하지 않고 비밀리 뒤를 밟고 있습니다. 그 선인은 필경 우리를 연진인이 있는 곳으로 안내할 것으로 보입니다."

측시선은 여기서 말을 멈추었는데, 상일선은 크게 관심을 나타내며 물었다.

"그 선인이 도대체 누구입니까?"

"예, 그 선인은 바로 지일선(至一仙)입니다."

"아니? 지일선이라면 전에 옥황부 감찰선관으로 있다가 은퇴한 선인이 아닙니까?"

"그렇습니다. 지일선은 이미 오래 전에 선관직을 물러나서 잠적하였으나 얼마 전 갑자기 출현한 것입니다."

"그렇습니까? 그런데 지일선이 연진인으로부터 무슨 밀명을 받았습니까?"

상일선이 묻고 있는 동안 좌중의 선인들은 숨을 죽이고 시선을 측시선에게 집중했다.

"예, 그것은……."

측시선은 목소리를 최대한 낮추었다.

"남선부 산하 속계인 정마을이란 곳에서의 일입니다."

"예? 정마을입니까?"

정마을이란 말에 좌중은 크게 술렁거렸다. 정마을은 이미 옥황부의 중요 선관들에게는 신비의 지역으로 잘 알려져 있었다. 그 곳에는 육십여 년 전 태상노군이 출현하여 풍곡선에게 밀명을 내린 바 있고, 현재는 서선 연행, 역성인 정우, 즉 건영이, 소정 공주, 소화 공주 등 당금 사태에 중요한 의미를 띠고 있는 특별한 인물들이 살고 있는 지역이다. 현재 옥황부에서는 정마을 동태를 예의주시하고 있을 뿐 아니라 이들이 갖는 의미를 해독하려고 필사적으로 매달려 있는 형편이었다. 그런데 또다시 정마을이 거론되다니! ……분명히 정마을에는 무엇이 있긴 있는 것인가? 아니면 단순히 중요 사건에 한 번 등장하고는 지나쳐 버리는 부수물인가? 정마을! ……선인들은 아연 긴장하고는 측시선의 다음 말을 기다렸다. 그러나 말을 먼저 꺼낸 선인은 상일이었다.

"정마을에서 무슨 일이 있었습니까?"

상일선이 음성을 높이고 다소 급하게 묻자 측시선은 오히려 아예 침묵을 하려는 듯 조금 길게 아무 말도 하지 않고 있었다. 그러나 좌중은 조급한 마음을 갖지는 않았다. 누구나 측시선의 이 나쁜 버릇을 잘 알고 있기 때문이었다. 선인들 중에 누구도 재차 묻지 않고 기다리자 드디어 측시선이 말문을 열었다.

"그 내용은 원회선이 보고해 드릴 것입니다."

측시선은 자기와 같은 안심총 소속인 부하 선관을 가리켰다.

"예, 제가 그것을 설명해 드리겠습니다."

측시선은 앉고 원회선은 일어났다. 원회선은 자리에서 일어나자마자 정중한 자세로 즉시 설명을 시작했다.

"지일선이 연진인으로부터 받은 명령은 지난 어떤 시기에 역성 정우, 현재는 정마을에 있는 건영이란 아이를 구하라는 것이었습니다. 그 시기는 태상노군께서 풍곡선에게 보호하라고 명령하신 숙영이, 즉 전생의 소정 공주가 정마을에서 호랑이를 만나 위험했던 그 시기와 일치합니다. 당초 풍곡선은 숙영이를 긴 세월동안 자신이 보호하고 있던 중 건영이가 출현한 연후에는 능인에게 건영이를 보호하라고 맡겼습니다. 이는 좀 이상한 것으로써 나중에야 그 이유가 밝혀졌습니다. 우리 옥황부에서는 특사를 파견하여 풍곡선을 심문한 바 있었는데, 그 당시 밝혀진 사실은 태상노군으로부터 받은 지시는 소정 공주, 즉 숙영이란 아이를 보호하라는 것이었습니다. 풍곡은 언젠가부터, 말하자면 건영이가 정마을에 출현한 이후부터는 숙영이 문제는 일체 덮어두고 건영이만을 보호하라고 능인·박씨 등에게 지시하였습니다. 풍곡이 이렇게 하는 데는 사실 깊은 뜻이 있었던 것으로 우리 안심총에서 연구한 결과 드러났습니다."

원회선이 이 부분을 얘기하고는 자신의 상관인 측시선을 슬쩍 바라봤다. 측시선은 고개를 천천히 한 번 끄덕이고는 다시 생각에 잠기는 표정을 지었다. 원회선이 계속했다.

"그 연구 결과는 숙영이와 건영이 두 사람은 운명적으로 굳게 연결되어 있어서 두 사람이 서로 한 곳에 있으면 서로가 생명을 구해주는 힘이 생기는 것이었습니다. 풍곡선도 이것을 진작부터 잘 알고 있어서 건영이만을 보호하라고 시킨 것 같습니다. 말하자면 태상노군 → 풍곡 → 숙영이와 태상노군 → 풍곡 → 건영이 → 숙영이는 결국 같은 뜻이 됩니다. 그러면 여기서 지일선의 역할을 살펴보기로 하지요. 그 당시, 즉 호랑이가 출현했던 당시 풍곡선은 능인에게 건영이를 보호하라고 엄중히 지시하고는 연진인을 만나기 위해 정마을을 떠나 있었습니다. 그런데……."

"잠깐!"

원회선의 말을 상일선이 막았다.

"죄송합니다만 능인·박씨 등은 도대체 누구입니까?"

"아, 예. 능인은 풍곡선의 도반인 한곡선의 제자입니다. 한곡선은 풍곡선에 버금가는 아주 뛰어난 선인입니다. 그리고 박씨는 정마을의 주민으로 풍곡선이 아끼는 뱃사공입니다. 현재 서울이라는 마을에 출행 중입니다."

"예, 알겠습니다."

상일선은 속세의 인간에 대해 원회선이 필요 이상으로 자세히 설명하는 바람에 민망한 표정을 짓고는 다시 계속할 것을 종용했다.

"그럼, 지일선의 얘기를 계속하시지요."

"예, 계속하겠습니다. 당시 능인은 풍곡선으로부터 엄중히 지시받았음에도 불구하고 방심 상태에 있었습니다. 능인은 이렇게 생각했을 것입니다. '이런 산중에 무슨 별다른 위험이 있을라고……' 그러나 호랑이가 등장해 정마을의 가축을 물어가는 등 위기는 능인이 방심하는 사이에 점점 깊게 진행되었습니다. 끝내는 숙영이의 현생 아버지가 물려가고 숙영이는 일촉즉발의 상태에 몰리게 되었습니다. 물론 숙영이는 운명이 이때 끝나는 것으로 되어 있었는데, 이 천명이 어긋나게 되는 사태도 이 시기에 발생한 것으로 복잡한 사연이 얽혀 있습니다. 따라서 이 의미는 아직 연구 중에 있습니다. 그건 그렇고, 당시 능인은 면벽 명상 중에 있었습니다. 만일 계속 그 상태로 두었더라면 숙영이는 호랑이한테 물려 죽어서 상황은 끝났을 것입니다. 그런데 이때 지일선이 등장했습니다. 지일선은 호랑이가 출현하기 훨씬 전에 정마을에 잠입하여 건영이를 암암리에 보호, 감시 중에 있었는데, 자신이 직접 나서도 될 일을 교묘하게 처리하기 위해 능인을 불러들였습니다. 물론 능인은 풍곡선으로부터 지시를 받은 바 있고 도력도 아선에 이르러 있었기 때문에 충분한 실력이 있었지만, 잠시 방심 상태에 있었을 뿐이었습니다. 지일선은 강한 염파를 뿌려 능인의 경각심을 불러일으켰습니다. 당시 능인은 명상 중에 불길한 예감을 느끼고 급히 하산한 결과, 시기에 늦지 않게 겨우 숙영이와 건영이를 구할 수 있었습니다. 물론 능인은 자신이 느낀 불길한 육감이 지일선이 뿌려준 염파 때문인 줄은 꿈에도 모르고 숙영이와 건영이를 구한 안도의 한숨을 쉬었습니다. 이 사건 후 지일선은 즉시 잠적했다가 최근 남선부 관할 소관인 밀지(密地) 근방에서 출현하여 어디론가 이동 중 우리 기관에 포착되었습니다. 우리 안심총에서는 오래 전에 이미 지일선의 행동을 밝혀내고 탐색해 오던 중 이런 개가를 올리게 된 것입니다. 이제 지일선은 숙영이의 천명이 어긋나게 한 범인이고, 능인이라는 속세 인간과 불필요한 인연을 맺게 되어, 앞으로 수많은 사연에 말려들게 될 것입니다. 능인은 아무것도 모르는 채 운명의 벌을 받게 될 것입니다. 그러나 중요한 것은 지일선이 머지않아 우리를 연진인이 계시는 곳으로 안내할 것이라는 것입니다. 이 점에 관해서는 좀 더 상황이 진전되면 보고해 드릴 것입니다."

이윽고 원회선이 설명을 끝내고 자리에 앉았다. 상일선은 다른 주제로 넘어가려고 좌중을 살피는데 측시선이 다시 일어났다.

"제가 할 이야기가 더 있습니다."

측시선이 일어나자 좌중은 이번엔 또 무엇일까? 하고 흥미 있는 시선을 주었다.

"평허선공에 관한 일입니다."

평허선공? 좌중은 평허선공이란 단어에 귀가 번쩍했다.

'오늘 회의는 흥미 있는 일이 많구나……'

좌중들이 이렇게 생각하는 동안 측시선은 거침없이 설명해 나갔다.

"우리 안심총에서는 현재 벌어지고 있는 염라대왕과 평허선공 사이의 쟁투에 관여하여 염라대왕을 돕기 위해 평허선공을 유인할 공작을 추진 중에 있었는데, 현재 그 공작이 결정적인 단계에 와 있습니다. 조금 전에 들어온 보고에 의하면 묵정선이 평허선공을 만나고 있다고 합니다. 필경 묵정선은 평허선공 유인에 성공하여 지금쯤 옥황부 쪽으로 오고 있을 것입니다. 이에 우리는 공작의 완전함을 위해 또 다른 작전을 마련해 두어야 할 것입니다."

측시선은 일단 말을 중단하고 상일선을 바라봤다. 상일선은 잘 납득이 가지 않는 듯이 의아스런 표정으로 물었다.

"평허선공께서 어떻게 해서 이곳으로 오시게 됩니까?"

상일선과 좌중은 평허선공이 염라대왕을 추적하는 중이라는 것을 이미 알고 있었지만 그것을 방해하여 염라대왕의 편의를 돕는 방법에 관해서는 난감하게 생각 중이었던 것이다. 물론 그 일은 소관 부서인 안심총에서 추진할 사업이지만 옥황부의 중요 사안인 만큼 모두 궁금해 하던 차였었다. 측시선은 시원하게 답변했다.

"예, 그것은 묵정선이 풍곡선에게 물어서 구한 방법인데, 이번 옥황부 시석회에 참관시키는 일입니다."

"예? 풍곡선이오?"

풍곡선이란 말이 나오자 좌중은 다시 한 번 긴장했다.

"그렇습니다. 아시다시피 풍곡선은 심문을 받기 위해 정마을로부터 옥황부에 소환 받아 올라와 있는데, 묵정선은 어려운 문제에 봉착하여 풍곡선에게 방책을 문의했던 것입니다."

"그런가요? 그럼 우리가 취할 후속 조치는 무엇인가요? 평허선공을 상대로 과연 기만술이 통할 수 있을까요?"

"허허, 그 점은 염려 마십시오. 평허선공께서는 이미 우리의 기만 작전에 말려드시어 이곳으로 오시고 계십니다. 이곳에 와서는 행사를 주관하시겠지만, 그 뒤에 우리가 외교적 행사를 이어서 마련하면 평허선공을 오래 붙잡아둘 수 있을 것입니다."

상일선은 그래도 근심스럽다는 듯이 고개를 갸우뚱하더니 다시 질문 형식으로 말했다.

"그렇습니까? 그런데 중요 문화 행사를 이런 험한 일에 이용해도 되는 것일까요? 상서롭지 못한 일인데……."

"예, 그 점은 특히 걱정 안 하셔도 될 것입니다. 평허선공으로 말하자면 당금 온 우주를 통틀어 시석에 관한 한 최고 권위자입니다. 더구나 품평을 하는 문제는 오히려 객인이 하는 것이 더 공평한 것이 아닙니까?"

"그렇군요."

상일선은 반신반의하면서 고개를 끄덕였다. 하기야 상일선이 말한

대로 문화 행사에 험한 정치적 문제가 개입된 것이라 해도 어쩔 수 없는 것이다. 옥황부는 현재 위기 상황이라 문화 행사쯤은 아예 취소해도 될 만한데, 그것을 이용하여 정치적으로 중요한 일을 추진한다면 오히려 다행일 수도 있다. 게다가 시석에 관해 달인의 경지에 있는 평허선공이 행사를 주관해 준다면 의도야 어쨌든 간에 결과만은 절대 나쁠 리 없는 것이다. 평허선공 자신도 시석에 관한 일이라면 크게 기뻐할 것이고, 행사를 실질과 권위가 있게 이끌어나갈 것이다. 단지 우리가 행사만을 위해 평허선공을 초청하는 것이 아니라 일종의 기만술로써 대덕을 희롱하는 것이니 죄송스럽기 그지없다. 그러나 현재 상황이 이런 일도 마다할 수 없는 것이라면 어쩔 수가 없다. 이것도 운명이라면 운명인 것이니 달게 받아야만 할 것이다. 이렇게 체념한 상일선은 어느 정도 얼굴빛을 펴면서 측시선을 바라봤다.

"더 말씀하시겠소?"

"예, 좀 더 말씀 드릴 것이 있습니다만……."

측시선은 질기게도 또 하나의 사안을 전개하겠다고 한다. 이번에도 좌중은 호기심을 나타냈다. 안심충에서 발표하는 일은 언제나 긴박한 것으로 소관 부서가 아니라도 흥미가 있을 뿐 아니라 돌연 엉뚱한 부서와도 연결되므로 측시선이 말을 더 하겠다는 것을 말릴 필요가 없는 것이다. 사실 측시선은 원래 할 말을 어렵게 하거나 남의 말을 막거나 하지만, 불필요한 말은 하지 않기 때문에, 누구든지 측시선이 말하고자 하면 굳이 말리려 하지는 않는다. 이런 것을 보면 어떤 사람이라도 조금은 장점이 있게 마련인가 보다.

상일선은 미소를 지었다.

"그럼, 더 듣기로 하지요."

측시선은 좌중을 얼핏 둘러보고는 말하기 시작했다.

"동화선부에 관한 일입니다. 평허선공께서는 염라대왕을 추적하심에 앞서 동화궁주에게 명령을 내리셨습니다. 염라대왕을 체포하라고…… 이에 동화궁주는 마치 기다렸다는 듯이 자신이 관할하고 있는 선부, 즉 옥황부를 제외한 모든 선부에 염라대왕 체포령을 하달했습니다. 도대체 평허선공이 누구십니까? ……동화궁주는 옥황부에 소속된 중요 선관입니다. 염라대왕도 마찬가지입니다. 그런데도 동화궁주는 옥황부에 문의 한 번 없이 옥황부 직할 선관인 염라대왕을 체포하라는 명령을 내렸습니다. 더구나 염라대왕은 자신보다 직위가 높은 선관입니다. 이는 명백히 하극상입니다. 그리고 아무것도 모르는 휘하 선부에 그와 같은 명령을 내린다는 것은 월권행위입니다. 게다가 이토록 중요한 사안을 옥황부에 문의 없이 독단적으로 처리한다는 것은 반역적 행위입니다. 그 반역 행위는 평허선공과 더불어 일으키는 것이니 확실한 물증도 있는 것입니다. 그러므로 저는 이 자리에서 동화궁주를 죄인으로 문책할 것을 제안하는 바입니다. 동화궁주는 마땅히 직위에서 해제되고 체포, 압송해야 할 것으로 압니다."

측시선은 여기에 이르러서 잠시 말을 중지하고는 굳게 입을 다문 채 날카롭게 좌중을 쏘아봤다. 자신의 견해에 찬동해 달라는 표정이었다. 그러나 모두들 속으로만 생각하며 말을 못하고 있는데, 한 선인이 일어났다.

"아니됩니다. 당치도 않아요."

일어난 선인은 청인(淸忍)인데 단호한 음성으로 말하며 일어난 것이다. 보통의 경우 측시선에 대해 정면으로 반대 의견을 내는 경우는 그리 흔치 않다. 이번의 경우에도 그와 같아서 좌중들은 숨을 죽이고 조심스럽게 측시선을 바라봤다. 필경 측시선은 화를 내고 언성을 높이며 그 달변으로 청인선을 궁지에 몰아넣을 것이다.

"예? 어째서 아니 된다고 합니까?"

측시선은 우선 호흡을 가다듬기 위해 아무렇지도 않은 음성으로 반문했다.

"예, 동화궁주는 평허선공의 명령에 대해 옥황부에 문의해왔고, 옥황부에서도 분명한 답변을 하지 않았습니다. 동화궁주가 잘못이 있다면 옥황부에도 잘못이 있습니다."

"잠깐!"

측시선은 청인선의 말을 막았다. 예의 그 말을 막는 버릇이 발동한 것이다.

"동화궁주가 옥황부에 문의한 것은 이미 월권행위를 저질러 놓고나서 입니다. 이는 우리 기관에서 엄밀히 측정한 것입니다."

"호, 그렇군요. 워낙 대단한 안심총이니까요. 그러나……"

청인선은 조금도 기세가 죽지 않고 빈정대는 투로 측시선의 말을 막고는 자신의 논지를 전개했다.

"동화궁주가 평허선공으로부터 명령을 받을 때 평허선공께서는 난진인의 영패를 앞세웠습니다. 당연히 평허선공의 명령을 받들어야 했을 것입니다. 만일 측시선께서 직접 그런 경우에 처했다면 어떻게 했을 것입니까?"

"그건…… 음……"

측시선은 잠시 말을 잊고 생각하려는데, 청인선이 다시 말을 이었다.

"정작 죄인이라면 염라대왕입니다. 염라대왕은 옥황부 산하 삼십삼천의 모든 부서에서도 가장 제자리를 지켜야 하는 직책에 계십니다. 그런데도 아무런 이유도 없이, 혹은 아무런 이유도 밝히지 않고 돌연 잠적하셨습니다. 이는 중요한 근무 이탈입니다. 당연히 체포되어 그 죄를 추궁 받아야 할 것입니다. 저는 이 자리에서 염라대왕의 체포령을 발령하도록 청원하는 바입니다."

청인선은 자리에 앉고 좌중은 한동안 술렁거렸다.

"자! 그럼……."

상일선은 측시선을 바라보며 의중을 물었다.

"측시선께서는 다른 의견은 없으십니까?"

"예, 좋습니다. 염라대왕께서 근무를 이탈하여 잠적하신 것에 대해서는 청인선의 말씀대로 논죄해야 마땅하다는 것에는 저도 찬성합니다만, 저간에 무슨 사정이 계셨는지에 관해서는 좀 더 조사를 해봐야 한다고 생각합니다. 그리고 동화선에 대해서는 좀 더 말씀 드리겠습니다."

측시선은 음성을 낮추면서 기가 좀 죽은 듯 청인선과 좌중을 둘러봤다. 그러나 이는 상투적인 수법으로 측시선의 마음속에는 어떤 술수가 숨어있는지 모른다. 절대 방심할 일이 아니다. 측시선은 여전히 음성을 낮추고 말을 계속했다. 좌중은 긴장보다는 흥미를 가지고 경청하고 있었다.

"방금 청인선께서 평허선공께서 난진인의 영패를 앞세우셨다고 말씀하셨는데, 그 점은 맞습니다. 그러나 그전에, 그러니까 평허선공께서 아직 난진인의 영패를 휴대하시기 전에 동화궁주는 이미 죄를 범하고 있었습니다. 다름이 아니라 전날에 평허선공께서는 남선부의 소속 선관 성유선을 부추기셔서 역성 정우, 즉 건영이를 죽이려 했습니다. 물론 건영이는 죽을 운명이었지만 그런 식으로 죽을 운명은 아니었습니다. 그런데도 평허선공과 성유선은 부당하게도 천명을 어기면서 속세의 일에 관여한 것입니다. 이를 당시 연진인께서 밝혀내시고 고휴선을 통해 동화궁주에게 체포를 명하셨는데, 이 때 동화궁주는 평허선공을 즉각 체포하기는커녕 긴 세월동안 대접한 후 환심을 사고 나서 체포당한 후 다시 도망하시도록 금선과 의논한 바 있습니다. 이 일은 연진인에 대한 불경일 뿐만 아니라 옥황부 산하 소속 선관으로서 죄인의 도주를 방조한 것입니다. 이 또한 불법일 뿐만 아니라 옥황부 질서에 정면 도전하는 반역 행위입니다. 그 외에도 평허선공께서 하시는 일을 사사건건 도우면서 휘하 선부를 사용(私用)하고 있습니다. 어째서 옥황부 일에는 외면하는 동화궁주가 외계인인 평허선공의 일에는 그토록 열심입니까? 현재 동화궁주는 옥황부의 일보다는 평허선공의 일에만 열중입니다. 옥황부의 일은 아예 외면하고 있습니다. 저는 이 자리에서 제 이름을 걸고 장담하거니와 동화궁주는 마음이 딴 곳에 가있습니다. 머지않아 또 다른 행동의 증거가 나타나겠지만 동화궁주는 이미 우리 옥황부 소속 선관이라 볼 수 없습니다. 다시 한 번 저는 동화궁주의 체포를 탄원합니다."

여기까지 얘기한 측시선은 청인선을 쳐다보지 않고 얌전히 자리에 앉았다. 이래야만 발언의 효과가 더욱 두드러지는 것은 물론이다.

상일선도 고개를 끄덕였다.

"두 분의 의견을 잘 들었습니다. 모두 일리가 있는 것 같은데 이곳에서 결정할 일이 아닌 것 같군요. 즉시 상부에 보고하여 필요한 결단을 내리겠습니다."

상일선이 필요한 결단이란 단어를 사용한 것은 측시선의 견해에 찬동한다는 뜻이 분명했다. 좌중도 대체로 같은 견해를 가지고 있는 듯 보였다. 그러자 청인선이 다시 일어났다.

"한 말씀 더 드리겠습니다. 듣고 보니 동화궁주가 죄를 범한 것은 분명하나 이를 졸속히 처리하다가는 동화궁주의 재량권을 침해할 수도 있습니다. 그러니 신중한 배려가 있어야 할 것입니다. 그렇지만…… 염라대왕의 근무 이탈은 난진인의 영패로 인한 것도 아니고 옥황부의 명령에 의한 것도 아닙니다. 단순히 사적인 사연에 의해 중요 임무를 저버린 것이니 마땅히 논죄되어야 한다고 생각합니다. 동화궁주는 한직에 있으므로 가끔 부득이한 경우 사적인 행동이 있어도 이해해 줄 수 있으나 염라대왕께서는 그런 자리가 아닙니다. 잠시도 업무를 소홀히 할 수 없는 그런 직책입니다. 지금 당장도 무슨 일이 발생할지 모릅니다. 지금 이 시간에도 끊임없이 발생하는 옥황부 죄수들이 정당히 취급되는지 어떤지도 모릅니다. 현재 누가 도대체 염라부를 관장하고 있습니까? 물론 평허선공께서 난진인의 이름으로 염라부를 접수하고 계시지만, 선공께서는 염라부를 접수만 하셨지 근무는 아니하시고 계십니다. 그리고 염라대왕께서는 난진인의 영패에 의해 체포령이 내려져 있으므로 그 명령 발령자는 누구든 간에 난진인의 섭리에 의한 것이니, 우리 옥황부에서도 그에 따라 염라대왕을 체포해야 함은 물론이고, 그 직책에 해당하는 업무를 수행할 수 있는 선관을 다시 임명하거나 평허선공께 당분간 근무를 의뢰하거나 해야 할 것입니다. 저는 다시 한 번 염라대왕의 체포를 탄원합니다. 물론 우리가 염라대왕을 체포함에 있어서도 평허선공께서 근접 못 하시도록 해야 할 것입니다. 말하자면 평허선공으로부터는 보호하되 우리는 체포를 당장 시행해야 할 것입니다. 그래야만 염라부가 정상도 되찾고 도주한 이유도 밝혀질 것입니다. 더구나 염라대왕의 잠적은 연진인과도 관련이 있는 것 같은데, 하등 체포를 미룰 이유가 없습니다. 재삼 염라대왕 체포를 건의하는 바입니다."

청인선은 말을 마치고 측시선을 슬쩍 바라보고 앉았다.

측시선은 눈을 감고 무엇인가를 생각하고 있는 중이었다. 좌중은 상일선을 바라봤다. 청인선과 측시선이 서로 말하지 않고 있으니 상일선 차례인 것이다. 상일선이 말을 꺼냈다.

"좋습니다. 두 분의 견해를 모두 수용해서 상부에 보고를 올리겠습니다. 단지 우리는 염라대왕이나 동화궁주에 대해 재량권을 심사숙고해야 한다고 봅니다. 다른 의견이 없으시면 다음 문제로 넘어갈까 합니다."

좌중은 말없이 고개만 끄덕였다. 측시선의 의견이나 청인선의 의견은 둘 다 명백한 이유가 있다. 그리고 상일선의 재량권 애기도 훌륭한 이유가 된다고 생각했다. 기실 속계와 달리 선계에서는 재량권이란 지나칠 만큼 존중되는 것이다. 속세라면 빈번히 참견 받고 문초받아야 할 일도 선계에서는 방임되는 수가 허다하다. 비록 죄를 짓고 있는 선관이 있다 하더라도 후에 밝혀질지도 모를 이유 때문에 상당 기간은 용납되게 마련이다. 그만큼 선계에서는 남의 인격을 크게 신뢰하고 있기 때문이다. 선계에서는 선관 직책에 있는 선인이라도 크게 자유가 있는 것이다. 이는 우주의 섭리 그 자체를 본뜬 것으로 선계의 정치는 참견이나 관리를 최소화하는 것으로 근본을 삼고 있다. 하늘의 도리는 삼라만상이 저 스스로 운행하도록 하는 것이지, 일일이 인위적으로 다스려지는 것이 아니다.

상일선이 회의 진행을 독려하자 다른 선인이 일어났다. 광을선이었다. 이 선인은 입명총 지휘 책임자로서 옥황부 내에서 가장 거대한 기구를 관장하는 선인이다. 광을선은 일어나서 예의바르게 고개를 한 번 숙여 보이고 정중한 음성으로 말했다.

"저희 입명총에서는 최근 병력을 파견하여 염라부 외곽을 경비중입니다만, 사건이 발생했습니다. 죄수 하나가 탈출하여 방황하던 중 우리의 경비대에 체포되었습니다. 그런데 이상한 것이 탈출 경로가 알려지지 않았다는 것입니다. 탈출한 죄수의 취조 아래 우리는 최선을 다해 조사를 해봤지만 전체 상황을 알 길이 없습니다. 죄수는 아주 괴상하고 비합리적인 얘기를 하는데, 정신 이상자의 얘기는 아닌 것 같습니다. 이 죄수의 진술에 의하면 누가 감옥 문을 열어주었거나 자신이 열고 나왔거나가 아니라, 자고 깼더니 자기도 모르게 염라부 밖에 자기가 있더라는 것이었습니다. 그 죄수도 이게 웬일이냐? 라고 생각하고 이리저리 방황하다 우리에게 잡힌 것입니다. 아무리 봐도 거짓 자백 같지는 않았고, 누군가 그 죄수를 말 그대로 잠든 사이에 밖에다 끌어내다 놓은 것인데, 누가 했는지? 어떻게 했는지? ······ 그 이유가 무엇인지가 알 길이 없습니다. 지금 이 죄수는 옥황부 내의 입명총 파견부에 압송되어 있는데, 중요한 뜻이 내재되어 있는 것 같아서 본 회의에 보고하는 바입니다. 그리고 좀 전에 평허선공께서 옥황부로 들어오신다고 한 것 같은데, 그럴 경우 옥황부 경비에 무슨 애로사항이 있는 것은 아닌지요? 말하자면 평허선공께서 무슨 난동은 부리시지 않는가 말입니다."

"잠깐!"

측시선이 말을 막았다.

"얘기 도중이지만 제가 말씀 드리겠습니다. 지금 광을선이 제기한 옥황부 경비 운운하신 것은 광을선께서 신경 쓸 일이 아닌 것 같습니다. 그런 일은 입명총에서 관할할 문제가 아니잖습니까? 지금은 위기 시기이지만 입명총의 병력에 옥황부 경비를 의존해야 할 만큼 비상시기는 아닙니다. 옥황부 내에도 충분한 방어 기구가 있습니다. 평허선공을 겁낼 필요가 없습니다. 더구나 평허선공께서는 문화 행사에 참관하시고자 입성하시는 것인데 엉뚱한 발상은 말아주십시오."

측시선은 언성을 조금 높였다. 당초 평허선공의 발길을 염라대왕 추적에서 이곳으로 돌려놓은 것은 자신이 묵정선에게 명하여 이룩된 성공적인 작전인데, 이것을 위험한 일이라고 보는 광을선이 못마땅했던 것이다.

"그리고……."

측시선은 상일선과 광을선을 번갈아 쳐다보고는 작은 목소리로 얘기했다. 측시선의 강조법인 것이다.

"죄수는, 그러한 죄수는 당연히 안심총에 인계되어야 할 줄로 압니다. 별일 아닌 일 가지고 본회의에까지 보고할 필요는 없습니다. 필경 죄수가 거짓말을 하는 것이고, 누군가 공범이 있을 것입니다. 그런 일을 밝혀내는 일은 우리가 전문입니다. 속히 죄수를 우리에게 넘겨주시기 바랍니다."

측시선이 무겁게 자리에 앉자 광을선은 고개를 끄덕이다가 상일선을 바라봤다. 상일선은 미소를 지으면서 광을선에게 말했다.

"그렇게 하시지요. 평허선공 문제는 본회의 말고도 깊게 심사하게 될 것입니다. 별탈이 없을 줄 압니다."

광을선은 상일선의 말에 순응하여 웃음을 보였다. 이로써 회의는 다음 문제로 넘어갔다. 이번에는 현수선이 일어났다. 현수선은 옥황상제를 직접 보좌하는 지체 높은 선인이었다.

"우리 근위총에서는 옥황상제의 뜻을 받들어……."

옥황상제라는 단어가 나오자 모두들 자세를 바로하고 마음도 순일하게 한 상태에서 경건한 모습으로 현수선을 바라봤다. 상일선 이하 모든 선인들이 단정하게 집중한 가운데 현수선은 분명한 어조로 조심스럽게 얘기했다.

"《황정경》 일권을 다시 쓰기로 했습니다. 주지하다시피 당금 최고의 필덕(筆德)을 소유하고 있는 서선 연행은 현재 시련에 빠져있습니다. 그 사람이 백여 년 전에 써 올린 경은 뒷부분이 위작으로 밝혀져 수거되어 있는 상황이지만, 옥황상제께서는 근간 초신제(招神祭)를 지내 태상노군의 강림을 기원하시고, 또 우주의 안녕을 축원하시고자 합니다. 이 시기를 맞추어서 우리는 서선 연행으로 하여금 새로이 《황정경》을 써 올리게 해야 할 것입니다. 그런데 세속에 있는 연행선이 아직도 글을 쓸 수 있는지, 또 우리가 쉽게 접촉할 수 있는지 우려됩니다."

현수선은 여기서 상일선을 바라봤다. 이에 상일선은 급히 대답했다.

"예, 연행선이 글을 쓸 수 있는지는 아직 미지수이지만 옥황상제의 성의(聖意)를 받들어 기필코 대책을 강구해 내겠습니다. 연행선과의 접촉도 가능할 것입니다. 다행히 연행선이 인적이 드문 산 속 마을에 살고 있으므로 기회를 봐서 접촉을 시도해 보겠습니다."

상일선은 현수선을 바라보며 정중한 미소를 지었다. 현수선은 고개를 끄덕이고는 자리에 앉았다. 회의는 계속됐다. 이번에 일어난 선인은 곡정(谷靜)이었다. 곡정선은 역선(易仙)으로서 옥황부 대복관의 직책에 있는 선인이었다.

"저는 당금 옥황천하의 운수를 가늠해 보았습니다. 문복한 결과 괘상은 간위산(艮爲山:☶☶)이 나왔습니다."

"간위산이라면 그 뜻이 어떻게 되는 것입니까?"

상일선은 정중히 물었다. 좌중의 선인들은 누구나 간위산의 뜻을 잘 알고 있었지만 대복관이 괘상을 얘기해주면 그 뜻을 묻는 것은 예의로 되어있고, 더구나 공개회의에서는 필히 묻고 답하는 것이 관행이었다.

"예, 간위산은 요지부동의 뜻이고 운수가 여전하다는 뜻입니다. 따라서 당금 옥황천하의 운수는 변화가 없이 혼돈 상태 그대로라는 뜻입니다. 소통의 조짐은 없습니다."

곡정선은 자리에 앉았다. 반가운 소식은 아니었다. 도대체 오늘날 이 우주의 운명은 무슨 연유로 이다지도 혼란스러운 것일까? 좌중의 선인들은 모두 무력감을 느끼고 암울한 기분으로 침묵할 뿐이었다. 잠시 무거운 분위기가 지속되자 상일선이 다시 회의를 독려했다.

"다음 문제로 넘어가지요."

"예, 제가 한 말씀 드리지요."

일어난 선인은 대측이었다. 대측선은 옥황부 중앙 도서관인 옥서각의 주인이고, 현수선과 마찬가지로 옥황상제의 근위 보좌관이기도 한 학덕이 높은 선인이었다. 대측선은 정중한 음성으로 말을 시작했다.

"저는 옥황부의 서책을 관리하는 직책에 있는 사람으로서 백 년간이나 위서(僞書)를 소장하고 있었던 죄를 통감하고 있습니다. 이는 저의 부덕의 소치로 생각하고 반성과 정진에 더욱 분발하고 있습니다. 아울러 저는 이번에 위서 《황정경》이 비치되어있던 서가를 파기하고 새로운 책장을 준비하였습니다. 사용된 재료는 신목으로서 광정국에서 가장 단정한 나무를 골랐습니다. 이로써 태상노군에 대한 불경이 조금이나마 씻어지기를 천지신명께 기원하는 바입니다. 좌중에 계신 여러 학덕께서도 여가에 한 번 왕림하셔서 점검해 주신다면 크나큰 광영으로 생각하겠습니다."

대측선은 밝은 표정으로 아주 외교적인 자세를 취하며 자리에 앉았다. 모처럼 밝은 기분이 선인들의 마음속에서 일어났다. 상일선도 기색이 한결 밝아졌다.

　"감사합니다. 저도 근간에 한 번 찾아뵙고 가르침을 받겠습니다. 그럼 다음 문제로 넘어가겠습니다."

　"예, 이번엔 제가 보고를 드리지요."

　일어난 선인은 무소(無所)였다. 무소선은 오늘 회의에 참석한 선인 중 가장 직위가 낮은 선인으로서 좌중들 중에는 무소선이 어떻게 이 자리에 올 수 있었나 하고 생각하는 선인도 있었다. 무소선은 지나칠 만큼 신중한 태도로 서두를 꺼냈다.

　"사실 저는 묵정선을 대신하여 이 자리에 참석할 수 있는 허가를 받았습니다. 묵정선은 현재 다른 중요 업무에 투입되고 있으므로 제가 대신 보고 드리게 되었습니다. 다름이 아니고 묵정선께서 서왕모를 배견하도록 단정궁에 특사를 파견한 바 있었는데, 도중에 지장이 좀 있어 뒤늦게야 도착한 것 같습니다. 제가 받은 보고로는 특사는 이제야 단정궁 영역에 도착하였는데, 곧 단정궁에 들어설 것이라 합니다."

　상일선은 무소선을 빤히 바라보며 혼자 미소를 지었다. 무소선의 보고는 대수롭지 않은 것으로써, 원래 특사가 단정궁에 가서 서왕모를 배견한다는 것이 중요하지, 도착이 좀 지연된 것은 보고할 내용이 아닌 것이다. 게다가 무소선은 요령부득이어서 불필요한 말을 길게 섞어서 보고하는 것이었다. 회의장에는 약간 어색한 분위기가 감돌았다. 상일선이 무소선에게 물었다. 무소선은 아직 자리에 앉지 않고 망설이는 중에 상일선의 질문을 받은 것이었다.

　"특사가 좀 늦었군요…… 그런데 도중에 지장이 생겼다고 했는데 무슨 일이 있었나요?"

상일선이 이렇게 질문하자 좌중들은 몹시 의아스럽게 생각했다. 왜냐하면 사실 이런 질문이야말로 필요 없는 것인데 뜻 없이 회의만 지루하게 만드는 것이기 때문이다.

"예, 특사의 지장이란 다름이 아니고 도중에 어떤 괴한으로부터 습격을 받은 것입니다."

"습격이오?"

방심하고 있던 좌중들은 깜짝 놀라고 말았다.

"옥황부 특사가 습격을 받다니……!"

상일선도 안색이 크게 변하면서 진지한 음성으로 바뀌었다.

"그래서 어찌 되었습니까? 괴한은 누구고?"

"예. 특사가 해 온 보고에 의하면 습격한 괴한은 선인인지 속인인지는 알 수 없으나 상당한 공력의 소유자로서 특사도 겨우 퇴치하였다고 합니다. 현재 그 괴한의 몸은 사망하였으나 현재 그 영혼은 조사를 위해 봉인되어 어느 선부에 임치시켜 놓았다고 합니다. 그래서 저는 이 사건을 보고받은 즉시 검색총(檢索叢)에 신고하고 이 회의가 열릴 때를 기다려 추가로 보고하게 된 것입니다."

좌중의 모든 선인들이 듣고 살펴보니 무소선은 어리석기는커녕 상당히 치밀하고 도량이 넓은 선인으로서 일 처리에도 하자가 전혀 없는 유능한 선인이었다. 상일선은 확실히 정중해진 음성으로 치사했다.

"잘 처리하셨소. 추후 면밀히 조사하게 될 것이오. 그럼 다음 문제로 넘어가겠습니다."

무소선은 자리에 앉고 다른 선인이 일어나 회의는 다시 이어졌다.

대선관 소지선의 방황

옥황부에서 이렇게 긴 회의가 계속되고 있을 즈음, 속계로 피신한 소지선은 조심에 조심을 거듭하여 동방의 상서로운 땅인 태백산맥에 도달했다.

마침 새벽이 열리려는지 동쪽 먼 하늘에는 밝은 기운이 서서히 서려오고 있었다.

소지선은 주변의 상황을 완전히 파악하기 위해 은공(隱功)을 최대치로 끌어올려 주위를 생물로부터의 탐지를 완전히 차단했다. 이런 적막한 산중에 사람이 있을리 만무하지만 뭇짐승조차 속계의 생물이니 접촉해서 득 될 것이 없었다. 소지선은 잠시 주위를 살피고는 시선을 돌려 동해 바다 쪽을 바라봤다. 가까이 발아래는 아직 어두웠지만 저쪽 하늘이 밝아지는 것을 느꼈다.

소지선은 속세에는 태양이 뜨는 속도가 무척 빠르다는 것을 알았다. 날이 어느 정도 환해지자 바다에 연해있는 높은 산들은 안개 속에서 뾰족하니 정상을 드러내고 멀리로는 갈라진 구름 사이로 바다가 군데군데 보였다.

소지선은 동해 전체를 일망하면서 크게 감동하고 있었다. 떠오르는 태양은 유난히 붉었다. 동해의 크기는 상계에 있는 그리 크지 않은 호수만 했지만 햇빛으로 붉게 물든 아름다움은 실로 장관이었다.

'아름답도다……'

소지선은 자신의 처지를 잠시 잊어버리고 동해의 경치에 몰두했다. 해는 잠깐 사이에 바다를 떠나 창공을 향해 달리고 있었다. 이제 밝음은 태백산 정상에까지 도달해서 주변의 수목과 기암괴석들이 속속 모습을 드러냈다.

아침이 찾아오자 인적이 전혀 없는 산중이지만 수많은 생명체들이 잠에서 깨어 하루의 생활을 시작하기 위해 부산스럽게 움직였다. 새소리를 들으며 소지선은 절로 웃음을 지었다.

'이곳은 참으로 평화롭구나……'

소지선이 잠복하고 있는 이곳은 속계도 아니었고 선계도 아니었다. 그러나 일체의 번뇌 망상이 없는 자연의 낙원이었다. 이곳에는 행복이 있고, 아름다움이 있고, 한적함이 있다. 특별히 이렇다 할 사연이 있을 수 없으므로 얽힘이나 속박도 없는 것이다.

'이곳 또한 선경이로다.'

소지선은 한나절을 근방에서 노닐면서 자연과 벗이 되어 있었다. 소지선은 실로 오랜만에 자유와 행복을 느꼈다. 일체의 속박에서 벗어나 자연 그 자체와 하나가 된 것이다. 마음이 허공과 같고 현실의 문제들도 마치 한가한 구름처럼 마음의 공간 속에 무심히 떠 있었다.

소지선은 시간이 흐르는 것을 느끼지 못했지만 어느덧 하루해가 다 지나가고 있었다. 어둠은 동해 쪽으로부터 서서히 깔리고 깊은 산속은 순식간에 천진한 어린아이와도 같은 편안한 상태였다.

'속계도 견딜만한 곳이로구나…….'

소지선은 처음 내려와 보는 속계가 앞서 걱정하던 것하고는 다소 차이가 있는 것을 알고 적이 안도감을 느꼈다. 그렇다고 해서 경계심을 늦춘 것은 아니다. 이런 깊은 산중 어두운 곳에도 불쑥 이상한 사람이 나타날 수 있다. 대개는 무슨 도를 닦는다고 하는 사람인데, 이런 사람을 만나면 번거롭기가 그지없다.

또한 소지선이 가장 경계해야 될 사람은 이런 곳에서 위험에 처해 있는 사람이다. 이럴 경우 인정상 그냥 지나칠 수도 없거니와 그렇다고 해서 그 사람을 구해줘서 공연히 은혜의 연을 맺을 수도 없다.

소지선은 가까이는 십 리, 멀리는 백 리까지 샅샅이 경계하면서 방향을 가늠했다. 이제 어두워졌으니 슬슬 행동할 때가 된 것이다.

방향은 지리산이다. 그 곳에는 고휴선이 있는 곳으로 지리산 영역에 들어서면 고휴선이 있는 천소는 쉽게 감지할 수 있을 것이다.

소지선은 속도를 최소로 하여 신족을 운행, 지리산으로 출발했다. 태백산에서의 하룻밤은 소지선에게는 속계가 매우 정다운 곳이라는 것을 느끼기에 충분했다.

지리산으로 행하는 곳에 장애는 없었다. 험한 지형으로만 골라서 부드러운 바람처럼 흘러가는 소지선의 앞길에는 거칠 것이 없었다. 가끔 산짐승들이 원인모를 기적 때문에 짐짓 놀라는 경우가 있었지만, 이런 짐승들이 신선의 운행을 감지할 수는 없는 것이다.

태백산을 출발한 소지는 새벽이 되기 전에 이미 지리산 영역에 들어섰다. 소지선은 방향을 세밀하게 조절하기 위해 잠시 멈추어서 주위를 살폈다. 저 아래쪽에서 시원한 바람이 불어와서 가벼운 나뭇가지를 흔들었다. 소지선은 흔들리는 나뭇가지를 보면서 즐거운 마음이 되었다. 이곳에 있는 꽃나무들은 선계에서는 결코 본 적이 없는 이름 모를 나무들이었지만 거칠고 연약한 꽃잎들은 천상의 꽃들이나 마찬가지로 아름다웠다. 아직은 밤이라서 그 꽃들의 색채를 대낮처럼 환하게 볼 수는 없었지만 소지선의 신안(神眼)에는 그 자태만은 확실히 드러나 보였다.

'아침이 되면 더욱 아름답겠지……'

소지선은 이렇게 생각하면서 하늘을 올려다보았다. 순간 수많은 별들이 반짝이며 시야에 들어왔다. 검고 깊은 하늘이 이토록 아름답게 수놓아진 것을 소지선은 본 기억이 없었다. 물론 선계에도 이와 다를 바 없는 밤하늘이 있는 것이지만 소지선은 특별히 하늘을 눈여겨 본 적이 없었기 때문에 지리산 정상에서 바라보는 하늘의 장관이 생소하게 느껴졌다. 하기야 밤하늘의 별은 언제나 보아도 새롭게 느껴지는 것이고, 볼 때마다 뭉클 하는 감명을 주는 것이다. 별들의 아름다움은 실로 형언할 수 없는 신비가 있다.

소지선은 한참동안이나 검은 하늘의 별들을 바라보며 저 멀고도 먼 심연으로 상상의 나래를 폈다.

'신비하구나…… 속계의 하늘도 이토록 아름답다니……'

가까운 별들은 소지선을 환영하는 듯하고 먼 별들은 소지선에게 무엇인가 깊은 가르침을 내려 보내 주는 것 같았다. 바람은 계속 불어와서 메마른 나뭇가지 하나를 부러뜨렸다.

'탁!'

소지선은 이러한 자연의 운행 속에서 또 하나의 신비를 읽을 수가 있었다. 때가 되어서 운명은 일어나는 것이었다. 바람에 나뭇잎도 날리는 것을 보았다. 빛나는 별빛 아래 자연의 운행은 쉬지 않는 것이다.

소지선은 마음이 한결 넓어지는 것을 느끼며 일체의 불안으로부터 자유롭게 되었다.

드넓은 하늘의 별들이나 바람·나뭇잎·꽃들·바위, 그리고 흙들까지 벗이 되었다. 바람이 또 불어와서 하늘의 별빛을 흔들어 주는 것 같았다.

'이 청량한 바람, 수많은 벗들⋯⋯.'

소지선은 홀로 미소를 지으며 그 자리를 떴다. 이제는 지리산의 천소, 고휴선이 있는 곳을 향해 급히 날아갔다. 잠시 후 고휴선이 수도하는 그리 크지 않지만 유명한 지리산 천소에 도착했다. 저 멀리에 밝음이 찾아오고 있지만 아직은 캄캄한 밤이었다.

고휴선은 숲의 앞쪽에 서서 미소를 짓고 있었다.

"도형(道兄)이셨군요! 도형이 찾아오시다니⋯⋯."

소지선은 가슴이 복받쳐 오는 것을 느꼈다. 이런 아름다운 속계에도 자기를 불러주는 사람이 있었던 것이다. 소지선은 끝없이 먼 곳에서 찾아와 고향 벗을 만나는 심정이었다.

"고휴⋯⋯."

소지선은 말을 다 마치지 못하고 제자리에 서 있었다.

"도형, 이쪽으로 오시지요. 여기가 경치가 더 좋습니다."

소지선은 웃었다. 그리고 말문이 열렸다.

"고휴, 자넨 참 좋은 곳에 사는군!"

"히, 도형께서는 무슨 말씀이십니까? 이곳과 남선부와 바꿀까요?"

"허허. 그럴 수 있는 팔자라면 얼마나 좋을까⋯⋯."

소지선은 겉으로는 여전히 밝은 모습이었지만 자기도 모르게 한숨이 나왔다. 순간 고휴선은 이를 감지했지만 천천히 물어보려고 모르는 척했다. 그러나 속으로는 낌새가 이상하다고 느꼈다.

'무슨 일이 있구나 ……아니! 도형께서는 연진인께 벌을 받고 지금 천일 근신 중이 아닌가? 그런데 어떻게 여기에까지 올 수 있었지……?'

고휴선은 너무 반가워서 자신이 깜빡 잊고 있었던 것에 생각이 미치자 분명히 무슨 일이 있다는 것을 깨달았다. 그러나 난감한 표정을 지으며 소지선을 맞이했다.

"도형! 이곳에 서서 저 아래를 보소서. 저기가 인간이 사는 곳이지요."

"호, 그래?"

소지선은 고휴가 가리키는 곳을 바라봤다. 그러나 보이는 것은 구름뿐 속세의 흔적은 보이지 않았다. 망망한 바다처럼 탁 트인 저 구름 속으로 수많은 인생이 살아 움직이고 있는 것이다.

소지선은 바다 속을 상상하는 마음으로 속세를 생각해 봤지만 그 진정한 모습은 상상해 낼 수 없었다. 그렇지만 저 속세도 나름대로의 행복과 가치가 있을 것이라고 생각이 들었다. 속계에 있어도 마음이 선심(仙心)이면 또한 좋은 것이 아닌가? 선계에 있으면서 마음이 속심(俗心)이면 무엇에 쓸 것인가? 요는 마음이 소중한 것이다.

소지선은 속계에 도착하자마자 이러한 도리를 새삼 깊게 깨닫고는 마음이 한결 가벼운 상태가 된 것이다. 소지선은 구름바다를 한참동안이나 바라보며 세상만사를 잊은 듯 보였다. 고휴선은 그대로 내버려 두고 자기도 함께 망망한 구름바다를 보고 있었다.

이윽고 소지선이 고개를 돌려 고휴선을 바라보자 고휴선은 다정한 표정으로 물었다.

"도형께서는 어저께 하계로 내려오셨지요?"

"허허. 그렇다네."

"어젠 무얼 하시고 오늘 오셨습니까?"

"음? 그저…… 동해 바다를 보기도 하고 태백산 경치도 좀 구경했네…… 모든 것이 아름답더군. 천상보다도 더……."

소지선은 웃으며 얘기를 시작했지만 말을 끝낼 때는 어두운 기색이 엿보였다.

"도형! 도형의 신변에 무슨 일이 계셨군요? 아직은 근신 중일 텐데요……."

고휴선은 조심스레 물었다. 소지선은 말없이 그저 고개만 끄덕였다.

"도형! 도대체 무슨 일입니까? 속 시원히 말씀해 주소서. 여간한 일이 아니시고는 이곳에 때 아니게 오실 수 있겠어요?"

"그래. 고휴, 올 수 없었는데 온 거지…… 실은 나는 지금 도피 중이야."

"예? 도피중이요? 무슨 일 때문입니까?"

소지선은 잠시 대답 않고 눈을 감고 있다가 천천히 말문을 열었다.

"난감한 일이야. 그래, 얘기해 주겠네!"

고휴선이 빤히 바라보는 가운데 소지선은 자초지종을 낱낱이 얘기하기 시작했다. 소지선은 이야기의 종점에 가까워 오자 체념의 웃음을 가끔 지어보였지만 고휴선은 점점 표정이 굳어져 가고 있었다.

이윽고 얘기를 다 마친 소지선은 한숨을 지어 보이며 혼자 고개를 가로저었다. 이때 고휴선은 무엇인가를 생각하며 잠깐 눈을 감았다 뜨고는 정색을 하며 소지선을 바라보면서 간곡하고도 차디찬 음성으로 말했다.

"도형! 지금 곧 떠나셔야겠군요. 이곳은 안 됩니다."

고휴선은 냉정하게 한 마디를 내뱉었다.

"응? 무슨 말인가? 나는 이곳을 정해놓고 왔는데……."

"아니에요. 도형! 잘못 오셨어요. 이곳은 일전에 평허선공께서 다녀가셨을 뿐만 아니라 다시 오신다고 했어요."

"무어? 평허선공께서 다녀가셨다고?"

"예. 평허선공께서는 저를 사면해주시고 난진인의 뜻을 연구하시기 위해 정처 없이 헤매고 계셨습니다. 저한테 무슨 단서가 있을 것으로 보시고 계시기 때문에 불시에 찾아오실 것입니다. 그 외에도 제 느낌입니다만, 저의 동태를 옥황부에서도 감시하고 있는 것 같아요. 연진인과 난진인의 행방을 수색하는 데도 제가 무슨 실마리를 제공할 수 있는 것으로 보는 것이지요!"

"그렇지만 지금 왔는데 숨이라도 좀 돌려야지."

"안 됩니다. 지금 당장 떠나십시오. 이곳은 저 선계보다도 더 위험한 곳입니다."

고휴선은 떠밀다시피 재촉했다.

소지선도 아무래도 위험하다는 것을 느끼고는 어떡할까 하고 망설였다.

"도형! 어서 떠나세요."

고휴의 냉정한 음성이 또 한 번 들려왔다. 소지선은 말없이 고개를 끄덕이며 속으로 생각했다.

'어쩔 수 없구나! ……그러나 과연 이토록 서둘러야 하는 것일까? ……허참, ……그래! 할 수 없지…… 그런데 어디로 가야 하나……?'

"도형! 저는 나중에 평허선공께서 물으시면 그냥 떠났다고만 대답할 겁니다. 아무 말씀 마시고 떠나세요."

고휴선은 이렇게 말하고는 더 듣지 않고 돌아서서는 숲 속을 향해 어디론가 사라졌다. 소지는 졸지에 혼자가 되어서는 잠시 더 생각하더니 다시 태백산 쪽으로 발길을 돌렸다. 잠시 후 숨어서 소지선이 떠나는 곳을 주시하던 고휴선이 숲 밖으로 나왔다.

고휴선은 소지선이 떠난 방향을 바라보며 혼잣말로 나직하게 읊조렸다.

"도형! 죄송합니다. 부디 성공하시길 빕니다."

고휴선은 즉시 고개를 돌려 어디론가 사라졌는데, 눈에는 눈물이 괴어 있었다. 이제 조금 전까지 두 선인이 서로 바라보며 반갑게 얘기하던 산정에는 가벼운 바람만 가끔 스쳐 지나갔다. 맞은편 산중턱에는 어느덧 밝은 태양이 광채를 뿌리기 시작했다.

두 선인이 방금 헤어진 이 지리산은 소백산맥 지단(地段)에 우뚝 솟아있는 신령한 산으로서 이 산을 좌우로 낙동강과 섬진강이 갈라져 나오고 있었다. 지리산은 또 금강산·한라산과 함께 우리나라의 삼신산(三神山)으로 일컬어져 왔으며, 여기서 북동쪽을 향해 산맥을 타고 위쪽으로 계속 올라가면 태백산맥에 닿는다.

태백산맥은 성스러운 우리 국토의 척추로써 여기서부터 북쪽으로 우측에 동해를 바라보며 길게 길게 이어져, 저 위 북쪽에서는 낭림산맥과 연결되고, 여기서 다시 압록강을 건너 멀리 중원에 파고들어 곤륜산까지 도달하게 된다. 근거리만을 살펴보면 태백산에서 출발하여 함백산·가리왕산·박지산 등이 차례로 나타나고, 다시 계방산을 지나 오대산·방대산을 통하여 대암산에 이르게 된다.

이 대암산은 바로 소양강의 발원지로서 소양강은 남으로 흘러 북천·내리천·방대천 등의 지류와 합치면서 태백산맥의 남쪽 유로를 이루고, 계속 남하하여 끝내는 북한강과 합류하게 된다.

대암산에서 출발한 이 소양강이 지나가는 길목에 마치 숨어있는 듯한 곳에 바로 정마을이 있다.

정마을 나루터에는 지금 서서히 어둠이 내리고 있는 중이었다. 소양강은 정마을을 우측에 두고 무심히 흘러가고 있었다. 정마을의 관문인 나루터에는 적막한 가운데 자그마한 배 한 척만이 아무렇게나 놓여 있었는데 나루터의 위편에 방금 나타난 듯한 사람이 강 건너편을 바라보며 혼잣말로 중얼거렸다.

'역시, 오늘도 나타나지 않는구나……'

이 사람은 현재 정마을의 사공직을 임시로 맡고 있는 건영이었다.

역성(易聖) 정우의 고뇌

건영이는 머리를 단정히 감아 빗고는 허름한 시골 농부 차림을 한 채 천진한 모습으로 강 건너편 숲 속까지 시계를 넓혀 사람의 기척을 살폈으나, 숲은 답답하리만큼 침묵을 지키며 어떠한 움직임도 보여 주지 않았다.

건영이는 짧은 탄식을 했다.

"흠…… 대체 어디로 가셨단 말인가? 서울엘 따라 가셨으면 벌써 무슨 소식이라도 전해 왔을 텐데!"

건영이가 애타게 기다리는 사람은 다름 아닌 임씨였다. 임씨는 벌써 여러 날 전 건영이와 강을 건너고는 느닷없이 읍내에 갔다 온다고 나간 것이다. 물론 이때는 대수롭지 않게 여겼는데, 이토록 여러 날씩 돌아오지 않을 줄은 몰랐다. 당시 건영이는 기분이 좀 언짢았고 불쾌하기도 했지만, 그것은 임씨가 갑작스런 행동을 할 것을 예측하지 못한 자기 공부의 부족함을 탓하는 기분 정도로만 생각했었다. 그러나 지금에 와서 다시 곰곰이 회상해 보니, 그 당시 건영이 자신이 느낀 기분은 분명 불길한 예감이었던 것이다. 물론 불길한 예감이

든다고 해서 이것에 어떤 해석이나 확신 같은 것은 없었기 때문에 미처 말리지 못한 것이었지만, 건영이는 지금 일종의 죄책감을 느끼고 있는 것이다.

'왜 그때 말리지 못했나! ……어째서 망설였는가?'

건영이는 미간을 찡그리고는 고개를 숙인 채 강을 따라 하류 쪽으로 걸었다. 공기는 봄날 치고는 좀 차가운 편이었다. 아직 날이 어두워지지는 않았다. 강의 흐름은 건영이의 걸음보다 약간 더 빨랐다. 바람이 길게 불어와 강가의 풀들이 일제히 흔들렸다. 건영이도 추위를 느끼고는 몸을 움츠렸다. 건영이는 여전히 얼굴빛을 펴지 않고 아무 생각 없이 계속 걸었다. 기분은 확실히 좋지 않은 듯 공연히 작은 돌멩이를 걷어차기도 했고, 가끔 자기도 모르게 고개를 가로 젓기도 했다.

한참동안 이렇게 걷고 있던 건영이는 앞에 작은 개울이 나타나자 건너기 귀찮아서 방향을 돌려 오던 길을 되짚어 걸었다. 그 사이에 건영이의 얼굴은 편안한 모습이 되고 걸음도 느려지면서 마음속에는 고요히 한 생각이 떠오르기 시작했다. 드디어 냉정하고 차분한 건영이의 이성이 하나의 문제를 향해 가동하기 시작했다.

'사람은 어째서 바로 앞에 일어날 일을 알 수 없는가? 아니, 나는 어째서 이토록 아둔한 것일까……?'

건영이는 입을 굳게 다물고 허공의 어느 한 곳을 응시하는 듯했다. 그러나 건영이의 이 예리한 눈은 공간의 어느 특정한 곳을 바라보는 것이 아니라 문제의 핵심을 꿰뚫어보고 있는 중이었다.

건영이는 다시 한 번 눈을 찡그리고는 마음속으로 하나의 결론을 도출해 냈다.

'고요! ……죽음보다 더한 고요! 그리고 맑음……!'

건영이는 이제 걸음을 조금 빨리하면서 찬찬히 자신의 결론을 음미했다.

'심정 공간을 통해 들어오는 수많은 신호들! ……이것들이 영대(靈臺)에 닿는 순간 그 뜻을 감별해 내야 한다. 그러기 위해서는 필요한 신호 잡음을 먼저 가려내야 할 것이다. 그러나 잡음이라 해도 뜻이 있는 것이니 간과해서는 안 된다. 마음이 고요하면 영대가 넓어지고 따라서 신호가 많이 들어온다. 정신을 미세한 곳에 집중하되 수많은 신호 가닥을 일일이 나누어서 판별해야 한다. 마음이 맑으면 신호는 더욱 선명해진다. 그러므로 먼저 공부해야 할 것은 고요와 맑음이다. 그런데 고요하면 흐려지고 맑으면 요동한다. 말하자면 고요와 맑음은 서로 방해하는 것이다. 이것을 극복하여 고요와 맑음을 동시에 얻으면 비로소 한쪽에 치우치지 않고 마음이 원만하게 되어 그릇이 완성되는 것이다. 그리고 아울러 공부할 것은 그 수많은 신호를 주역의 괘상으로 순간적으로 판정해야 한다. 물론 마음속에서 일어나는 신호와 구분을 먼저 해야 하는 것이다. 이때 내가 흔들리면 신호 자체도 흔들려서 뒤섞이고 어떠한 의미도 남아있질 못한다. 영대에 도착한 신호를 일일이 생각해서도 안 되는 것이다. 생각하면 너무 늦는 것이다. 즉시 느낌으로 깨달아야만 한다. 그런데 인간의 느낌은 현재 분류되어있지 못하다. 나도 역시 마찬가지이다. 어떻게 해서든지 이 어려운 문제들을 해결해야 한다. 수많은 감정을 일일이 근본적인 것으로 풀어서 그 형태를 주역의 괘상으로 나누어 느낄 줄 알아야 한다.

'……어렵다! 내가 이것을 해낼 수 있을까……?'

건영이는 한없이 일어나는 미세한 마음의 수많은 잔상들을 일단 잠재우고 현실로 돌아왔다. 우측에 강이 흘러와서 건영이와 옆으로 마주치고는 건영이를 뒤로 해서 흘러 내려가고 있었다. 그리고 저만치 앞쪽에서 또 다른 강물이 내려온다.

'어지간하구나……'

건영이는 강물의 끈질김에 혀를 내둘렀다. 건영이 앞에 자주 스치는 강가의 흔한 잡초들은 가끔씩 흔들리며 그 모습이 점점 흐려져 갔다. 강은 아직 어두워지지 않았으나 건너편 숲은 이미 캄캄해져 더욱 잠잠해지고 강가의 한가함은 극치를 이루어 가고 있었다.

건영이의 걸음은 이상하게도 강변의 고요와 완전히 조화를 이루어서 그 움직임이 유달리 보이지 않았고 그 걸음 소리도 자연 그 자체의 고요한 호흡과 같아서 특별히 의미 있게 들리지 않았다. 미세한 물소리, 바람소리, 풀의 흔들림, 건영이의 움직임, 발자국 소리, 이 모든 것들은 하나의 완전한 자연이었고, 강변 모두가 어우러진 하나의 고요한 그림인 것이다. 어둠은 드넓은 하늘을 향해 점점 더 멀리 퍼져나갔다. 이윽고 강물만 어렴풋이 보이고 주변은 완전히 어두워졌다. 건영이는 처음 출발한 나루터까지 돌아와서는 이제 정마을로 돌아가려는 중이었다.

'오늘은 이렇게 해서 끝이 나려나……'

예견된 탄생과 달리는 아이

건영이의 잔잔한 마음에 이런 생각이 그려지고 있을 때 돌연 하나의 파문이 일어났다. 누가 이쪽으로 오고 있는 것이다. 방향은 정마을 쪽이었다. 그러나 건영이는 크게 관심을 두지 않고 그쪽으로 걸었다. 저쪽에서 누가 바쁘게 걸어오는데 정섭이었다.

고요한 강변에 정섭이의 등장은 일대 소란이었다. 정섭이가 소리를 지른다거나 발자국 소리를 내는 것도 아닌데, 아무튼 강변의 고요는 사라진 듯 보였고, 강변의 적막하던 자연의 조화는 완전히 무너졌다.

"건영이 아저씨!"

정섭이의 목소리는 맑고 냉랭했다.

"응? 정섭이로구나. 놀러 나왔니?"

"아니에요. 큰일이 났어요."

"뭐? 큰일?"

건영이는 의아스러운 듯 물었지만 마음속으로는 그리 놀란 것은 아니었다. 건영이의 깊은 마음에 감지된 바로는 정섭이의 감정 상태가 어떤 불길한 사고를 당한 느낌이 아니라 단순히 놀라움일 뿐이었기 때문이다.

정섭이는 괴롭거나 슬프거나 불행하거나 한 감정이 전혀 아니었고 말하는 데서도 어떤 조짐이 없이 발설하는 것을 알 수 있었다.

대개 사람이 슬픈 일이나 괴로운 일을 얘기할 때는 자신이 말하고 자 하는 곳으로 듣는 사람이 끌려든다. 이때는 음성이나 감정이 한 곳으로 몰려드는 느낌을 주는 것이다. 이것을 보통 사람이 느끼기에 는 긴장감을 준다고 하거니와, 이는 강조해서 될 일이 아니고, 이미 말하는 사람 자신이 긴장돼 있어서 자연스럽게 그런 느낌을 전파시 키는 것이다.

그런데 정섭이의 감정에는 긴장이 없다. 놀란 바람에 사건을 강조 하는 것이다. 물론 감정의 종류에는 놀라고 긴장된 것도 있을 수 있 지만 이런 경우 필연적으로 감정이 집중성을 띠어야만 하는 것이다.

건영이가 사람의 마음을 미세 부분까지 읽는 것에는 아직 이르지 못했어도 감정의 커다란 형태는 어느 정도 감지할 능력은 이미 갖추 고 있었다. 정섭이의 지금 감정 상태는 천택리(天澤履:☰☱)였다. 건 영이는 이를 생각해서 안 것은 아니었다. 정섭이가 아직 말도 하기 전에 그 느낌이 저절로 해석된 것이다.

'……무슨 일일까?'

건영이가 이렇게 생각하고 있는데, 정섭이의 큰 목소리가 다시 들 렸다. 그러나 한결 차분해진 음성이었다. 누구나 건영이를 찾아올 때 는 설렘도 있을 수 있으나 일단 건영이의 거대한 마음의 그림자에 접 하게 되면 순간 고요가 엄습하는 것이다. 물론 정섭이가 이런 일을 알 리는 만무하다.

"저…… 임씨 아주머니가 애기를 낳나 봐요!"

“뭐, 애기를?”

“예, 지금 강씨 할머니와 남씨 아주머니랑 누나가 거기에 갔어요.”

건영이는 속으로 기가 찼다. 아니, 애기를 낳는 일이 무슨 큰일이 난 것인가? 하긴 정섭이 같은 나이의 아이들에게는 애기를 낳는다는 사건이 모종의 두려움을 줄 수 있을 것이다. 건영이는 웃음을 참고 다정하게 물었다.

“애기를 낳고 있단 말이지! ……나를 오라고 했니?”

“아니요! 오라고 하지는 않았지만 아저씨가 가봐야 할 것 같아서요.”

“내가 왜?”

“혹시 알아요? 무슨 위험한 일이 생기면 어떡해요?”

“무슨 일? ……위험?”

“예. 임씨 아주머니가 많이 아픈 것 같았어요. 소리를 질렀거든요.”

“하하하…….”

건영이는 드디어 웃음을 터뜨리고 말았다. 그러나 정섭이는 여전히 심각한 모습이었다. 정섭이가 이렇게 건영이를 찾아온 것은 실은 이유가 있었다. 정섭이가 보기에는 건영이는 마치 촌장처럼 무슨 일이든 해결할 수 있는 신통한 사람으로 보이는 것이다.

정섭이는 언젠가부터 건영이에 대한 존경심과 더 나아가서 외경심마저 갖고 있는 것이었다. 건영이도 정섭이의 눈에서 그것을 읽을 수 있었고, 그보다 전에 정섭이의 마음에서 발출되는 분명한 감정의 파장을 감지하고 있었다. 이는 외경심으로서 괘상으로는 지택림(地澤臨:䷒)인 것이다. 건영이는 정섭이의 어깨를 부드럽게 만지면서 말했다.

“내가 안 가봐도 괜찮단다…… 할머니께서 계시니까 다 잘 될 거야!”

정섭이는 밝은 표정을 지으며 고개를 끄덕였다. 그 말로써 정섭이의 근심은 말끔히 사라진 것 같았다. 이것도 물론 건영이가 별일 없을 것이라고 선언해 준 것으로 정섭이는 믿었기 때문이었다. 아무튼 두 사람은 이제 화평한 마음이 되어 나란히 정마을로 향해 걸었다.

"아저씨! 그런데요……."

얼마간 걷다가 정섭이는 건영이를 돌아보며 물었다.

"저 말이에요. 애기가 아들일까요, 딸일까요?"

"응? ……하하, 그건 이제 가보면 알잖아!"

"그래도 지금 말해 보세요!"

정섭이도 샛별 같은 눈을 반짝거리며 웃고 있었다. 말하자면 건영이를 시험해 보자는 것이다. 건영이는 입을 삐쭉하면서 미소를 지었다.

"그래! 지금 말해달란 말이지? ……좋아, 지금 말해주지. 아들이다. ……하하."

"아들이에요? 확실해요?"

정섭이는 웃음기를 싹 지우고 엄숙하게 물었다.

"그럼. 내가 거짓말을 하겠니? ……나는 몇 달 전에 이미 아들인지 알고 있었어!"

"예? 몇 달 전에요?"

정섭이는 목소리를 높이고 놀란 눈으로 건영이를 빤히 쳐다봤다.

"그래. 몇 달 전이나 지금이나 마찬가지야! 알려면 몇 달 전에도 알 수 있는 것이고 모르려면 낳기 바로 전에도 모르는 것이야."

건영이는 약간 진지한 표정을 지으며 말했다.

"그렇군요!"

정섭이는 신기한 듯이 건영이를 한참동안이나 보면서 걸었다. 건영이는 다시 미소 짓는 모습이 되었다. 그 모습은 한없이 천진하여 아무런 꾸밈도 없었다.

어둠은 이제 하늘까지 다 덮어서 별들도 하나 둘씩 보이기 시작했다. 공기는 더욱 청량해지고 숲의 내음이 가슴을 한결 더 시원하게 해주었다. 가까이 실개울 흐르는 소리가 들렸다. 길은 우측으로 꺾이었다. 저만치 정마을이 보였다.

"아저씨!"

정섭이가 또 불렀다. 건영이는 마음으로만 대답했는데 정섭이는 이 느낌을 아는지 다음 말을 꺼냈다.

"몇 달 전에 아들인지 아셨다면 왜 그때 얘기해 주지 않았어요?"

"응? 그거…… 미리 알면 뭐하니…… 어차피 낳고 보면 알 텐데."

"그래도 미리 알면 좋잖아요!"

"글쎄! 그럴까? 미리 안다고 다 좋은 것은 아니야. 아는 것도 알아야 좋을 때가 있는 거야."

건영이의 표정이 진지한 것으로 봐서 어떤 심오한 내용을 설명해 주는 것이 분명했다. 건영이는 굳이 정섭이가 이것을 알려고 해서 얘기해 주는 것은 아니었다. 건영이는 그냥 세상에다 얘기하는 것이다. 사람이 듣든지, 무심한 산천이 듣든지, 그것은 알 바 아니었다. 그런데 정섭이는 이 심오한 내용을 알아듣는 것이었다.

"예…… 그렇군요! 뭐든지 일찍 안다고 좋은 건 아니겠지요! 알아서 좋은 때가 분명히 있겠네요! 그래요!"

정섭이는 무엇을 생각하는지는 모르지만 저 혼자 무엇을 알았다는 듯이 고개를 몇 번인가 끄덕였다. 어느덧 두 사람은 정마을에 들어섰다.

"정섭아! 너는 어디로 갈래? 나는 내 방으로 가야겠다!"

건영이는 정마을에 들어서자 정섭이에게 어디로 갈 것인가를 물었다.

"저요? 누나한테 가볼래요. 아직도 임씨 아줌마 집에 있을 거예요."

"그래. 그럼, 내일 보자꾸나."

건영이가 이렇게 말하고 자기 집 방향으로 올라가 버리자 정섭이는 오늘 낳은 아기가 아들인가를 확인하기 위해 임씨네 집으로 달려갔다.

정섭이가 임씨네 집에 당도했을 때는 이미 어려운 산고의 순간이 지나갔고, 모두들 한시름 놓으면서 쉬고 있을 때였다. 마침 숙영이가 집을 나서고 있었다.

"누나!"

정섭이가 먼저 보고 불렀다.

"응? 정섭이구나. 어디서 오는 길이니?"

"강가에 갔었어요. 건영이 아저씨 찾으러요!"

"그래?"

"그런데, 누나! 애기는 낳았나요? 별일은 없었어요?"

"그럼! 애기랑 엄마 모두 건강하단다."

"잘 됐군요. ……그런데 아들이 틀림없지요?"

"뭐? 아들? ……하하, 얘 봐라!"

"분명하지요? 아니에요?"

정섭이는 조급하게 물었다.

"아들이야. 그런데 너는 어떻게 아들이라 생각했니?"

"내가 생각한 게 아니에요. 건영이 아저씨가 알려줬어요."

"응? 건영이 아저씨가 아들이라고 하던?"

"예, 건영이 아저씨는 벌써 몇 달 전에 이미 알고 있었다고 했어요."

"호, 그래. 그것 참 대단하구나."

숙영이는 잔잔한 미소를 지으며 고개를 갸우뚱했다. 정섭이는 숙영이의 그러한 모습을 흘낏 보고는 속으로 생각했다.

'누나는 참으로 예쁘구나…… 아마 이 세상에서 제일 예쁠 거야……'

두 사람은 잠시 저마다의 생각을 하며 말없이 걸었다. 밤은 깊어 하늘에는 별이 가득 찼다. 정마을의 하늘에 뜨는 수많은 별들은 언제나처럼 그 영원한 신비를 간직한 채 조용히 반짝였다.

저 끝없는 하늘에는 오늘 무슨 변화가 있었을까? 그것은 또 무슨 뜻이 있는 것일까? 영원한 시간의 흐름 속에 자연은 잠시도 쉬지 않고 그 운행을 계속한다. 이는 인간이 있기 전부터 그랬을 것이며, 세계에 인간이 모두 사라진다 해도 그럴 것이다.

오늘 정마을에는 하나의 생명이 태어났다. 이러한 것이 이 넓은 우주에 어떤 뜻을 보태는 것일까? 숙영이와 정섭이가 각자 자기의 잠자리를 찾아들어가자 정마을은 모두 잠이 들었다. 수많은 별들이 하늘을 지켜주는 가운데 어느덧 아침이 찾아왔다.

밝은 해는 전날처럼 떠올랐고 모든 것이 새로운 하루를 다시 시작했다. 지난 밤 정마을 식구가 하나 늘었지만 이것이 오늘 아침 당장 어떤 변화를 주는 것은 아니었다. 건영이는 여전히 이른 새벽에 일어나서 산에 올랐다가 나루터로 나갔다. 뒤이어 정섭이가 깨어나 숙영이 집으로 가고 강노인도 자기 방에서 잠을 깼다.

할머니는 숙영이 어머니와 함께 임씨 부인 곁에서 밤을 지냈다. 지금 임씨 부인의 마음속에는 무사히 애기를 낳았다는 안도감과 함께 깊은 슬픔을 감당하고 있었다. 눈물이 자주자주 흘러나왔다.

임씨는 지금 어디에 있는 것일까? 아들이 생긴 것을 알면 얼마나 좋아할까? 임씨 부인의 마음속에는 여러 가지 상념이 쉬지 않고 일어났다. 아무리 생각해 보아도 임씨에게 무슨 일이 일어난 것만 같았다.

'운명은 왜 이런 것일까?'

임씨 부인은 이런 생각을 하며 또다시 눈물을 흘렸다. 할머니가 이를 보고 가슴에 손을 얹어 주었다.

"산모는 생각을 많이 하면 못써요. 임씨는 곧 올 거야. 잠이나 푹 자두어요."

임씨 부인은 착하게도 이 말에 눈을 꼭 감으며 기분을 좋게 가지려고 애를 썼다. 이때 문 밖 나무 위에서 반가운 새소리가 들려왔다.

"까치가 우네요! 까치는 좋은 소식이라던데……."

임씨 부인이 반가운 듯이 눈을 반짝이며 말했다.

"그래그래. 아무 걱정 말고 기다리면 되는 거야……."

할머니는 산모를 잘 달래놓고는 잠시 문 밖으로 나왔다. 맑은 아침 공기가 답답한 가슴을 좀 식혀 주었다. 마침 숙영이가 도울 일이 없을까 해서 올라오고 있는 중이었다.

"할머니! 산모는 좀 어때요?"

언제 들어도 맑고 고요한 숙영이의 목소리였다.

"음, 좀 나아졌어. 도대체 임씨는 어딜 갔나? 휴우 —"

할머니는 말하면서 한숨을 쉬었다.

"할머닌 좀 쉬셨어요? 제가 뭐 도울 일은 없나요?"

"됐다. 네 엄마가 나하고 있으니까…… 참 그것보다도 건영이 오빠를 좀 불러올래?"

할머니는 마침 무엇이 생각난 듯 건영이를 찾았다.

"오빠를요?"

"응, 뭐 좀 물어보려고 그래."

"그러지요. 지금 내려가서 찾아볼게요."

숙영이는 상냥하게 말해놓고는 즉시 되돌아 내려갔다. 숙영이는 차갑게 흐르는 개울물을 따라 천천히 내려오면서 이리저리 주변을 살펴보았다.

정마을의 풍경은 볼 때마다 항상 새로웠다. 저만치에 몇 가지 종류의 늦은 봄꽃들이 곱게 피어있었다. 큰 나무들은 아직 푸른색이 완연하지는 않았지만 자잘한 나무들은 푸른 생기를 흠뻑 머금고 있었고, 작은 새들의 울음소리가 자주 들려와서 숲 속은 한결 더 평화스러웠다.

숙영이는 이러한 새들이나 초목·꽃들에도 맑게 미소를 보내며 개울을 건넜다. 숙영이가 지금 가는 곳은 건영이의 집이 있는 곳이 아니라 자기 집이었다. 그곳에는 지금 정섭이가 아침 공부를 하고 있는 중이었다.

정섭이는 깊은 산골 마을인 이 정마을에서 어려운 조건이지만 주어진 환경에서 최선을 다해 공부라는 것을 하고 있는 것이다. 오늘도 이른 아침부터 숙영이 방에 와서는 열심히 읽고 쓰고 하면서 수업에 열중하고 있다. 어느 때는 숙영이가 가르칠 때도 있지만 대개는 숙영이가 지시한 것을 스스로가 공부를 한다.

평소 숙영이는 아주 부드러운 사람이지만 공부를 하는 데는 시간을 엄격하게 지키는 등 절도를 중시했다. 물론 숙영이 자신도 추호도 빈틈이 없이 스스로를 감독하여 공부에 임하지만, 정섭이도 이 아름다운 선생인 숙영이의 자세를 존경하여 공부만은 그야말로 지성으로 하고 있다. 그렇기 때문에 날로 발전이 커서 현재 여느 도시 아이들보다도 뛰어난 수준을 갖기에 이른 것이다.

원래 정섭이는 이해력과 집중력이 뛰어난 아이였다. 처음 정마을에 들어와서는 어려서부터 습득한 거지 습관 때문에 난조를 보이기도 했지만, 숙영이의 정성에 힘입어 이제는 타고난 훌륭한 성품이 발휘되고 있는 것이었다.

정섭이는 검게 반짝이는 큰 눈망울을 가끔씩 껌벅이며 또 한 장의 책장을 넘겼다.

"정섭아!"

이때 문 밖에서 아름다운 목소리가 들렸다.

"응? 누나야!"

정섭이는 번개처럼 일어나 문 밖으로 나왔다.

"누나!"

"응, 정섭아! 너 심부름 좀 해줄래?"

"뭔데요?"

정섭이는 심부름의 내용을 물어보면서 벌써 신발을 신고 있었다.

"지금 할머니께서 건영이 아저씨를 찾고 계셔! 수고스럽지만 네가 좀 찾아보렴."

"그래요? 알았어요."

정섭이는 미소를 지어보이고는 잽싸게 나갔다.

요즈음의 정섭이는 건영이 아저씨에게 가는 심부름을 마다하지 않는다. 전에는 숙영이 누나 일만 자꾸 묻는다고 가기를 싫어했는데, 요즈음은 오히려 가급적이면 더 찾아보려고 한다. 숙영이는 정섭이가 저 멀리 달려가는 뒷모습을 보고 웃음을 지었다.

'……산모 댁에는 별로 할 일이 없던데. 그럼, 공부나 하러 갈까!'

숙영이는 이렇게 생각하고는 강씨 노인 집으로 향했다. 정섭이는 지금 강 쪽으로 뛰어가고 있었다. 사실 급한 일도 아니라서 천천히 걸어서 갔다 와도 되는 것을 뛰는 것이다. 어린아이들의 기분은 원래 종잡을 수 없는 것이니 별일 아닌 것으로 뛰어간다고 해도 이상할 것은 없다. 그냥 일하고 상관없이 뛰고 싶을 수도 있는 것이다.

그런데 지금 정섭이의 마음은 몹시 즐거운 것이다. 왜냐하면 할머니가 건영이 아저씨를 부르는 이유를 알기 때문이다. 며칠 전 할머니가 할아버지에게 건영이를 불러서 임씨의 행방에 관해 점을 치자고 하는 것을 들은 적이 있다. 이때는 할아버지가 이렇게 말했다.

"내버려두구려! 점칠 일이라면 건영이가 벌써 알아서 쳤을 테지……내가 보기엔 건영이도 신경을 많이 쓰고 있는 것 같던데……."

이래서 건영이 아저씨를 부르는 것이 성사되지 못했는데 이제야 할머니가 궁금증을 참지 못하고 건영이 아저씨를 부르는 것이다. 틀림없다. 정섭이는 이렇게 생각하고는 더욱 속도를 높였다. 산 속의 길이라 평탄하지 않지만 정섭이는 능숙하고 안전하게 잘 달리고 있었다.

이런 일은 원래부터 정섭이에게 잘 숙달되어 있는 것이다. 정섭이는 여느 아이가 아니다. 왕년에 거지로서 다년간을 거리에서 단련한 바 있다. 거지는 자고 깨면 걷는 게 일이다. 이렇게 해서 자연히 튼튼한 다리를 갖는 것이지만, 어려서부터 이렇게 해두면 평생 튼튼한 다리가 된다. 정섭이는 이제 나이가 한 살이라도 더 먹고 안정된 생활에다 공부까지 하여서 세상일에 많은 깨달음이 있었다. 그리고 자신의 운명을 포함해서 운명이란 그 자체에 대해 어린아이답지 않은 관심을 가지고 있는 것이다.

정섭이는 달리고 또 달렸다. 나무숲과 들판이 뒤로 지나가고 흐르는 냇물보다 앞으로 달려 나갔다. 이러는 중에 정섭이의 마음 저 깊숙한 곳에서는 언뜻 옛날 일이 떠올랐다. 아마 이삼 년 되었을려나, 옛날에도 정섭이는 이렇게 열심히 달린 적이 있었다. 당시 달리던 곳은 이렇게 거친 산길이나 거리가 아니었다. 시골에 있는 어느 국민학교 운동장이었던 것이다.

그날은 운동회 날이었다. 물론 정섭이의 운동회 날은 아니었다. 정섭이는 학교라는 곳을 다닐 수가 없는 거지였기 때문에 운동회는 더더구나 있을 턱이 없다. 그러나 그날은 정섭이 동네 어느 학교에 운동회가 있어서, 말하자면 구경을 간 것이다. 누가 초청한 것은 아니었다. 오히려 운동장에 들어가는 것도 누군가 막아서 못 들어가게 하는 것을 겨우 들어간 것이다. 이때 가장 큰 문제는 깡통이었다. 이것은 거지의 밥통이기 때문에 가장 중요한 것인데, 이것 때문에 번번이 교문에서 잡혔던 것이다. 그래서 정섭이는 이 깡통을 동네 어디엔가 감추어 두고 어렵게 교문을 통과할 수 있었다.

하지만 교문 안에 들어서서도 편안한 것은 아니었다. 옷차림새를 보면 대번에 거지인 줄을 눈치 챌 것이기 때문에, 교직원이 오면 숨거나 이리저리 다니면서 겨우 운동장 안에 있을 수 있었다.

운동장에는 이 날이 운동회 날이라서 그 학교에 다니는 아이들과 부모들도 함께 참석해 있었다. 정섭이는 부모들과 같이 있는 아이들을 볼 때마다 몹시도 부러워했다.

'모두들 있는 부모가 왜 내겐 없는 것일까……?'

정섭이는 이렇게 생각했었지만 정작 부러운 것은 부모가 있는 것보다 운동회에서 달릴 수 있다는 것이다. 정섭이는 이기려고 열심히 달리는 아이들을 소리쳐 응원하면서 자기 처지도 잊고 있었다.

정섭이는 부모가 있으면 저렇게 달릴 수 있는 권리가 주어지는 것을 미처 생각하지 않았다. 그저 자기도 한 번 달리고 싶었을 뿐이었다. 남보다 더 빨리 달려 상도 타보고 싶었다. 정섭이는 마침내 자기가 누구인지도 모르고, 이 학교 학생이 아닌지도 모른 채 출발선에서 뛰어나가는 어린아이들과 나란히 좀 늦게 출발해서 뛰었던 것이다. 정섭이는 배가 고팠지만 남보다 빨리 달리기 위해 이를 악물었다. 출발은 좀 늦었지만 기필코 먼저 도착해야 한다.

정섭이는 죽을힘을 다해 달렸다. 눈앞이 캄캄해졌다. 그러고는 해내고 만 것이다. 누구보다도 제일 먼저 결승점에 도달했다. 그러나 누구 하나 박수를 쳐주지 않았다. 상도 없었다. 일등에게 상품으로 주는 공책은 정섭이 다음으로 들어온 아이에게 주어졌다.

정섭이는 다행히 운동장에서 쫓겨나지는 않았지만 달려도 소용없다는 것을 이때 알았다. 운동장 안에 있는 많은 부모들은 저마다 아이들의 어깨를 두드려 주며 예뻐했다. 그러고는 김밥과 더 맛있는 음식도 먹여 주었다. 정섭이에게 돌아온 것은 하나의 깨달음뿐이었다. 어른들은 자기 자식만 사랑한다는 것이다. 어른은 아이를 사랑하는 것이 아니다. 어른은 자기 자식만 사랑할 뿐이다.

정섭이는 이 날 사람은 사람을 사랑하지 않는다는 것을 확실히 알았다. 자기 자식만 사랑한다는 것은 왠지 무정하게만 보였다. 남이라 해도 좀 사랑해 주면 안 되는 것일까?

정섭이는 이날 인간의 무관심과 무정함에 몸서리쳤다. 그래서 정섭이는 사람의 마음을 두려워했고 피해왔다. 자신에게 어쩌다 주어지는 온정도 거부했던 것이다. 그러나 정마을은 어떤가? 이곳은 실로 정섭이의 얼어붙은 마음을 녹여 준 곳이었다. 정마을 사람들은 사람을 사랑하는 사람들인 것이다. 사랑을 모르는 사람은 정마을에 없었다.

정섭이는 정마을에서 인간이 무엇이며 무엇이어야 하는가를 확연히 깨달을 수 있었다. 지금 정섭이가 강변을 향해 달리는 것은 사랑 속에서 달리는 것이었다. 공책을 상으로 받지 못해도 좋다. 그저 달리는 것으로 좋았다.

그러나 오늘 정섭이는 그 옛날 어느 때처럼 있는 힘을 다해 달렸다. 이것은 자기의 확인이며 모든 난관과 싸워서 이기겠다는 의지인 것이다.

어느덧 눈 앞 쪽에 강변이 보였다. 정섭이는 일단 뛰는 것을 멈추고 숨을 헐떡였다. 얼굴에는 땀이 흘러내리고 있었고, 혼자 웃는 모습은 태양처럼 빛났다.

정섭이는 숨을 가라앉히면서 천천히 걸어서 나루터까지 왔다. 나루터에는 배만 홀로 남아있었고 사공인 건영이는 없었다. 정섭이는 가까이 주변을 얼핏 살펴보고는 어디로 갔을까 생각해 보았다.

'강변엔 지금 없는 것일까……?'

시간으로 봐서는 나루터에 나왔다 들어갔거나, 아니면 아직 강변 어딘가에 있을 것이다. 정섭이는 혼자 생글거리며 고개를 갸우뚱했다.

'상류 아니면 하류 쪽인데…….'

정섭이는 상류 쪽으로 가지는 않았을 것으로 생각했다. 왜냐하면 그쪽은 정마을과 나란한 곳이니까 강변에 나와서 조용히 있고 싶으면 하류 쪽이 나았다. 아무래도 하류 쪽이 거리가 더 멀어지니까 기분이나마 조용해질 것이리라.

정섭이는 제법 추리 같은 것을 해서 결론을 내렸다. 건영이 아저씨가 지금 강변에 있다면 필경 하류 쪽일 것이다. 그러나 정섭이의 추리가 비록 그럴 듯 하더라도 그보다 더 쉽게 생각하는 방법도 있다.

사실 정섭이가 건영이 아저씨를 강변에 와서 찾았을 때는 언제나 하류 쪽에서 오고 있었다. 어제도 바로 그랬었다. 말하자면 습관인 것이다. 물론 정섭이가 생각한 그런 이유 때문일 수도 있다.

그러나 건영이가 하류 쪽을 좋아하는 것은 하류 쪽 경치가 마음에 더 들었기 때문이었다. 그래서 건영이는 강변에 나오면 으레 하류 쪽으로 간다. 그러나 계절에 따라서 조금씩 다르고 그날 기분에 따라서도 조금 다른 것이다. 대개 생각거리가 많고 잘 풀리지 않을 때는 하류 쪽으로 걷는 경우가 많았다.

아무튼 정섭이는 하류 쪽으로 걸었다. 처음엔 멀리까지 살펴보았는데도 사람이 보이지 않았다. 그러나 정섭이는 어떤 확신이나 고집 같은 것을 가지고 무작정 한참 걸었다. 드디어 저 멀리 사람인 듯한 물체가 보였다. 건영이었다. 이제 천천히 걸어가면 되었다. 건영이 쪽에서도 정섭이를 발견하고 걸어오고 있었다.

정섭이는 걸음을 천천히 했으나 멈추지는 않고 계속 거리를 좁혀 나갔다. 정섭이가 걸어가는 우측은 가까이 숲이 있고 산은 그 뒤쪽으로 깊게 깊게 전개되어 있었다. '째잭'하곤 참새인 듯한 새가 산 쪽에서 울었다. 좌측으로는 잡초가 무성한 가운데 길이 구부러질 때마다 저쪽에서 오는 사람을 가려서 보이지 않게 했다.

정섭이는 이때 인간의 무한한 신비를 생각했다. 단순히 나이가 들면 커가는 그런 인간의 성장이 아니라, 무엇인가 모를 커다란 공부를 생각해 낸 것이다.

'저기 걸어오는 건영이 아저씨는 도대체 어떤 사람일까? 사람이 그토록 신비한 힘을 가질 수 있는 것인가?'

정섭이는 이 세상에 공부라는 것이 자기가 하는 것 외에도 무한히 많다는 것을 깨달았다. 자기가 하는 것은 어린아이가 말을 배우는 수준인 것이다. 이것은 누구나 노력만 하면 되는 것이다. 그러나 그런 공부를 넘어서 저 높은 곳에 있는 공부는 어떤 것인가? 저기 걸어오는 사람은 그런 공부를 해서 범상한 사람이 도달할 수 없는 깊고 깊은 세계에 가있는 사람인 것이다.

정섭이는 결심했다. 우선은 세상에 누구나 하는 공부를 해야 하는 것이다. 그러나 이를 빨리 마치고는 세상을 뛰어넘는 깊고 깊은 공부를 해야겠다고 스스로에게 다짐했다.

'아! ……인생이란 바로 이런 이유 때문에 살아야 하는 것이 아닌가?'

정섭이는 어린아이답지 않은 이 엄청난 깨달음에 몸이 떨려왔다. 그리고 정섭이는 분명 자신의 결론이 옳다는 생각이 들었다. 정섭이는 이를 악물고 자신의 미래를 그려 보았다. 아니, 훌륭한, 아주 훌륭한 신선 같은 사람이 되겠다고 결심했다. 이 순간 건영이 아저씨가 바로 눈앞에 나타났다.

"정섭이로구나! 누가 또 나를 찾고 있니?"

'틀림없다. 건영이 아저씨는 모든 것을 알고 있어!'

정섭이는 이런 생각을 하면서 고개를 끄덕였다.

"할머니가 찾아오랬어요."

"그래…… 가보자. 그럼."

이렇게 해서 두 사람은 나란히 상류 쪽으로 걸었다.

얼마쯤 가자 건영이는 돌연 정섭이를 돌아봤다. 건영이의 표정은 정섭이를 빤히 보는 것이었다. 정섭이는 영문을 몰랐으나 건영이가 즉시 말문을 열었다.

"정섭아, 너 커서 훌륭한 사람이 되겠구나."

"예? 훌륭한 사람이요?"

"그래. 틀림없이 훌륭한 사람이 될 거야!"

정섭이는 속으로 기뻐하면서 반문했다.

"어떤 사람이 되는데요?"

"응…… 글쎄, 확실치는 않지만 무슨 박사가 될 것 같아!"

"예? 박사요?"

정섭이의 목소리는 놀란 목소리였다. 그러나 얼굴빛은 낙심한 표정이었다.

'뭐, 박사? 확실치는 않지만……?'

정섭이는 이렇게 생각하고 크게 실망한 것이다. 정섭이가 바라는 훌륭한 사람은 박사 같은 게 아니었다. 박사라면 세상에 흔히 있는 사람이 아닌가?

"아저씨! 나는 박사 같은 사람, 그리 좋아 안 해요. 그런데 확실하긴 한 거예요?"

정섭이는 퉁명스럽게 물었다.

"글쎄! 확실한지는 모르겠는데……."

맥이 탁 빠지는 소리였다.

"예? 그런 말이 어디 있어요! 박사면 박사지 확실하지 않은데 박사란 또 뭐예요?"

"정섭이 네 말이 맞구나!"

"몰라요! 내 말이 맞으면 아저씨 말은 틀린 거예요. 그렇잖아요?"

"그래그래. 그렇구나!"

건영이는 고개를 끄덕이며 멋쩍게 웃는데 정섭이는 입술을 깨물고 고개를 가로저었다. 지금 정섭이 기분은 별로 좋은 것이 아니었다. 건영이는 난감해했다. 공연히 말을 꺼낸 것이다. 확실한 것도 아니고 또 정섭이가 즐거워하는 것도 아닌 것을⋯⋯. 건영이는 반성했다.

그런데 이상했다. 조금 전 건영이의 마음속에는 하나의 상이 돌연 떠올랐는데, 그것은 정섭이가 어른이 되어 있는 모습이었다. 꿈같은데 분명 꿈은 아니었다. 미래가 얼핏 보인 것이다. 미래를 안 것이 아니라 본 것이다. 어떤 연구실 같은 데서 흰 연구복을 입고 강의를 하고 있는 것을⋯⋯ 필경 무슨 학자 같기도 한데⋯⋯ 자세히 보이지 않았다. 건영이는 물론 학교도 못 다니고 있는 정섭이가 그렇게 된다는 것이 너무 기뻐서 자기도 모르게 소리를 질렀던 것이었다. 건영이는 조금 전 마음에 보인 것이 무엇일까 생각해 보았다.

'⋯⋯미래가 보인다? 사람의 미래? 어떻게 이런 것이 보인 것인가? ⋯⋯연구해야 할 일이 하나 더 생겼구나! 점점 더 어려워만 지는데⋯⋯.'

건영이는 정섭이가 옆에 있으니 일단 생각을 멈추었다. 그새 정섭이는 다시 밝은 모습으로 돌아와 있었다.

"아저씨, 미안해요."

정섭이는 멋쩍은 표정을 지으며 건영이를 돌아봤다.

"응? 미안하긴⋯⋯."

건영이는 정섭이 어깨를 안아주었다. 강변의 길은 이제 끝났다. 두 사람은 좌측으로 꺾어서 정마을로 가는 숲 속으로 들어섰다. 이 길에서는 정말 새로운 기분이 되어서 두 사람은 밝은 표정으로 많은 얘기를 나누며 걸었다. 건영이로서는 정섭이와 이토록 많은 얘기를 나누기는 처음이었다. 정섭이는 가끔 어른들조차 어려운 생각을 얘기했는데, 건영이는 이를 진지하게 들어주었다.

두 사람은 시간 가는 줄 모르고 얘기하다 이윽고 정마을에 도착했다. 길은 좌측 언덕으로 이어졌고, 건영이가 앞장을 서려는데, 정섭이가 불렀다.

"아저씨! ……아저씨 생각에는 할머니께서 왜 부르시는 것 같아요?"

"글쎄! 네 생각은 어떠니?"

"아저씨한테 점을 쳐달라고 할 것 같아요. 임씨 아저씨 문제로요."

"음……."

건영이는 고개를 끄덕이며 말없이 걸었다.

"정섭아!"

건영이가 앞장서서 걸으며 나지막하게 불렀다. 정섭이가 대답을 하려는데, 건영이의 말이 이어졌다.

"너, 기차를 타봤니?"

"기차요? 그럼요! ……많이 타봤어요."

정섭이는 약간 흥분된 목소리로 말했다. 기차라는 것은 버스에 비해서 몰래 타기가 훨씬 쉬운 것이다. 이것도 거지 시절 이야기지만 정섭이는 기차를 차표 없이도 손쉽게 타곤 했다. 처음에는 발각이 돼서 곤란도 더러 당했지만 나중에 방법이 터득되어서는 차표가 있는 사람과 거의 다름이 없이 어디나 갈 수 있었다.

정섭이는 잠깐 그 당시를 회상하며 밝게 웃고는 의아스러운 표정을 지으며 물었다.

"기차는 왜요?"

"아니…… 그냥……."

건영이는 무슨 생각을 하는지 별 대답은 않고 혼자서 고개만 가로 저었다. 이때 싸리문 안에서 할머니가 나오고 있었다.

"할머니!"

정섭이가 먼저 한 발 나서며 불렀다.

"응? 건영이 학생이 왔구먼…… 정섭이가 찾아왔니?"

"예, 안녕하세요?"

건영이는 명랑하게 인사부터 건넸다.

"흠, 잘도 생겼구먼…… 그래 요즘 공부는 잘 되나?"

"공부는요, 뭐…… 잘 안돼요."

할머니는 건영이가 대답하는 모습을 빤히 보며 웃었다.

"자, 우리 저쪽으로 잠깐 갈까?"

할머니가 가리킨 곳은 싸리문에서 좀 떨어진 곳으로 평평한 바위가 있는 곳이었다. 할머니가 바위에 걸터앉자 건영이도 옆에 자리를 골라 앉았다. 정섭이만 서서 할머니가 말하기만 기다렸다.

할머니는 먼 산을 한 번 바라보고는 말을 꺼냈다.

"건영이 학생, 점을 한번 쳐봐!"

"예? 무슨 일인데요?"

"임씨 말이야. 어찌된 일인지?"

"예 할머니, 임씨 아저씨 일로 걱정하시는군요. 그런데…… 저…….."

건영이가 속 시원히 말하지 않고 망설이자 할머니는 궁금한 표정을 지으며 건영이를 바라봤다.

"할머니! ……점은 칠 수 없어요."

이윽고 건영이는 결심이 섰는지 분명하게 대답했다. 거절이었다.

"음? ……점을 칠 수 없다고?"

"예, 할머니, 지금은 점칠 시기가 아니에요."

"그래? 그럼 할 수 없지…… 그런데 점칠 시기가 아니란 말은 무어야?"

"알고 싶으세요? 그렇다면 말씀 드리지요. ……이유는 많아요. 우선……."

건영이는 천진한 모습으로 설명을 시작했다. 정섭이는 뜻밖에 일이 생겨 맥이 빠지는 한편, 점에 대한 어떤 신비한 내용을 듣게 되는 것에도 흥분했다.

"점이란 말이에요…… 사람이 최선을 다해 생각하고 알아본 다음에 쳐보는 것이에요. 손쉽게 국어사전을 찾아보듯 하는 게 아니고요…… 지금은 첫째, 임씨 아저씨께서 서울에 가 계실 가능성도 있는데, 그것을 알아보지도 않았어요! 그리고 애기가 새로 태어났는데 부정한 판단을 내리고 싶지 않아요. 지금 당장 알아봐야 근심만 생기는 것 아니겠어요? 애기의 영혼에 충격만 되겠지요. 또 한 가지 이유는 나쁜 결과가 나왔을 때 당장 산모가 걱정이 돼요. 좀 더 시일을 둬야 되겠지요. 게다가 저는 전에 박씨에 대해서도 점을 쳐봤는데 그 결과를 아직 몰라요. 한 번 친 점의 결과를 모른 채 다른 점을 쳐 보고 싶지 않아요. 그리고 또 저는 요즘 마음이 어지러워서 점이 잘 안 될 거예요……."

건영이는 말을 마치고는 어린아이 달래 듯한 표정으로 할머니를 바라봤다.

"그렇구먼…… 점이란 게 쉽게 치는 것이 아니구먼…… 그런데 서울에선 왜 소식이 없을까?"

할머니는 점에 대한 것은 체념하고 서울 간 사람들을 생각했다.

"글쎄요. 시간이 너무 걸려요. 처음부터 서울에 보낸 것이 잘못됐나 봐요. 제 잘못이에요."

건영이의 안색이 조금 흐려졌다. 할머니는 이내 이를 파악하고는 위로를 겸해서 하나의 의견을 꺼냈다.

"아니야, 건영이 학생의 잘못이 아니겠지. 세상일이란 어차피 운명으로 이루어진 것일 거야. 그런데 누가 서울엘 한 번 가보면 어떨까?"

과연 할머니다운 발상이다. 이 할머니는 성격이 괴팍한 것으로 알려져 있으나 일에 있어서는 허튼 소리를 안 한다. 곧바로 결론을 집어내어 사람을 놀라게 한다. 대개 인간의 일이란 단지 인간의 다른 이유 때문에 도출된 결론대로 행동을 못 한 것뿐이다.

이번 문제만 해도 그렇다. 길게 기다리느니 차라리 누군가 서울에 가서 속 시원히 알아보면 되는 것이다. 현재 기다릴 만큼 기다렸으니 행동을 할 때가 된 것이다. 지금 누가 서울에 가서 박씨 일이든 임씨 일이든 알아보려 한다 해서 조급한 것은 아니다. 오히려 늦었다면 늦은 것이다. 할머니는 벌써 전부터 이런 생각을 했을 것이지만 혹시나 하고 기다렸을 뿐이다. 지금 시기로 봐서 우선 서울에 가서 알아보는 것이 순서인 것이다.

그런데 누가 서울엘 가느냐가 문제다. 만일 인규가 있었다면 이런 일에 딱 맞는다. 그러나 이것은 인규의 성격이 너그럽기 때문인 것이다. 인규는 희생정신이 강하다. 그래서 귀찮은 일도 선뜻 나서는 것이다. 그렇다면 지금 인규가 없는 마당에 그 일을 누군가 해야 한다. 여자들? 이는 적절하지 못하다. 게다가 지금 정마을 여자들은 아주 바쁜 때가 아니냐? 그렇다면 남자인데 할아버지가 가면 어떨까? 할아버지? 아무래도 노인네보다는 젊은 사람이 낫다. 그렇다면 건영이

밖에 없다. 할머니도 이렇게 생각해서 말한 것이다. 더구나 서울은 건영이가 가장 잘 아는 곳이 아니냐! 건영이도 이것을 느꼈는지 천천히 말을 꺼냈다.

"할머니, 그것도 쉽지 않아요. 서울엘 산다면 제가 가야 하는데…… 저는 정마을을 떠날 수 없는 사정이 있어요. 첫째는 요즈음 마음이 불길해서 이 정마을에 무슨 일이 있을 것만 같아요. 아무래도 제가 있어서 대처해야 될 거예요. 그리고 또 한 가지는 촌장님께서 저에게 정마을을 나가서는 안 된다고 하셨는데, 아직 그 예언이 끝났다는 확신이 잘 안서요. 그리고 현재 저의 신수가 나빠서 서울엘 가면 오히려 사고가 나서 일만 더 생길 거예요. 마지막 이유로는 제 공부가 지금 중대 국면에 들어서 있어요. 이것의 곡조를 엇나가게 하고 싶지가 않아요."

건영이는 여전히 할머니를 달래는 말투였고 할머니는 충분히 납득이 갔다.

"그렇구면…… 쉬운 일이 하나도 없구면. 흠…… 그저 기다려 보는 수밖에……."

할머니는 완전히 체념했다. 역시 그동안처럼 기다리는 수밖에…… 그런데 이때 정섭이가 큰 목소리로 끼어들었다.

"할머니! 제가 서울엘 가보면 어때요? 아니, 제가 서울엘 가겠어요. 아버지도 만날 겸……."

물론 정섭이가 아버지라고 말한 것은 박씨를 두고 얘기한 것이다. 정섭이의 표정은 단호했다. 누구의 허락을 받으려는 자세는 물론 아니었고, 또한 반대해도 소용없다는 그런 표정이었다.

"정섭이 네가? ……네가 어떻게 갈 수 있겠니?"

할머니는 당치도 않다는 표정을 지으며 정섭이의 시선을 외면하고는 건영이를 쳐다봤다. 건영이는 아무 말도 안 하고 표정도 뭐 이상할 것 없다는 식이었다.

"할머니!"

정섭이가 따지는 듯한 음성으로 다시 불렀다.

"제가 서울에 가면 안 되는 이유가 뭐예요?"

"응? ……그건, 넌 너무 어리잖아!"

"하하, 할머니, 저는 전국 어디나 다 돌아봤어요. 혼자서 말이에요. 차비도 없이…… 이곳 정마을에도 저 혼자 왔어요. 전 여행이 안 어려워요!"

"뭐? 그렇긴 해도……"

할머니는 기가 차서 할 말을 잊었지만 정섭이 말은 누가 들어도 타당성 있는 것이다. 사실 서울이라서 망정이지 서울이 아닌 낯선 도시라면 정섭이가 오히려 건영이를 데리고 다닐 형편인 것이다. 건영이야말로 서울을 떠나면 아주 서툰 사람일 것이다. 건영이가 이 정마을에 있으니까 안전하지 만일 정마을 밖 거리에 내놓는다면 어디 감히 정섭이만 하겠는가?

"제가 서울엘 가겠어요!"

정섭이가 다시 말하며 건영이를 쳐다봤다. 건영이는 고개를 끄덕이며 웃었다.

"글쎄…… 안 될 것은 없지! ……어쩌나?"

건영이는 할머니를 슬쩍 보며 눈치를 살폈다.

"자, 됐어요. 건영이 아저씨가 허락했으니 나는 서울에 가는 거예요…… 역시 작은 촌장님이 뭘 아신단 말씀이야."

정섭이는 아예 기정사실화해 버리려고 할머니의 말문을 막았다.

그런데 건영이가 듣자니 정섭이의 말이 참 맹랑하다. 작은 촌장? ……거 참! 할머니도 이 말에 유의했는지 건영이 표정을 흘끗 보고는 고개를 천천히 끄덕였다.

"좋아. 나는 모르겠으니 건영이 학생이 결정하지! 흠……."

할머니는 이제 볼일을 다 봤다는 듯이 일어나서 싸리문 안으로 들어가 버렸다.

이렇게 해서 정섭이의 서울행이 결정된 것이다. 할머니가 들어가고 이젠 두 사람만 남자 정섭이가 물었다.

"아저씨! 지금 떠날까요?"

"글쎄…… 어떨까? 준비는?"

"준비요? 준비가 뭐 필요 있어요? 빨리 갔다 오지요."

정섭이는 서둘렀다. 혹시나 다 된 일에 누군가 나서서 반대하면 낭패 아닌가!

"좋아. 지금 가자! 하지만 아저씨들 연락처와 돈을 가지고 가야지……."

이렇게 해서 정섭이의 서울행은 즉시 실행에 옮겨졌다. 두 사람은 잠시 건영이 집에 들른 것을 제외하고는 시간이 걸리지 않았다. 정섭이는 현재 복장을 그대로 나루터로 향했다. 건영이는 정섭이를 태우고 강을 건네주는 동안 몇 가지 생각을 해봤으나 잘못될 일은 없었다. 단지 누구에게도 말하지 않고 건영이 스스로만 궁금해 하던 일이 있었다. 물론 서울에 가있는 정마을 식구들과도 그리 크게 관계된 일은 아니었다. 이것은 국가 전체의 이변으로서 오늘 내일 중에 무슨 사태가 일어날 것만 같은 육감을 건영이는 가지고 있는 것뿐이었다. 이는 전에 정마을 우물에서 건진 은 목걸이를 주역의 괘상으로 해석해서 얻은 내용인데, 요즈음에 와서 마음의 먼 저쪽 벽에서 진동이 자주 일어나는 것으로 봐서 건영이는 때가 임박했다고 느끼고 있는 중이었다. 만일 이런 일이 있다면 이번 정섭이의 서울 여행 중에 알아가지고 오면 좋은 것이다. 그 외에는 건영이의 마음에 아무런 거리낌이 없었다. 소양강 물은 여전했다.

'철벅……'

물고기가 자맥질하는 소리가 들려왔다. 건영이는 한없이 가라앉은 마음을 가지고 천천히 노를 저어 나갔다. 강상에 부딪히는 햇살이 은은하여 정섭이의 마음을 더 설레게 하였다. 이제 얼마 안 있으면 한적한 이 세계를 떠나 오랜만에 소란스럽고 거친 도시로 들어가게 되는 것이다.

"정섭아! 일 끝나면 곧장 오너라!"

"예."

"오늘 중에 서울행 기차를 탈 수 있을까?"

"예."

건영이는 몇 가지 말을 걸었지만 정섭이는 속으로 생각이 많아서인지 대답을 짧게 했다.

배는 이편에 닿았다. 건영이는 배에서 내리지 않고 인사를 건넸다.

"잘 다녀오너라! 조심하고……"

"예. 염려 마세요."

정섭이는 배에서 내리자 성큼성큼 걸어서 숲 속으로 향했다. 건영이는 잠시 배를 늦추고 바라다보고 있었는데, 정섭이는 뒤를 한 번 흘끗 돌아보고는 손을 흔든 뒤 뛰어서 이내 숲 속으로 사라졌다.

건영이는 배를 돌렸다. 마을 사람들이 정섭이의 서울행을 알게 된 것은 이 날 저녁이 되어서였다. 건영이는 강을 건너 정마을로 들어가자 곧장 자기 방으로 들어갔다. 이제 강은 다시 아무런 흔적도 없어지고 인적이 없는 가운데 유유히 흘러 하류로 길게 길게 북한강 쪽으로 흘러들 무렵, 정섭이는 무사히 서울행 기차에 올랐다.

정섭이가 서울로 들어간 이 날은 우리나라에 현대 정치사에서 가장 획기적인 변화가 발생한 날이었다. 때는 1961년 5월 16일, 이날 새벽 1시 박정희 장군이 이끄는 혁명군은 오랜 준비 끝에 드디어 행동을 개시한 것이다. 혁명군의 제1진은 김윤근 준장이 지휘하는 해병 여단으로, 이 부대는 상오 3시 20분 한강 인도교 남쪽에 도착, 다리를 지키고 있던 헌병대의 저지선을 10분 만에 돌파하고 서울의 중심부로 조용히 진입, 육군 본부를 향해 계속 행진했다.

혁명군 제2진인 6군단 포병단 병력은 미아리 방면으로 진입, 3시 10분에 창경원 앞을 경유, 중앙청 쪽으로 쇄도해 들어왔다. 이 두 부대는 10여분 후 용산에서 합류 육군 본부를 무혈 점령, 혁명의 물꼬를 트기 시작했다. 다시 4시 40분에는 남산에 있는 중앙 방송국을 점거하고, 5시 15분, 전국 라디오 망을 통해 혁명을 선포했다.

이로써 혁명은 중요 분기점을 넘어서 수습의 국면으로 접어 들어갔고 성공 쪽으로 급진전했다. 군사적인 면에서 보면 싱겁게도 부대를 동원하여 서울 중심부를 향해 일직선으로 곧장 달려와서 목표를 점령, 작전은 끝이 난 것이었다. 도중에 이렇다 할 만한 저지는 없었다. 결국 혁명은 성공했다.

이로부터 사회는 급변하기 시작했으며 비로소 국운은 바뀌기 시작했다. 한 국가의 운명이란 개인의 운명처럼 그리 단순하지가 않다. 그 국가를 이루고 있는 수많은 사람의 운명이 총화로서 나타나는 것이 국운이므로 그 흐름은 인간의 힘으로는 바꿀 수가 없는 것이다.

이것은 수많은 세월동안 누적되어 온 섭리에 의해 이룩되고, 또 개인과 국가가 그 운명의 힘을 서로 밀고 당기며 사물의 응대 섭리와 전체와 부분의 조절 섭리에 의해 그 흐름이 부동적으로 결정되어 있으면 이는 숙명이라 말할 수 있는데, 대개 국가의 운명처럼 거대한 흐름은 개인의 입장에서 보면 어쩔 수 없는 숙명이고, 대우주적으로 보면 아무리 큰 국가의 흐름이라 해도 작은 운명에 지나지 않을 것이다.

한 국가에서 일어난 혁명은 그것이 일어날 수 있도록 우주의 큰 섭리가 유도한 것이며, 그 국가 내에서의 수많은 원인들이 모여 발출시킨 것이다. 그것은 인간이 이름을 붙여서 혁명이라고는 하지만, 결국 대자연의 필연적 흐름인 천명(天命)일 수밖에 없다.

5월 16일에 일어난 국가 상층부의 급격한 변화는 서서히 국가의 모든 곳에 그 파급 효과를 미칠 것이다. 서울의 아침거리는 겉으로 보기에는 어제 아침과 크게 달라진 것이 없었다. 엄청난 사건의 발생에 시민들은 끝없이 웅성거렸지만, 여전히 자기의 생활을 계속했다.

정섭이는 청량리역에 도착하여 역 대합실에서 밤을 보내고 역 근처를 늦은 시간까지 배회하다가 정오가 가까워지자 시내로 들어가는 전차에 올랐다. 정섭이는 의자에 앉지 않고 운전석 옆에 기대서 전차의 넓은 창 앞으로 전개돼 오는 서울거리를 감상하며 즐거워했다. 얼마 후 전차가 화신 앞에 정차하자 정섭이는 재빨리 내려서 누구에게 묻지도 않고 정확히 안국동 방향으로 사라졌다.

옥황부의 특사, 단정궁에 들다

한편 상계에서는 서왕모를 배견하기 위해 파견된 옥황부 특사가 이제야 단정궁에 도착했다. 옥황부 특사인 동원선(冬元仙)은 도중에 습격을 받아 이를 물리치고 조사를 하느라 예정보다 한참 뒤늦게 도착한 것이다. 동원선은 경륜이 많고 학덕이 높아 단정궁처럼 위험한 요사(妖事)가 있는 곳에서의 임무에 적합한 선인이었다. 이전에 파견되었던 특사 인월선의 원인 모를 죽음에 난감했던 옥황부에서는 이번만은 사고 없이 확실히 임무를 수행할 수 있도록 모든 면에서 능력 있는 탁월한 선인을 엄선한 것이었다.

동원선은 눈앞에 보이는 단정궁으로 통하는 관문 앞에 다소곳이 서 있는 두 여인들을 보았다. 두 여인들은 특사가 멈춰 서자 즉시 앞으로 걸어 나와 공손히 무릎을 꿇어 인사를 올렸다.

"인사드리옵니다. 특사께서는 원로에 고초는 없으셨는지요?"

"음. 그대들은 누구요?"

동원선은 위풍도 당당한 모습으로, 그러나 눈은 인자한 모습으로 물었다.

"예. 소녀는 원화당주 가원이옵고…… 이 아이는 부당주인 주령이옵니다."

가원은 무릎을 꿇은 채로 자기의 직책과 이름을 소개하고 이어 부당주 주령도 소개했다.

"그렇소? ……알았으니 일어나시오!"

"예, 감사하옵니다."

두 여인은 일어나서 다시 한 번 가볍게 고개를 숙여 예를 표했다.

특사가 살펴보니 여인들은 십대 후반이나 이십대 초반 정도로 보이는 아주 청순한 여인이었다. 얼굴에는 일체의 속된 표정이 없었다. 따라서 마음 또한 더없이 맑을 것임을 짐작하게 해주었다. 깨끗한 피부색에 진주처럼 빛나는 검은 눈동자는 보는 사람의 기분을 신비하게 해주었다. 특사는 속으로 생각했다.

'참으로 깨끗하고 아름답구나. 그런데 이 여인들은 공부를 많이 하지는 않은 것 같은데……'

"그럼, 안으로 뫼시겠사옵니다."

청아한 목소리로 이렇게 말한 가원은 좌측으로 약간 앞서고 주령은 특사의 우측에 나란히 섰다. 특사는 무심히 되어가는 대로 따랐다.

세 사람이 단정궁 관문을 들어서자 특사는 눈앞에 전개된 경관에 크게 놀라고 말았다. 견문이 아주 넓은 동원이지만 아직까지 이러한 경관을 본 적이 없었기 때문이었다.

저쪽 멀리에 있는 단정궁은 안개에 가려 겨우 보일까 말까 한데, 공기는 새벽 공기보다 맑고 고요하기가 이를 데 없었다. 좌측 가까이에는 푸르고 싱싱한 풀들이 끝없이 연해 있었고, 가끔씩 강렬한 빛깔의 아름다운 꽃들이 한적하게 피어 있었다. 그 뒤쪽으로는 키가 그리 크지 않은 각종 나무들이 멀리까지 숲을 이루었고, 단정궁 쪽으로 곧게 뻗은 길은 안개 속으로 사라져서 끝이 보이지 않았다. 우측에는 좌측의 연약한 정경들과는 아주 대조적으로 깊고 거대한 호수가 자리 잡고 있었는데, 물가에는 수많은 물풀들이 저마다의 신비를 품고 호수를 감싸고 있었으며, 물은 한없이 맑고 어두웠다.

주변은 일체의 소리와 움직임이 없었다. 물고기 소리든, 바람소리든, 흔들리는 나무든, 모든 것이 적막한 그림처럼 고요했다. 특사가 놀란 것은 고요함과 깨끗함이었다. 청량한 공기와 안개, 맑은 물, 온갖 꽃나무와 풀들, 이 모든 것이 어쩌면 이토록 청초하고 고요할 수 있을까? 이곳 정경은 장엄하면서도 아담한 느낌을 주었고, 반대로 아담하면서도 끝없이 깊고 장엄함을 갖추고 있었다. 게다가 특사가 더욱 놀란 것은 관문 밖과 관문 안쪽의 차이였다. 하나의 문으로 안과 밖을 구분했지만 연접해 있는 지역인데 이토록 다를 수 있단 말인가? 그리고 이 고요한 정지된 경치는 또 무엇이란 말인가? 적막한 느낌 속에 한없는 생기를 품고 있는 이곳 정경은 옥황부의 어떤 신령한 지역에서도 찾아볼 수 없는 비경이었다.

특사는 주변의 적막함에 완전히 압도되어 걸음 소리마저도 최대한 억제하며 걸었다.

'과연 단정궁이로구나. 이 모든 것이 서왕모의 신성한 힘으로 만들어진 것일까……?'

특사는 가까이 있는 화초와 함께 어우러져 있는 여러 빛깔의 돌덩이를 보면서 이렇게 생각해 보았다. 길은 안개 속에서 계속해서 새로이 나타나서 언제 끝날지 알 수가 없었다. 그러나 특사는 조급해하지 않았다. 아무리 길이 길어도 언젠가 끝나게 마련이다. 여인들이 걸어서 가는 길이니 멀다면 얼마나 멀 것인가?

특사는 마음을 깊게 가라앉혀 한가히 산책하는 기분으로 천천히 걷고 또 걸었다. 갑자기 안개가 더 심해지는 것 같았다. 안개는 특사가 걷고 있는 풀밭에서 계속 일어나고 있었는데, 바로 앞에 가는 가원의 뒷모습이 겨우 보일 정도로 자욱해졌다.

"특사님!"

옆에서 나란히 걷고 있는 주령이 조용히 불렀다. 목소리가 너무나 맑아서 시원한 느낌이 가슴에 와 닿았다.

"지루하지 않으세요?"

주령은 특사에게 물었지만 지루한 사람은 오히려 주령이었는지 모른다. 아무리 지체 높은 신선이고 옥황부 특사라 해도 아름다운 여인과 긴 거리를 함께 걸으면서 이토록 말 한 마디 걸어주지 않다니! 이는 긴장을 하고 있는 것이거나, 아니면 무엇인가 딴 생각을 하고 있는 것이리라. 주령은 특사의 마음을 알고 싶어서 불렀는지도 모른다.

"허허, 나는 괜찮소만……."

특사는 여인의 배려를 간단한 응대로 무시해 버렸다. 주령은 속으로 무정하다는 생각을 했지만 별수가 없는 일이었다. 한 치 앞도 보기 힘든 안개 길은 계속됐다. 주변의 경치는 전혀 볼 수 없는 가운데 바로 앞에서 걷는 가원의 뒷모습만 아름답게 율동했다.

가원은 다리의 아랫부분까지 완전히 가려지는 치마를 입고 있었는데, 빛깔은 흰색 바탕에 채색이 전혀 없는 소박한 옷차림이었다. 위에 입은 옷도 빛깔이 없고 별로 부드럽게 보이지 않는 천으로 손목까지 길게 덮었으며, 그 위에 한 겹의 옷이 더 있었는데, 입었다기보다는 그냥 덮은 듯한 차림이었다. 이러한 옷차림과 안개 속이라 하더라도 육체감을 느낄 수 있을 만큼 몸 전체의 율동은 분명하게 보였다. 가원의 뒷모습 외에는 보이는 게 전혀 없었기 때문에 그 부드러운 율동만 보며 걸을 수밖에 없었는데, 두 사람의 간격이 일정하고 길이 평탄하다보니 마치 특사는 제자리에 서 있었고, 가원은 그 앞에서 뒤로 돌아 춤을 추고 있는 듯한 느낌이었다. 그 춤은 움직임이 거의 없는, 선 자세에서 약간씩 흔들어 보이는 그런 식이 된 것이다. 춤이란 이런 형태가 오히려 크게 관능적일 수가 있는 법이다. 그러나 특사는 그 모습을 아름답게 느낄 뿐 그 외에 다른 마음이 일지는 않았다.

"특사님!"

옆에서 걷는 주령이 다시 불렀다. 여전히 목소리는 맑아서 기분을 상쾌하게 해주었다.

"안개 길은 곧 끝나게 될 것이옵니다."

"그런가요…… 이렇게 아무것도 안 보이는데 그것을 어떻게 알 수 있는 것이오?"

"예. 소녀는 이 길을 자주 다녀봐서 느낌으로 알 수 있사옵니다. 이제 안개가 걷히고 나면 다른 경치를 볼 수 있어서 좋사옵니다."

"고맙소!"

이 말만 하고 특사는 다시 잠잠해졌다. 얼마 후 안개가 조금씩 걷히는 기색이 보이더니 시야가 조금 넓어졌다. 거기서부터 그 고요한 정경이 다시 모습을 나타내기 시작했다. 길은 완만하게 우측으로 꺾이고 있었다. 계속 말없이 걷고 있는 가원의 모습은 이제 완연하게 드러났고, 저만큼 길의 우측에는 아름다운 꽃들이 황홀하게 피어있었다. 길은 좌측으로 더욱 휘면서 밝은 햇빛이 가원의 전신을 비추었다. 그 모습은 마치 빛나는 보석처럼 깨끗함 그 자체였다. 가원의 얼굴 모습은 아직 다 피지 못한 꽃처럼 청초하고 고요했다. 특사는 가원의 옆모습을 잠깐 보고는 감동을 받았다.

'이토록 청초할 수 있다니. 이런 여인이 어찌 요사한 마음을 품을 수 있으리…… 모든 것이 남자들의 지나친 욕심 때문에 일이 생기는 것이지……'

특사는 잠시 지난번 특사의 죽음에 대해 생각해 보았다. 아무리 생각해 봐도 이런 여인이 특사를 유혹하여 죽음에 이르게까지는 할 수 없다는 생각이 들었다.

'이 여인들에게는 죄가 없다. ……그러나 이 단정궁에는 필경 다른 요사스런 여인들이 있겠지! ……그렇다고 해서 그토록 심하게 정사에 매달릴 수 있는 것일까?'

특사는 곰곰이 생각해 봐도 납득이 가질 않았다. 정사라는 것은 지치게 마련인데 힘이 빠지면 그만두면 될 것 아닌가? 하필 그것을 죽을 때까지 계속해야만 하는가? 아무리 욕정이 심하게 일어나도 그만한 정도는 다 이길 수 있는 선인들이 어째서 자기가 죽을 줄 모르고 그렇게까지 쾌감에 몰두할 수 있단 말인가?

특사는 고개를 천천히 저었다. 안개는 훨씬 더 걷혔다. 길은 전면으로 길게 뻗은 듯하고 우측에 보이던 거대한 호수는 어느덧 사라져 보이지 않았다. 호수는 안개 속을 통과할 때 지나친 것이다. 길이 우측으로 꺾인 것을 보면 호수를 끼고 돌다가 호수가 없어졌을 것이다.

전면으로 나있는 길은 점점 좁아지고 마침내 좌우의 경계가 없어지면서 풀밭과 섞여버렸다. 가까이에는 깎아 세운 듯한 높은 절벽이 끝이 보이지 않게 뻗어 있었다.

경치는 이제 좌측으로 전개되었다. 전면으로는 드넓은 초원이 펼쳐져 있었고, 드문드문 자그마한 암석 무더기에는 신령한 과일 나무들과 키가 높은 진한 녹색의 풀들이 무성하게 자라 있었다. 밝은 빛은 하늘로부터 내려와 고요한 광채를 넓게 뿌려주고 있다. 어디를 봐도 인적은 없었으나 조금 전에 지나온 호수 지역보다는 고요함이 덜한 것 같았다. 이곳이 아침의 동산 같은 느낌이라면 호수 지역은 이른 새벽의 깊은 산중 같은 느낌이었다.

세 사람은 말없이 초원을 얼마간 더 걸었다. 얼마나 더 가야 하는지는 모르지만 길은 상당히 멀었다. 사실 이 정도 거리라면 평보로 걸을 길은 아닌 것이다. 경공(輕功)이나 신족을 운행해야 할 것이다. 그러나 이렇게 걷는 것도 또한 뜻이 없다고 할 수 없으니 묵묵히 견딜 수밖에 없었다.

"특사님!"

주령이 또 불렀다.

"이젠 길이 멀지 않사옵니다!"

주령이 이렇게 말할 때 가원도 우측으로 돌아보며 상냥한 미소를 보여주었다. 특사는 마음이 평화스러운 상태가 되면서 한결 경계심을 더 풀었다. 사실 특사는 처음 이 두 여인들을 보자마자 경계심이란 것을 그다지 품지 않았다. 이 두 여인은 한없이 청초하여 요사한 기운을 전혀 찾아볼 수 없었기 때문이었다.

"이곳 경치가 참 한적하오!"

특사는 편안한 마음이 되어 경치에 대해 찬사 겸 다정한 이웃들인 두 여인에게 처음으로 말을 건넸다.

"예. 이곳이 마음에 드시옵는지요?"

명랑하고 공손한 목소리로 주령이 물었다.

"그렇소. 이곳의 모든 것이 아름답소!"

특사가 이렇게 말하자 주령은 고맙다는 듯, 부끄럽다는 듯, 혼자 조심스러운 미소를 지었고, 가원도 뒤돌아보지는 않았지만 조심스럽게 고개를 끄덕이며 특사의 견해에 동조했다. 초원에는 점점 바위더미가 많아지고 큰 나무들도 나타났다. 가까운 쪽에 조그마한 산들이 나타났고, 그 뒤쪽으로 더 높은 산들이 멀리까지 중첩되어 있었다.

길은 이제 주변의 경치와 분리되어 분명히 나타났고 수많은 여러 모양의 바위더미가 등장하기 시작했다. 꽃들은 점점 없어지고 풀잎들은 점점 푸르러졌으며, 가지각색의 수정, 이름 모를 보석덩이들이 크고 작게 무리를 이루며 곳곳에 산재해있었다.

길은 급히 우측으로 꺾이었다. 그러고는 분위기가 바뀌었다. 다시 이른 새벽처럼 고요하고 이슬처럼 청량한 정경이 출현한 것이다. 마음은 다시 경건해지고 정신은 더욱 맑아졌다.

좌측에 조그마한 연못이 보이고 우측은 커다란 바위들의 보석 산이 있다.

'허어, 비경이로다. 그리 크지 않은데 이다지도 많은 느낌을 주다니…… 생기와 적막함, 그리고 평화스러움과 아름다움, 이 모든 것이 조화를 이루고 있구나……'

특사가 이렇게 속으로 경치에 대해 감동을 금치 못할 때 뜻밖의 목소리가 들려왔다. 그동안 말없이 걷고 있던 가원이 걸음을 늦추면서 말을 건네 왔던 것이다.

"특사님!"

이슬을 머금은 듯한 청아한 음악 같은 목소리였다. 특사는 방심하는 사이에 자기를 불렀기 때문에 마음 깊숙한 곳에 미세한 진동이 있었다. 그러나 태산 같은 도인의 부동심은 여전했다. 그렇다고 해서 긴장하고 마음을 단속한 것은 아니었다. 자연스럽게 저절로 평정은 유지된 것이다.

"이곳이 어딘지 아시겠사옵니까?"

이 무슨 엉뚱한 질문일까? 특사가 이곳이 어딘지 처음 와본 내가 어떻게 알 것인가? 이래서 특사의 마음은 극히 미세하나마 다시 한 번 흔들림이 있게 된 것이었다. 특사는 찰나 동안 속으로 생각했다.

'음? 여기가 어디냐고? 허……'

그러나 다시 생각해보니 가원이 한 말은 질문은 아니었다. 그저 다정하게 설명하기 위한 단순한 서두였던 것이다. 가원의 아름다운 음성이 다시 들려왔다. 처음 가원이 질문처럼 말했을 때와 다시 말할 때의 간격은 반 호흡 정도였는데도 특사는 길게 느껴졌던 것이다. 특사는 마음속에서 있었던 자신의 실수를 간과하지는 않았지만 즉시 본래의 평정심을 회복했다.

"이곳은 단정궁의 후원이옵니다!"

가원은 걸음을 한 발 더 늦추고 특사를 돌아보며 다정하고 천진한 모습을 보였다.

"그렇군요!"

특사도 인자한 표정을 지으며 가원의 모습을 정면으로 바라봤다. 길은 점점 넓어졌지만 묘하게도 깊은 산중으로 들어선 느낌이 들었다. 우측 멀리 보이던 세워진 절벽은 부드럽게 낮아졌고 가까이 바위들에는 현란한 보석들이 더욱 많아졌다. 우측의 자그마한 연못은 그 전모가 드러나기 시작했다. 연못의 저쪽 편은 그리 크지 않은 나무들로 깊게 숲을 이루었으며, 한없이 맑은 연못 주변은 여러 형상의 돌들과 푸른 물품들, 강렬한 색조의 작은 꽃들로 신비감을 자아내고 있었다.

"여기가 어떠하옵니까?"

가원이 상냥하게 물었다.

"아, 예. 아름답소이다. 천상보다 더……."

특사는 평온한 음성으로 대답했다. 그러고는 경관을 감상하기 위해 천천히 주변을 둘러봤다. 연못의 우측으로 난 길은 더욱 넓어지고 있었다.

이제 가원은 어느덧 특사의 바로 옆에 나란히 걷고 있었고, 주령은 좌측에서 몇 걸음 앞서 걸었다. 특사는 호수 쪽을 바라보며 걸음을 늦추어서 걷고 있었다.

"특사님, 이제 다 왔사옵니다. 지루하옵셨지요?"

"아니오. 오면서 좋은 경치를 보게 돼서 오히려 즐거웠소."

특사가 치하를 하자 가원은 맑은 미소를 지으며 가볍게 고개를 숙여 예를 표했다.

"감사하옵니다. 저쪽에 쉴 곳이 마련되었사옵니다."

가원은 상냥하게 미소를 지으며 한 곳을 가리켰다. 특사가 바라보니 저쪽 편에 커다란 나무가 보이는데, 좌석은 그 뒤쪽에 마련되어 있었다. 주령이 걸음을 빨리해서 먼저 좌석의 마련 상태를 점검하고는 뒤이어 도착하는 특사를 조심스럽고 공손하게 안내했다.

특사가 앉은 곳에서 보면 좌측에 연못이 한눈에 환히 보이고, 저쪽 멀리 나무숲이 연해 있는 그 앞에는 여러 가지 꽃들과 바위가 상서롭게 조화를 이루고 있었다. 특사가 앉은 상석 뒤쪽, 그러니까 큰 나무 위쪽에는 붉고 연한 빛깔의 부드러운 망사 같은 천으로 완전히 내려쳐져 있었다. 그러나 천이 얇고 부드러워 천막 밖의 정경은 그 윤곽

이 어렴풋이 보이고 있었다. 특사는 자리에 앉으며 생각했다.

'좌석이 잘 차려져 있구나! 장엄하지도 않고 화려하지도 않게……
이것은 여기 두 여인의 작품인 것일까……?'

"특사님, 여기서 잠시 쉬옵소서. 이것도 우리 단정궁의 공식 환영
행사이옵니다. 자리가 너무 조촐하여 실례가 안 되겠사온지요?"

가원은 근심스런 표정에 청순한 모습으로 묻고는 공손히 특사의
심기를 살폈다.

"이토록 환대해 주니 고맙소. 사실 나는 이런 소박한 자리가 마음
에 드오."

특사가 이렇게 말하는 것은 단순히 외교적 치사가 아니라 진심이었
다. 특사는 속으로 이렇게 생각했다.

'참으로 예의바르고 정성이 담겨 있구나…… 경치도 일품이고……
여인들도 아름답고…….'

"감사하옵니다. 그럼 잠시 경치를 감상하시지요. 저는 연회를 준비
하겠사옵니다."

가원은 가볍게 고개를 숙이고 천막 밖으로 나갔다.

특사가 앉은 좌석 바로 앞에는 널찍한 상이 펴있고 상 위에는 술
병과 술잔이 놓여 있었다. 옆에 서있던 주령이 술잔을 특사에게 내
밀었다.

"특사님, 무료하실 텐데 우선 한 잔 하시옵소서. 이 술은 세상에서
가장 귀한 술이옵니다."

"음? 가장 귀한 술이라니, 그게 무슨 뜻이오?"

특사가 놀라서 물었다.

"예. 이 술은 옥황부에서 찾아보기 힘든 술이옵니다."

주령이 밝고 천진한 눈으로 특사를 상냥하게 바라봤다.

"허, 옥황부에도 없다니…… 그게 참말이오?"

"그렇사옵니다. 한번 맛을 보옵소서."

주령은 이렇게 말하면서 잔에 따르려 하자 특사는 급히 잔을 들어 술을 받았다. 술잔을 상바닥에 붙이지 않고 술을 받는 것은 도인의 예로써, 이는 그 뜻이 뇌풍항(雷風恒:☳☴)에 해당된다. 이렇게 술을 받는 것이 따르는 사람에 대한 기본적인 예의인 것이다. 특사는 술잔이 채워지자마자 그것을 들어 단숨에 마셨다. 술잔은 다시 채워지고 특사는 두 번째 잔을 조용히 상 위에 내려놓았다.

"과연! ……좋은 술이오."

특사는 술맛이 좋은지 주령을 쳐다보며 다정히 미소를 보냈다. 그리고 특사는 다시 말을 건넸다.

"이곳 술이 어째서 이다지도 좋은 것이오?"

"예, 특사님. 이곳 단정궁은 온 우주의 서방에 해당 되잖사옵니까? 술이란 원래 서방의 뜻이 있으니 당연한 것이옵니다."

"허허, 그렇소? ……나보다 아는 것이 많구려!"

"아이 참! 그런 말씀하시면 소녀는 몸 둘 바를 모르겠사옵니다."

주령은 정말로 당황한 모습이었다. 그 모습 또한 특사의 눈에는 곱게만 보였다. 특사는 혼자 고개를 끄덕이며 빙그레 웃고는 주변의 경관을 다시 한 번 둘러보았다. 연못은 여전히 침묵을 지키고 있으며, 저만치에 피어있는 꽃은 햇빛을 받아 더욱 아름답게 빛나고 있었다.

이때 인기척이 나며 가원이 들어왔다. 뒤이어 여러 명의 여인들이 손에 음식을 받쳐 들고 들어와서 특사를 향해 일렬로 서서 인사를 올린 후 상에 음식을 올려놓았다. 이 여인들이 나가자 이번에는 손에

악기를 들고 옷을 화려하게 차려입은 여인들이 입장해서 특사를 향해 무릎을 꿇었다.

"특사님을 뵈옵니다."

특사는 흐뭇한 마음으로 이들을 바라보며 미소를 보냈다. 악사들은 자기 자리를 찾아 앉아, 즉시 음악을 연주하기 시작했다. 음악은 소리가 그리 크지 않았으나 절묘한 음률은 주변의 정경과 완전히 조화를 이루었다. 특사는 속으로 음악을 감상하며 또 한 잔의 술을 들이마셨다. 특사의 좌측에 앉아있는 가원은 공손히 다시 술잔을 채워놓았다.

"허, 좋은 술이오…… 참, 그대들도 한 잔들 하시오!"

특사는 이제야 생각난 듯 가원과 주령에게도 술을 권했다.

"예. 감사하옵니다."

특사의 말이 떨어지자 가원과 주령은 서로 잔을 따라주고는 즉시 잔을 들어 특사를 향해 건배를 청했다.

"특사님의 홍복을 비옵니다."

"고맙소. 그대들도 큰 복을 받길 바라오."

이렇게 되어 연회는 부드럽게 진행되었고 취흥도 점점 높아갔다.

"두 분 직함이 무어라고 했소?"

특사는 한동안 술과 음식을 들다가 갑작스레 물었다. 그러나 말투는 아주 다정스러웠고 얼굴은 환하게 미소를 짓고 있는 표정이었다.

"예. 소녀는 원화당주이옵고 이 아이는 부당주이옵니다. 원화당은 단정궁의 귀빈을 맞이하는 부서이옵니다."

가원은 공손하게 설명했다.

"그렇소? 그런데 이곳에 총관은 없는 것이오?"

"예. 죄송하옵니다. 총관은 지금 출타 중이오신데 특사님이 왕림하신 것을 아직 모르고 있사오나 사람을 보내 기별을 하였사오니 곧 회궁하게 될 것이옵니다. 특별히 무슨 분부가 계시옵니까?”

“아니오. 나는 귀빈도 아니거니와 임무가 있어서 왔기 때문에 총관을 빨리 만나고 싶소.”

“예. 특사님께서 정히 그러하옵시다면 소녀가 직접 궁 밖에 나가서 총관을 찾아오겠사옵니다.”

가원은 이렇게 말하고서는 일어나서 다시 상냥한 얼굴로 특사를 바라봤다. 그리고는 연회장을 나서려고 한 걸음 옮겼다. 그러자 특사는 황급히 가원을 불러 세웠다.

“당주! 그렇게까지 하실 필요는 없소. 이미 기별이 돼 있다고 하니 천천히 기다려도 될 것 같소이다. 자! 앉아서 술이나 듭시다.”

특사는 예의로 그렇게 말하는 건지 가원이 마음에 들어서인지 가원이 나서려는 것을 확실하게 말렸다.

“예.”

가원은 얼굴을 약간 붉히면서 다시 자리에 앉았다. 그러자 특사는 즉시 잔을 건네주고 술을 따라주었다.

“자! 한 잔 받으시오.”

“영광이옵니다.”

가원은 아주 기쁜 얼굴이 되어 두 손으로 술을 곱게 받았다. 이제 술좌석은 본격적으로 시작되었다. 잠시 후 다시 한 무리의 여인들이 연회장으로 들어왔다. 이들은 긴 바지 차림인데 위쪽은 거의 맨몸을 들어낸 채 그 위에 하얀 망사로 팔목까지 덮은 옷을 입고 있었다.

악사들이 먼저 북소리를 가볍게 내는 것으로 이들은 율동을 시작했다. 이들의 춤은 아주 서서히 움직였으며, 때로는 바닥에 납작하게 엎드렸고, 또는 두 손을 높이 하늘로 들어 올려 기묘한 동작을 연출했다. 타악기가 울릴 때는 동작이 절도 있게 끊어졌고, 관악기와 현악기 소리를 낼 때에는 부드럽게 꿈틀거렸다. 얼굴은 일체 화장을 하지 않았고, 연령은 가원이나 주령처럼 어린 소녀였다. 이들의 모습은 청초하고 천진하여 음란한 기색은 전혀 보이지 않았다. 춤은 절묘를 극하여 옥황부의 춤을 넘어선 경지에 있었다.

'허, 대단하구나. 그리고 이토록 청초하고 아름답다니, 천상의 꽃보다 더 아름답구나……'

특사는 내심 감동을 하여 혀를 내두르며 술 한 잔을 더 비워냈다.

"훌륭하오! ……아름답소."

특사는 가원과 주령을 번갈아 쳐다보며 찬사를 보내면서 계속 술잔을 들어올렸다. 가원과 주령도 자주 술을 마셨으며, 모두가 어지간히 취한 듯 했을 때 가원이 다정스레 불렀다. 춤을 추던 여인들이 춤을 막 끝내고 퇴장하고 나서였다.

"특사님! 오늘 이 자리가 마음에 드시온지요?"

"허허. 흡족하오. 고맙소. ……훌륭하오."

특사는 아주 즐거운 표정을 잃지 않으면서 정중하게 자기감정을 표현했다.

"예. 특사님께서 곱게 봐주신 덕이옵니다. 그런데 소녀도 한 가지 재주를 자랑하고 싶사옵니다."

"허? 당주가 무엇을 보여주겠다는 것이오?"

특사는 잔뜩 기대를 갖는 표정을 지으며 가원의 얼굴을 빤히 쳐다봤다. 가원의 얼굴은 술이 많이 취한 상태일 텐데 추호도 흐트러짐이 없는 깨끗하고 단정한 모습이었다. 특사는 내심 가원의 아름다움에 또 한 번 감명을 받았다.

"예. 소녀도 미숙하나마 춤을 춰 보이겠사옵니다. 아름답지 못해도 용서해 주시길 바라옵니다."

"허허. 어디 당주의 춤을 한번 봅시다."

"예. 그럼……."

가원은 상냥하게 특사를 쳐다보고는 잠시 연회장 밖으로 나갔다가 다시 들어왔다. 나갔다 온 가원의 옷차림은 그대로였으나 왼손에는 검을 쥐고 있었다. 가원은 검무를 보여주려 하는 것이다. 특사는 속으로 다시 한 번 놀랐다.

'검무를 추겠단 말이지? ……허, 단정궁의 검술이라? 그러나 고작 여인이 칼을 얼마나 잘 다룰 수 있을까?'

이번에 단정궁에 특사로 온 동원선은 옥황부에서 검술의 달인으로 정평이 나있는 선인으로서 검에 관한 것이라면 당연히 흥미가 있게 마련인 것이다. 특사는 호기심을 잔뜩 가지고 있었으나 여인이 다루는 칼 솜씨가 얼마나 되겠느냐는 듯 귀여운 듯이 가원을 바라봤다.

가원은 특사의 마음을 아는지 모르는지 가련한 미소를 짓고는 특사 앞에 섰다. 가원의 왼손에 쥐어진 검은 칼끝이 손의 아래쪽으로 뻗어있고, 오른손으로 그 왼쪽 손등을 감싸고 팔을 밖으로 펴서 둥글게 환을 그려 맞잡은 채 한쪽 무릎을 꿇어 특사를 향해 예를 올렸다. 이제 칼은 팔의 뒤쪽에서 나란히 위쪽으로 쥐어져 칼끝이 위쪽을 향해 꼿꼿이 서 있었다.

이윽고 오른손이 앞으로 내뻗어지더니 어느새 왼손이 한 바퀴 돌아 위쪽에 가서 아래로 일직선으로 내리그어졌다. 실로 눈 깜짝할 사이로 어느새 칼끝이 손의 위쪽으로 가며 바로 잡은 자세가 된 것이다. 이어 내리친 검을 쥐고 있는 왼손과 오른손이 합쳐지더니 칼은 오른손으로 옮겨졌다. 왼손은 펴서 정면을 밀고 오른손에 쥐어진 칼은 땅 아래를 그으며 앞에서 뒤로 비스듬히 하늘을 찌르는 듯한 모양을 이루었다. 순간 칼이 부드럽게 흔들리더니 칼끝이 얼굴을 수평으로 가리면서 왼쪽 팔과 나란히 뻗었다. 그리고 몸이 앞으로 숙여지고 두 발이 회전하면서 몸 전체는 허공에 올랐다.

이어서 칼은 좌우로 크게 그어지고 어느새 칼끝이 손 아래쪽으로 쥐어지면서 우에서 좌로 정면으로 수평을 갈랐다. 그러고는 다시 칼끝이 손 위쪽으로 다시 바로잡혀 땅 쪽을 지르고는 왼쪽 다리에서 옆구리 쪽으로 서서히 올라왔다. 검의 각도가 바뀔 때마다 햇빛이 예리하게 반사되어 가원의 몸 전체를 하나의 보석처럼 반짝이게 만들었다. 가원의 얼굴은 홍조를 띠고 있었으며, 다리를 큰 폭으로 움직일 때는 여인의 둔부가 묘한 율동을 만들면서 육감을 자극했다.

그러나 특사는 여인의 몸을 보고 있는 것이 아니라 검객의 몸놀림을 보고 있는 것이었다. 특사는 눈으로는 가원의 동작을 극히 미세한 부분까지 놓치지 않고 주시하면서 속으로는 생각을 진행시켰다.

'빠르고 부드럽도다. 그러나 날카로움이 부족하구나. 기가 실려 있지가 않아. 허허, 그러면 그렇겠지…… 그런데 참으로 아름답긴 하구나…….'

특사가 이렇게 생각하며 검에 대한 흥미가 반감되었다. 그런데 가원의 칼놀림이 시간이 흐를수록 더욱 절묘해졌으며, 여인의 몸 전체가 칼과 함께 아름답게 조화를 이루며 율동했다. 가원의 얼굴은 청순한 모습을 유지한 채 물아지경으로 들어갔다. 특사는 다시 생각했다.

'참으로 절묘하도다…… 강함과 예리함만 있으면 천하무적의 검술이라 할 만한데…….'

특사는 미소를 지었다. 칼과 완전히 하나가 되어 움직이는 가원의 모습이 너무나 아름다웠기 때문이다.

특사는 이제 검객의 몸놀림을 보는 것이 아니라 여인의 율동을 보고 있었다. 가원의 몸은 넓은 옷으로 충분히 가려져 있었으나 그 안의 완벽한 여체의 윤곽은 칼의 절묘한 움직임을 능가했다. 검무는 이제 절정을 넘어 서서히 동작이 단순해지더니 어느덧 움직임을 멈추었다. 그러나 가원은 칼끝을 높게 세운 채로 잠시 호흡을 조절하는 듯했다.

'이제 다 끝이 난 모양이군……'

특사가 이렇게 생각하고 있는 순간, 기합 일성이 토해지며 주변의 모든 움직임을 정지시켰다. 이는 검의 달인이 만들어내는 완벽한 일성이었다. 가원의 기합 소리는 특사의 생각마저도 일시적으로 정지시킨 것이었다.

"야 — 압!!"

기합 일성은 청아한 여인의 목소리임은 분명했지만 그 속에는 날카로움과 함께 태산이라도 그어낼 수 있는 막강한 힘이 들어 있었던 것이다. 특사는 숨을 멈추고 놀란 마음으로 가원을 바라보고 있었다.

가원의 모습은 왼쪽이 비스듬히 보였는데, 가원은 오른쪽 발을 한 걸음 내민 상태에서 몸의 자세는 약간 낮추었으며, 방금 수평으로 그어낸 칼은 오른쪽 뒤로 약간 휘어져 있었다. 왼손은 바닥을 땅 쪽으로, 엄지손가락은 전면 위쪽을 향하고 있었다. 가원의 눈은 저쪽 연회장 밖에 피어있는 진한 빛깔의 꽃송이들을 응시한 상태였다. 그러나 이 상태는 특사의 눈에 비춰진 정지 상태의 모습이었고, 가원은 수평으로 칼을 번개처럼 후려치고는 즉시 허리를 펴면서 칼끝을 반회전시켜 손바닥 아래쪽으로 향하게 쥐고는 일어선 것이었다. 또한 허리를 펴면서 가원의 왼손은 펴지고 장심이 정면으로 향하면서 손가락 끝은 전면 아래로 뻗은 상태에 팔꿈치도 앞으로 크게 펼쳐졌다.

그 다음 순간 가원의 손바닥에는 한 가닥의 부드러운 기운이 발출하면서 멀리 있는 한 송이의 꽃을 끌어당겼다. 꽃은 허공을 날아 가원의 손바닥에 가볍게 와 얹혔다.

가원은 멀리 여러 송이의 꽃이 피어 있는 그곳으로 검기를 휘둘러 보내, 그 중에서 선택한 한 송이 꽃만 정확하게 잘라내고, 이어 연속동작으로 그 꽃이 땅에 떨어지기 전에 다른 한 손의 장력으로 그 꽃을 잡아당겨 손으로 잡은 것이다.

특사는 이 일련의 동작을 겨우 놓치지 않고 볼 수 있었으며, 가원이 보여준 이 완벽을 넘어선 검공을 당황한 눈으로 바라본 것이다.

'아, 절묘하도다. 신의 경지로다. 허…… 저 청순한 여인이 어떻게 이토록 완벽한 검술을 구사할 수 있는 것일까? 처음엔 내가 너무 속단했군.'

가원이 토해낸 기합 일성이 아직 귀에 쟁쟁한데 맑고 아름다운 목소리가 특사의 가슴을 흔들었다.

"특사님, 이 꽃을 특사님께 바치겠사옵니다."

가원은 오른손으로 칼끝은 장심 아래쪽으로 해서 땅 쪽으로 향하고, 왼손바닥에는 꽃을 조심스럽게 올려, 두 손을 한데 모은 자세로 무릎을 꿇었다. 특사는 어색한 미소를 지으며 가원의 얼굴을 잠시 넋을 잃고 바라볼 뿐이었다.

"특사님……."

다시 아름다운 목소리가 들려왔다.

"이 꽃이 마음에 들지 않사옵니까?"

"아, 예. 이 꽃을 내게 주겠다고…… 고맙소."

특사는 순간 정신을 수습하고 꽃을 받았다. 꽃은 진한 색조의 황금색을 띤 아름다운 모양을 하고 있었는데, 그 줄기 밑동은 날카롭고 깨끗하게 잘려 있었다. 특사는 꽃의 아름다움과 잘려진 면의 깨끗함에 더욱 놀랄 수밖에 없었다. 특사가 저쪽 꽃이 있었던 곳을 바라보니 분명 꽃은 여러 송이 중에 신중히 선택한 증거가 있었다.

지금 특사의 손에 들려진 꽃은 완전히 다 핀 꽃이 아니고 이제 막 피기 시작한 가장 청초한 것이었다. 가원은 검무를 마칠 때쯤 그 와중에서도 그 꽃을 선택하고 검기를 휘둘러 정확히 그 꽃만 잘라낸 것이었다. 그 잘라낸 모양도 가히 검신(劍神)의 경지였다. 특사는 놀란 가슴을 진정시키고 다시 평상심을 찾았다.

"훌륭하오! ……이것이 단정궁의 검술이오? 나로서도 감당할 수 없을 것이오."

특사는 극찬하며 가원의 얼굴을 황홀한 듯이 바라봤다.

"아니옵니다, 특사님! 그토록 칭찬해 주시면 소녀는 부끄럽사옵니다. 다시 술이나 드시옵소서."

"허허…… 그럽시다. 내가 먼저 술을 따라 드리겠소."

특사는 인자한 모습으로 가원에게 술잔을 건넸다. 이렇게 해서 술자리는 조금 더 진행되었다. 그러자 얼마 안 있어서 인기척이 나더니 한 여인이 연회장 안으로 들어왔다. 이 여인은 연회장에 들어서자마자 특사를 향해 예를 표한 후에 주령을 쳐다봤다. 주령이 특사 곁을 떠나 그 여인에게 가자 여인은 작은 소리로 무엇인가 주령에게 보고하는 듯했다. 그러고는 여인은 다시 나가버렸다. 주령의 얼굴에는 금세 밝은 미소가 떠올랐다.

"특사님! 방금 총관께서 회궁하셔서 지금 이곳으로 인사드리러 나오고 있사옵니다."

"그런가요? 잘됐군요."

특사는 밝은 모습으로 응대했지만 왠지 아쉬운 여운이 있는 것 같았다. 아마 현재의 술좌석이 좋은데 공연히 곡조를 깨는 것이 싫어서일까? 특사의 이러한 기분을 알 바 없다는 듯이 장막 밖에 그림자가 비치더니 이내 여러 명의 여인들이 들어섰다.

이들 여인들은 모두 붉은색 바탕의 화사한 옷을 입고 있었는데, 들어오는 차례로 특사에게 가볍게 고개를 숙여 예를 표하고는 입구 쪽에 도열해 서 있었다.

잠시 후 아주 화려한 옷차림의 여인이 들어섰다. 드디어 총관 본유선이 도착한 것이다. 특사가 바라보니 나이는 역시 가원처럼 십대에서 이십대 초반으로 보이는 아주 젊은 연령인데, 짙은 화장을 했고, 머리에도 장식을 달았으며, 치마는 넓고 긴 것으로 예쁜 꽃들이 가득 수놓아져 있었다. 위에 입은 옷은 부드러운 흰색이고 팔은 맨살에 망사 같은 천으로 덮었고, 불룩 나온 젖가슴 가운데는 목에서부터 약간 노출시켜 놓았다.

"특사님을 뵈옵니다. 마중이 늦어 죄송하옵니다."

천상의 음률처럼 신비감이 있는 음성이었다.

"괜찮소. 덕분에 좋은 경치를 감상하고 있었소."

"예, 곡차를 하시고 계셨군요. 이곳 곡차는 온 우주에서 제일이옵니다."

본유는 이렇게 말하면서 애교 있는 시선을 보냈다.

'음, 이 여인도 참으로 아름답구나. 그러나 가원처럼 청초한 감이

없구나…….'

특사는 속으로 은근히 가원과 비교하면서 슬쩍 본유의 자태를 살펴보았다. 본유는 아직 자리에 앉지 않고 선 채로 다시 말했다.

"특사님! 이곳에서 곡차를 더 하시겠사옵니까? 아니면 넓은 자리로 옮기시려하온지요?"

"허허. 나는 이곳이 좋소. 하지만 내가 술을 마시러 멀고면 이 단정궁에 온 것은 아니오."

"예, 그렇사옵니까. 어떤 업무가 계시옵니까?"

"허허. 총관께서 이미 알고 있을 줄 생각했소만…… 아무튼 내가 이곳에 온 것은 공무로 온 것인데, 옥황부 특사 자격으로 서왕모님을 배견하기 위함이오."

"예, 소녀는 그렇게 짐작은 하였사옵니다. 그러나 공식적으로 통보받지 못했기 때문에 미처 몰랐사옵니다…… 죄송하옵니다."

특사가 들어보니 본유가 한 말은 지극히 타당하다. '공식적으로 통보받지 못했다?' 그러나 뻔한 사실을 이렇게 말하는 것을 보면 아주 능숙한 사람인 것이다. 특사는 고개를 천천히 끄덕이고는 본유의 얼굴을 다시 한 번 쳐다봤다. 그 순간 특사의 눈에는 본유의 아름다운 자태와 함께 그 속에 도사리고 있는 음란한 기운을 보았다.

'음, 이 여인은 요사한 기운이 있어…… 아마, 지난번 특사는 이 여인이 죽였을 거야…… 아니지, 이 여인에게서 죽었겠지. 위험한 인물이야. 조심해야겠군…….'

특사가 속으로 생각하는 동안 자리는 어색하게 시간이 좀 흘렀다.

"특사님! 제가 앉아도 좋겠사옵니까? 저도 곡차를 한잔 들고 싶사옵니다!"

"허. 미안하오…… 자! 앉으시오. 내가 한 잔 드리지……."

특사는 속으로 기분은 좋지 않았지만 예의를 지켰다. 술좌석에는 여간한 일이 아니고서는 청원하는 술은 나누어 주는 법이다. 더구나 단정궁의 총관인 본유선과 사이가 너무 냉랭하면 서왕모를 배견하는데 지장이 생길 수도 있다. 특사는 어느덧 표정을 밝게 하고는 정중히 술을 따랐다.

"영광이옵니다."

본유선은 술잔을 받고 나서 가만있질 못하고 은근한 표정으로 특사를 쳐다봤다. 눈을 마주치기 위함이었다. 그 표정은 다정함과 요염함이 가득 차 있다. 특사는 본유의 눈길을 피하지 않고 마주보면서 미소를 지었다.

"특사님! 소녀가 한 잔 올리겠사옵니다."

"고맙소."

특사는 술을 받으면서 속으로 생각해 보았다. 술좌석은 본유선이 도착하기 전과 확연히 다름을 느꼈다. 이미 취흥은 사라졌다. 본유는 술잔을 조용히 비워냈다. 옆에 있던 가원이 그 술잔을 채워주었다. 그 순간 본유의 눈에는 특사의 좌측 상위에 있는 아름다운 꽃 한 송이가 들어왔다.

"어머! ……아름다운 꽃이로군요. 특사님! 이것이 무엇이옵니까?"

본유는 캐물었다.

"허허. 바로 꽃이 아니오?"

"예. 그것은 알고 있사옵니다만……."

가원이 특사의 말을 막으며 이어받았다.

"제가 특사님께 드린 것이옵니다."

가원은 당황하면서 본유를 향해서 말했다.

"네가? ……호호, 예쁜 꽃을 골랐구나."

본유는 얼굴은 미소를 짓는 듯했지만 날카로운 눈빛으로 가원을 쏘아봤다. 질투의 눈빛이었다. 가원은 얼굴이 약간 붉어지며 고개를 숙이고 있었다. 특사는 이 모습들을 간파하고는 속으로 생각했다.

'이런 일에 질투를 하다니…… 역시, 요사스런 여인이로다. 공연히 가원만 곤란하게 되었구나……'

"자, 다 함께 듭시다."

특사는 어색한 분위기를 지우기 위해 술을 권했다.

"예……."

가원은 조용히 대답하고 미소를 지었지만 이미 밝음은 사라져 있고 가냘픈 모습이 안개 속의 꽃처럼 아련해 보였다. 본유는 가원의 이 모습을 강렬히 쳐다보고는 아주 밝은 미소를 지었다. 실로 능수능란한 변신이었다. 속으로는 분노와 질투의 마음을 품고 겉으로는 아름다운 미소를 짓는 것이었다.

"얘들아!"

본유는 가원과 주령을 불렀다.

"너희들은 이만 물러가거라. 특사님은 내가 모시겠다. 공무가 계시니……."

본유는 공무를 빙자해서 가원과 주령을 쫓아내었다.

"예. 그럼."

가원과 주령은 일어났다. 특사의 가슴은 몹시 허전했다. 그러나 체면상 가원을 잡을 수도 없고 해서 가원의 모습만 아쉬운 듯 바라봤다. 가원은 특사를 보며 가볍게 미소를 보내는 듯했지만 이내 정색을 하고 무릎을 꿇었다.

"저희는 물러가겠사옵니다."

이 순간 특사는 가원의 눈을 보았다. 가원의 눈은 반짝였고 물기가 서려 있었다.

"수고했소. 그럼, 다시 보길 바라오."

특사는 다시 볼 희망을 은근히 건넸으나 가원은 그 마음을 아는지 모르는지 조용히 사라졌다.

"특사님!"

본유가 틈을 주지 않고 불렀다.

"이제 조용해졌사옵니다. 어떠했사옵니까, 분위기가?"

특사는 속으로 기가 막혔다.

'허 참, 이토록 경박하다니! 분위기가 뭐 어쨌단 말인가? 백호신(白虎神) 서왕모를 뫼시는 총관이 이토록 부덕하다니, 요사하구나……'

"특사님! 무슨 근심이 있으시옵니까?"

본유가 또 끼어들었다.

"아니오…… 그냥, 자! 술이나 듭시다."

"예."

본유는 상냥하게 특사를 바라보며 술을 들었으나, 특사는 저쪽에 피어있는 꽃을 바라보며 단숨에 들이켰다.

"특사님! 근심이 계시오면 소녀가 풀어드리겠사옵니다."

본유는 유혹의 눈길을 보내면서 옆으로 더욱 바싹 다가앉았다. 특사는 하는 대로 내버려두면서 속으로만 생각했다.

'흠. 노골적으로 나서는구나. 당치도 않은 일이야. 그런데 지난번 특사가 어째서 이런 요사스러운 여인에게 넘어갔을까? 참으로 모를

일이야······.’

“특사님! 조용한 자리로 옮기시지 않겠사옵니까? 더 좋은 경치가 있사옵니다······.”

본유는 은근히 특사의 마음을 떠보며 팔을 슬쩍 잡았다.

“허허. 고맙소이다. 총관께서 나를 이토록 환대해 주시다니, 그런데 지금은 쉬고 싶소이다······ 긴 여행길에 아직 쉬지를 못해서······.”

“예? 쉬시겠다 했사옵니까? 호호, 특사님! 그렇게 약하시옵니까?”

“그런 것 같소이다. 생각할 일도 좀 있고, 허허.”

특사는 애써 웃음을 보였으나 이미 술기운은 싹 가셔져 있었다.

“예. 그러하오시다면 할 수 없사옵니다. 내일 대연회를 마련하겠사옵니다. 그럼 쉴 곳으로 안내하겠사옵니다.”

본유는 눈을 한 번 흘기고는 다시 미소를 지어냈다.

“얘들아!”

본유는 시립해 있는 여인들을 향해 눈으로 신호하자 여인들은 앞장서 나갔다. 이어 본유선이 일어서 나갔고, 그 뒤를 특사는 조용히 따라나섰다.

특사가 연회장을 나서서 우측을 바라보자 저쪽 멀리에는 단정궁으로 통하는 문이 보였다. 여인들과 특사가 떠나자 단정궁의 후원은 다시 적막한 새벽 같은 분위기가 감돌았다. 방금까지 취흥을 일으켰던 연회장의 내부에는 좌석만이 공허하게 남아있었고 특사가 사용했던 술잔 바로 옆에는 못다 핀 아름다운 꽃 한 송이가 외롭게 버려져 있었다.

— 4권에 계속 —

인지
본사
소유

대하소설 주역 ③

1판 1쇄 인쇄 1994년 11월 30일
1판 1쇄 발행 1994년 12월 10일
2판 1쇄 발행 2015년 11월 30일
3판 1쇄 발행 2019년 02월 30일
3판 2쇄 발행 2023년 02월 30일

지 은 이 김승호
편집주간 장상태
책임편집 김원석
디 자 인 정은영

펴낸이 김영길
펴낸곳 도서출판 선영사
주 소 서울시 마포구 서교동 485-14 영진상가 지층
TEL (02)338-8231~2 **FAX** (02)338-8233
E-mail sunyoungsa@hanmail.net

등 록 1983년 6월 29일 (제02-01-51호)

ISBN 978-89-7558-202-8   03810